두 번째 주머니 속 이야기

Povídky z druhé kapsy

Karel Čapek,

두 번째 주머니 속 이야기

초판 1쇄 펴낸 날 / 2019년 9월 16일

지은이 • 카렐 차페크 | 옮긴이 • 김규진 | 펴낸이 • 임형욱 | 디자인 • 예민
펴낸곳 • 행복한책읽기 | 주소 • 서울시 종로구 명륜4길 5-2, 403호
전화 • 02-2277-9216,7 | 팩스 • 02-2277-8283 | E-mail • happysf@naver.com
인쇄 제본 • 동양인쇄주식회사 | 배본처 • 뱅크북(031-977-5953)
등록 • 2001년 2월 5일 제300-2014-27호 | ISBN 979-11-88502-15-8 03890
값 • 14,000원

* This translation was subsidized by the Ministry of Culture of the Czech Republic.

두 번째 주머니 속 이야기

Povídky z druhé kapsy

카렐 차페크 지음
김규진 옮김

행복한책읽기

차례

| 일러두기 |

1. 작가의 부연 설명은 풀이표 안에 묶었으며, 역자의 주석은 작은 괄호 안에 묶어 본문에 함께 넣었다.

2. 이 책의 한국어 번역은 체코 문화부가 주관하는 "체코문학 해외번역" 프로그램의 지원을 받아 이루어졌다.

도둑맞은 선인장

"자, 제가 여러분들에게 이번 여름 제게 일어난 사건을 하나 말씀드리겠습니다."

쿠바트는 말했다.

"저는 여름 별장에 있었습니다. 여름 별장이 모두 다 늘 그렇듯이 거기에는 강물도 없고, 숲다운 숲도 없고, 물고기도 없고, 전혀 아무것도 없습니다. 그 반면에 거기에는 인민의 당원들이 아주 많았고, 활동적인 총무가 있는 주민협회, 단추와 구슬을 만드는 공장, 수다스러운 노파 우체국장이 근무하는 우체국이 있었습니다. 한마디로 그곳은 다른 여느 곳과 똑같았습니다. 그래서 거기서 저는 약 두 주 정도 전혀 방해받지 않고 나른

한 권태에 빠져서, 건강과 위생에 좋은 효과를 보았습니다. 그러고 나서 저는 이 지방의 소문내기 좋아하는 사람들이 빨래터에서 저에 대한 별로 좋지 않은 소문을 퍼뜨리고 있다는 것을 눈치채기 시작했습니다. 제 편지는 누가 봐도 알아차릴 정도로 덧 풀칠이 아주 잘 되어 있어서 편지봉투 뒷면이 아라비아풀로 반짝거렸습니다. 저는 제 자신에게 말했습니다.

'아하, 누군가 내 편지를 열어 본 것이 틀림없구나. 그 노파 우체국장에게 저주가 내리기를!'

아시다시피 이 우체국 직원들은 모든 우편물을 귀신같이 열어 볼 줄 안다고들 말하지요.

'잠깐 기다려.'

저는 속으로 말했습니다. 저는 앉아서 아주 멋진 서체로 편지를 쓰기 시작했습니다.

'친애하는 마귀 같은 노파 우체국장님, 친애하는 늙어빠진 스파이, 친애하는 혜성, 친애하는 호기심 많은 심술쟁이, 친애하는 독사, 친애하는 성가신 사람, 친애하는 신들린 무당, 그리고 기타 등등…. —친애하는 얀 쿠바트로부터.'

이것 좀 들어보세요. 우리 체코어는 어휘가 풍부하고

표현이 정확합니다. 저는 단숨에 이 종이에, 솔직하고 존경받을 만한 남자가 개인적으로 제한되지 않고 어떤 귀부인에게나 적용되도록 쓸 수 있는 서른 네 개의 표현을 쏟아 낼 수 있어요.

그러고 나서 저는 만족스럽게 편지를 봉하고 봉투에 제 자신의 주소를 쓰고 가까운 도시로 가서 우체통에 넣었습니다. 그렇게 한 후에 나중에 저는 우체국으로 달려가서 가장 유쾌한 미소를 띄고 창문 안으로 제 머리를 들이밀었지요.

'우체국장님, 혹 저한테 온 편지 없나요?' 저는 말을 건넸습니다.

'나, 당신을 고발할 거야. 이런 망나니 녀석 같으니라고.' 노파 우체국장은 이제까지 제가 본 것 중에서 가장 무서운 모습으로 저를 노려봤습니다. 그러나 저는 동정심을 가지고 그녀에게 말했습니다.

'여러분, 뭔가 기분 나쁜 것을 읽으셨나 봐요?'

그러고 나서 저는 곧 자리를 떴습니다."

* * *

"그건 별거 아니군요."

홀벤 식물원의 수석 정원사인 홀란이 비판적으로 말했다.

"그 전략은 너무 단순하군요. 제가 어떻게 선인장 도둑을 잡았는지 이야기 하나 해줄 게요. 아시다시피 노신사 홀벤 씨는 대단한 선인장 애호가입니다. 저는 거짓말 하나도 보태지 않고 말씀드리는 건데, 그의 선인장 수집은, 단 하나뿐인 품종을 제외하고도 삼십만 코루나나 가치가 있을 것입니다. 그 노신사는 자신이 수집한 것들을 대중에게 공개하는 것을 무척 좋아하지요. 그는 말합니다.

'홀란, 선인장 수집은 귀족스런 취미지. 그런데, 다른 사람들한테도 볼 기회는 줘야 한다네.'

하지만 제 생각인데요, 만일 어떤 젊은 선인장 애호가가 그 황금 그루손 선인장이 일백이십만 코루나인 것을 알면, 그는 그것을 가지고 싶은데 가질 수 없어 안달이 날 겁니다. 하지만 이 노신사는 원하는 것을 이미 거의 다 가지고 있지요.

그런데 올해 우리는 우리의 선인장들이 없어진 것을 알아챘습니다. 그것은 누구나 볼 수 있고, 누구나 가질 수 있는 그저 그런 것이 아니라 아주 특별한 선인장이었습니다. 첫 번째는 둥근 선인장 위슬리제누스였고, 두 번째는 그래스네리였고, 그러고 나서는 코스타리카에서 직수입한 위타였어요. 그 다음에는 프리츠가 보낸 신품종이었고, 그 후에는 지난 50여 년 간 유럽에서는 아무도 보지 못한 특별한 종류인 멜로 선인장 레오폴디였고, 그리고 마지막으로는 산도밍고로부터 수입한 필로세루스 펌브라이투스였어요. 이것은 유럽 대륙에 처음 온 것입니다.

이것 좀 봐요, 그 도둑은 전문적인 선인장 감정가임에 틀림없어요! 여러분들은 그 노신사가 얼마나 화가 났는지 상상도 못할 것입니다. 저는 그에게 말했습니다.

'홀벤 씨, 식물원 문을 닫기만 하면 간단합니다. 그것으로 모든 게 해결될 것입니다.'

노신사는 소리쳤습니다.

'아니오. 또다시 당신이 틀렸소. 그런 세련된 취향은 모두를 위한 것이니, 반드시 그 독버섯 같은 도둑을 잡아와야 해요. 문지기를 해고하고, 새 문지기를 고용하세요, 경찰에도 알리고. 그리고 또 그런 비슷한 조치들 중에서 취할 수 있는 조치들은 다 취하도록 하세요. 이것은 정말 심각한 문제요. 우리는 삼만 육천 개의 화분을 가지고 있는데 각각 화분마다 보초를 세울 수는 없지 않소?'

그래서 저는 은퇴한 두 경찰을 고용해서 감시하도록 했습니다. 그때 우리가 그 필로세루스 핌브라이투스를 도둑맞고 남은 흔적이라곤 모래 위에 작은 구멍뿐이었어요. 그때 저는 매우 화가 나서 제 스스로 직접 선인장 도둑을 찾기 시작하였습니다.

여러분이 알아야 할 것은 이러한 진정한 선인장 애호가들은 데르비시 종파(극도의 금욕 생활을 서약하는 이슬람교 교파의 일종. 예배 때 수피 춤이라고 부르는 빠른 춤을 춤: 역주)들과도 같다는 것입니다. 제 생각인데 그들은 수염대신 뻣뻣한 털과 가시를 기르는 것 같습니다. 그들은 그처럼 선인장에 미칩니다. 여기 우리 지방에는 그러한 종파들이 둘이나 있습니다. '선인장 애호가 협회'와 '선인장 애호가 연맹'입니다. 그 두 종파가 어떻게 다른지 저도 잘 모릅니다. 제 생각인데, 한 그룹은 선인장이 영원히 죽지 않은 영혼을 가지고 있다고 믿고 있고, 다른 그룹은 선인장들에게 희생제물을 바칩니다. 그러나 간단히 말해 그들 두 그룹은 서로 저주하고, 이 지상에서 그리고 아마도 천국에서도 불과 검으로 서로 학대할 것입니다.

그래서 저는 그 두 종파의 회장님들을 만나러 갔습니다. 완전한 기밀 속에서 저는 그들 각자에게, 혹 다른 종파의 누군가가 홀벤의 그 선인장을 훔쳐갔는지 물었습니다. 우리가 어떤 희귀종 선인장을 잃어버렸는지 제가 그들에게 말했을 때, 그들은 절대적인 확신을 가지고 상대 종파의 어떤 회원도 그러한 것을 훔치지 않았을 거라고 맹세했습니다. 왜냐하면 거기에는 수많은 뒤퉁스러운 사람들, 손재주가 없는 사람들과 무식한 사람들이 많아서 필로세루스 핌브리아투스는 고사하고, 위슬리제누스가 뭔지 그래스네리가 뭔지에 전혀 알지도 못하기 때문이라고 했습니다. 자신들의 회원에 대해서 말하자면 그들의 정직과 고결함을 보장한다고 했습니다. 물론 어떤 선인장 종류를 제외하고는 그들은 아무것도 도둑질할 줄 모른다고 했습니다. 그러나 만일 그들 중 누가 한 명이 위슬리제누스를 훔쳤다면 아마도 그는 숭배와 종교적 난교파티를 위해서 다른 것들을 훔쳤을 것이라고 말했습니다. 그러나 그들, 회장님들은 그런 것에 대해서 아무것도 모른다고 했습니다. 그 후 그 두 존경스러운 신사들은 대중적으로 인정되거나 용인된 이 두 종파들 외에 아직도 야만적인 선인장 애호가들이 있고, 사람들의 말에 의하면 그들이 가장 나쁘다고 제게 말해 주었습니다. 그들은 자신들의 열정 때문에 그 두 온건한 종파들과 참고 지낼 수 없는 자들이고, 그들은 온갖 이단과 폭력에 탐닉한답니다. 사람들 말에 의하면 이 야만적인 선인장 애호가들은 모든 것을 할 수 있답니다.

저는 이 두 신사분들과 어떻게 더 이상 잘할 수 없어서, 우리 식물원에 있는 아름다운 단풍나무에 올라가서 생각에 잠겼습니다. 여러분에게 말씀드리는 건데, 생각을 할 때는 나무 꼭대기가 가장 좋습니다. 거기에서 사람은 뭔가 거리를 둘 수 있습니다. 약간 그네를 타듯이 흔들거리며 그동안 더 높은 관점으로부터 모든 것을 관찰할 수 있습니다. 제 생각인데, 철학자들은 꾀꼬리처럼 나무 둥치 위에서 살아야 합니다. 그 단풍나무 꼭대기에서 저는 계획을 하나 세웠습니다. 맨 먼저 제가 잘 알고 있는 정원사들을 일일이 만나면서 그들에게 물었습니다.

'젊은이들, 자네들한테 혹 썩어가고 있는 선인장이 없는가? 노신사 홀벤님께서 실험용으로 필요하다네.'

그렇게 해서 저는 수백 개의 썩은 선인장을 모았고 그것들을 하룻밤 동안 홀벤의 수집목록에 채워 넣었습니다. 이틀 동안 저는 말 한마디 안 했습니다. 세 번째 날 저는 모든 신문에 다음과 같은 기사를 실었습니다.

세계적으로 유명한 홀벤의 선인장들이 위협에 처하다!

홀벤 식물원의 유례없는 선인장 수집의 상당한 부분이 지금까지 알려지지 않은 새로운, 볼리비아에서 옮겨온 병에 감염되었다. 질병은 특히 선인장을 공격하고 있고, 어느 정도 잠복 기간을 거쳐 뿌리, 목과 몸통의 부식으로 나타나고 있다. 이 질병은 감염이 매우 심하고, 알 수 없는 작은 홀씨들에 의해서 지금까지 급속하게 퍼지고 있기 때문에 홀벤의 소장품들은 대중에게 공개를 금하고 있다.

약 10일 후에, —그 10일 동안 우리는 선인장 애호가들이 질문들로 우리들을 박살내지 않도록 숨어 있어야 했습니다— 저는 신문사에 또 다른 뉴스를 제공했습니다.

홀벤의 선인장 소장품들을 구조할 수 있을까?

마침내 우리는 알게 되었다. 큐 왕립식물원(Kew gardens)의 맥켄지 교수는 홀벤의 소장품들에 나타난 질병은 특이한 열대성 곰팡이로 진단을 내렸고, 감염된 표본들에 하버드-로첸 용액을 뿌려줄 것을 권장했다. 현재 홀벤의 소장품들에 대규모로 적용한 치료법의 시도는 매우 성공적이다. 하버드-로첸 용액은 다음과 같은 가게에서 구입할 수 있다….

이 뉴스가 나갈 바로 그때쯤 비밀경찰이 곰팡이약 가게에 앉아 있었고, 저는 전화통 옆에서 편안하게 자리잡고 있었습니다. 두 시간 후에 그 비밀경찰이 제게 전화를 걸어왔습니다.

'홀란 씨, 벌써 그자를 잡았습니다.'

10분 후 저는 매우 작은 사나이 멱살을 잡고 흔들어 댔습니다. 그 사나이는 항의했습니다.

'그런데 선생님. 왜 저를 흔들어 댑니까? 저는 그저 여기에 그 유명한 하버드-로첸 용액을 사러 왔을 뿐입니다.'

저는 그에게 말했습니다.

'나도 알고 있어. 그러나 선인장에는 아무 병도 없어. 거기에는 처음부터 아무런 새로운 질병도 없었지. 하지

만 당신은 우리 홀벤의 소장품들 중에서 선인장을 훔치러 왔었지. 사악한 장난꾸러기 같으니라고!'

그 사나이는 소리쳤습니다.

'하나님 맙소사! 그럼 거기에는 아무런 질병도 없었다고요? 저는 제 선인장들이 그 병에 걸릴까 봐 공포에 사로잡혀 10일 동안 한잠도 못 잤어요!'

그래서 저는 그자의 멱살을 잡고 차 안으로 끌고 가서 그 비밀경찰과 함께 그의 아파트로 갔습니다.

그런데, 이것 좀 보세요. 저는 그런 수집은 한 번도 본 적이 없었어요! 그자는 비소차니에 고미다락방에 작은 방을 하나 가지고 있어요. 그것은 한 평 남짓 했어요. 방바닥 구석에는 담요 한 장, 작은 책상과 의자 하나가 있었고, 나머지는 오직 선인장들뿐이었어요. 하지만 그 선인장들은 얼마나 멋진 표본들이며, 또 얼마나 멋지게 정돈해놨는지! 정말 그자는 놀라운 사나이였어요.

'자, 당신이 훔친 것들이 어떤 것들이지?'

그 비밀경찰이 물었습니다. 저는 그 사나이가 어떻게 떨고 있는지, 눈물을 흘리는지 바라보았어요. 저는 비밀경찰에게 말했습니다.

'이것 좀 보세요. 이자는 우리가 생각했던 그런 가치

있는 것은 가지고 있지 않네요. 이자는 고작 오십 코루나에 해당하는 것만 가져갔습니다. 당신 상관한테 보고하십시오. 이자는 제가 알아서 처리하겠습니다.'

비밀경찰이 떠나가자 저는 말했습니다.

'자, 젊은이, 먼저 자네가 우리한테서 훔쳐간 것들을 모두 포장하게나.'

그는 거의 눈물이 날 지경이어서 눈만 꿈벅거렸습니다. 그리고는 그는 말했습니다.

'저 선생님, 실례지만 차라리 제가 교도소에 가면 안 될까요?'

저는 그에게 소리쳤습니다.

'어림도 없어! 맨 먼저 자네가 우리들한테서 훔쳐간 것을 돌려줘야 해.'

그래서 그자는 화분을 하나씩 하나씩 모아서 한쪽으로 놓았습니다. 모두 열여덟 개였습니다. 우리는 그렇게 많이 잃어버렸으리라고는 생각지도 못했어요. 하지만 그자는 벌써 초여름부터 오랫동안 선인장을 가져가곤 했어요. 저는 확실히 하기 위해 그에게 고함을 질렀어요.

'이게 전부인가?'

여기서 그자는 눈물을 흘리기 시작했습니다. 그리고는 그는 아직 하얀 데라이트 한 개와 코르니거 한 개를 골라내서 다른 것들이 모여 있는 데 갖다 놓고는 훌쩍이며 말했습니다.

'선생님, 솔직하게 말씀드리는데, 이제 더 이상은 선생님네 것이 없습니다.'

저는 호통을 쳤습니다.

'앞으로 두고 보지. 하지만 이제 내게 말해 보게나. 우리한테서 어떻게 선인장들을 훔쳐갔는지 말해 보게.'

'그건 이렇습니다.'

그는 급히 중얼댔습니다. 그동안 그의 후골(喉骨)이 올라갔다가 내려갔다가 했습니다.

'저는, 저는 그저 이 옷을 입고서…'

'어떤 옷을?'

저는 소리쳤습니다. 이에 그는 완전히 당황하여 말을 더듬었습니다.

'저저, 저는 여자의 옷을요.'

'이봐 젊은이.'

저는 의아해서 물었습니다.

'왜 여자의 옷을?'

'왜냐하면요….'

그는 목 메인 소리로 말했습니다.

'왜냐하면요, 그런 나이 많은 여자의 옷에는 아무도 신경을 쓰지 않거든요. 그리고…'

그는 마치 승리감에 젖어 덧붙여 말했습니다.

'…어느 누구도 그런 늙은 여자를 의심하지 않으리라는 것은 당연하지 않나요! 선생님, 여자들은 온갖 열정들은 다 가지고 있지만 그들은 수집 따위는 전혀 하지 않잖아요! 선생님은 우표라든가 딱정벌레라든가 희귀본 책들을 수집하는 여자들을 본 적이 있나요? 결코 없을 겁니다. 선생님! 여자들은 그런 세심함이라든가, 그리고 그런 열정을 가지고 있지 않아요. 여자들은 그렇게 매우 현실적이에요, 선생님! 아시다시피 그 점이 바로 그들과 우리들의 가장 큰 차이점이에요. 오직 남자들만이 수집을 하지요. 제 생각인데요, 우주는 오직 별들의 수집이에요. 그것은 어떤 남성 신의 수집물이에요. 그는 온 세계들을 수집해요. 그래서 거기에는 세계들이 어마어마하게 많이 있어요. 에잇 빌어먹을…. 나한테도 그가 가지고 있는 것처럼 그런 장소들과 그런 자원들이 있다면! 아시다시피 저는 새로운 선인장들을 고안해 냈어요. 그리고 밤에 저는 그런 것들을 꿈꾸었어요. 황금색 솜털과 진한 푸른빛을 띤 꽃을 가진 선인장 같은 거요. 저는 그것을 체팔로체로이스 님파 아우레아 라체크라고 명명했어요 라체크는 제 이름이에요. 선생님도 그걸 아시면 기뻐하실 거예요. 또는 마밀라리아 촐루브리나 라체크요. 또는 아스트로피툼 차에스피토숨 라체크요. 선생님, 아주 멋진 가능성들이 있어요! 만일 선생님이 알기만 하신다면…'

'잠깐!'

저는 그자의 말을 가로챘습니다.

'그래서 어디에 숨겨서 그 선인장을 가져갔지?'

그는 수줍어하며 말했습니다.

'제 가슴속에요, 선생님. 그것들이 얼마나 아름답게 제 가슴을 찌르는지요.'

이것 보세요. 저는 그로부터 그 선인장들을 가져올 마음이 없었습니다. 저는 그에게 말했습니다.

'자네도 알겠지만, 난 자네를 노신사 홀벤 씨에게 데려갈 것이네. 그는 아마 자네 두 귀를 비틀어 잡아뗄 것이네.'

이것 좀 보라니까요, 여러분. 그들 둘이 함께 만났을

때, 그 둘은 밤새도록 온실에서 보냈어요. 그 삼만 육천 개의 화분을 다 돌아다닐 때까지요. 그 노신사는 제게 말했어요.

'홀란. 이 친구는 내가 만난 사람들 중에서 선인장의 가치를 알아준 최초의 사람이네.'

한 달이 채 가기도 전에 노신사 홀벤은 눈물, 그리고 축복과 더불어 라체크를 멕시코로 보내서 선인장들을 수집하게 했습니다. 이 두 사람들은 성스러울 정도로 엄숙하게 거기에 체팔로체로이스 님파 아우레아 라체크 선인장이 자라고 있다고 믿고 있었습니다.

1년 후 우리는 이상한 소문을 들었습니다. 라체크는 멕시코에서 아름답게 순교했다고 합니다. 그자는 인디언들의 성스러운 선인장 치클리를 가지러 어떤 인디언들한테 갔습니다. 혹 여러분은 아실지 모르시겠지만 그것은 어쩌면 하나님 아버지의 진짜 형제일 것입니다. 그리고 그자는 그들에게 무릎을 꿇지 않았을 거고, 심지어 어쩌면 그 선인장을 도둑질하려 했을 것입니다. 간단히 말하면, 친애하는 인디언들은 라체크를 잡아 묶어서 코끼리처럼 크고, 러시아 총검처럼 긴 창들이 난 거대한 둥근 선인장 비스나가 후커 위에 앉혔습니다.

그 결과로 우리의 동포는 자신의 운명에 굴복하여 영혼을 떠나보내야 했습니다. 이것이 선인장 도둑의 최후였습니다."

어느 늙은 죄수의 이야기

"도둑을 쫓는다는 것은 뭐 특별한 일이 아니란 것은 우리가 다 아는 사실입니다."

작가 얀데라가 말했다.

"그러나 도둑 자신이 도둑질 당한 자를 찾는다는 것은 특별합니다. 아시다시피 바로 그러한 것이 제게 일어났습니다. 얼마 전에 저는 단편 하나를 써서 출판사에 넘겼습니다. 제가 그것이 인쇄된 것을 읽었을 때 저는 언짢은 기분을 느꼈습니다.

'이것 봐 친구야.' 저는 제 자신에게 말했습니다. 저는 뭔가 비슷한 것을 벌써 언젠가 어딘가에서 읽은 것 같았어요. '젠장, 빌어먹을, 내가 누구한테서 이 자료를 훔쳤을까?' 저는 3일 간 고집스런 양처럼 쏘다녔습니다. 그러나 누구한테서 이 자료를 이른바, 빌려왔는지 전혀 알아낼 수 없었습니다. 마침내 저는 친구를 만나서 그에게 물었습니다.

'어이 이 친구, 내 최근의 단편이 아무리 봐도 누군가로부터 도용한 것 같아.'

'그거 나 단번에 알아보겠는데.'

제 친구는 말했습니다.

'자네 그거 체호프한테서 도용했구만.'

그래서 저는 마음이 한결 가벼워졌습니다. 그러고 나서 저는 또 한 비평가와 이야기를 나누게 됐습니다. 저는 그에게 말했습니다.

'선생님, 당신은 이것을 믿지 않겠지요, 어떤 사람이 표절을 하고도 그것을 알아보지 못한다는 것을. 예컨대, 저의 최근 단편은 표절한 것입니다.'

'저는 알아보겠던데요.' 그는 말했습니다. '그건 모파상한테서 표절한 것이네요.'

그래서 저는 제 모든 친구들에게 다 돌아가며 물었습니다. 이것 좀 보세요. 일단 사람이 한번 범죄의 길로 빠져 들면 어떻게 멈추어야 할지 몰라요. 상상 좀 해보시지요. 저는 그 단편 하나를 코트프리드 켈러, 디킨슨, 가브리엘레 단눈치오, 천일 야화, 찰스 루이스 필립, 크누트 함순, 스토름, 하디, 안드레예프, 반델로, 로제거, 레이몬트, 그리고 수많은 다른 작가들로부터 표절했어요. 이것이 바로 사람이 어떻게 점점 더 악의 소굴로 깊이 빠져드는지를 보여 주는 전형적인 예입니다."

*　*　*

"그건 아무것도 아닙니다."

나이 많은 전과자 보베크가 목을 풀면서 말했다.

"그것은 제게 한 사건을 기억나게 하네요. 어떤 살인범을 체포했는데, 그가 행한 살인사건을 찾을 수 없었어요. 저는 당신이 그것이 저였다고 생각하지 않길 바랍니다. 저는 바로 그 살인자가 갇혔던 교도소에서 반 년을 보냈어요. 그곳은 팔레르모였어요."

보베크는 이렇게 말하고 겸손하게 더 말을 보탰다.

"저는 나폴리에서 오는 배에서 제 손에 들어온 바로 이 가방 때문에 거기에 있게 됐어요. 나에게 그 살인자의 사건을 말해 준 사람은 그 감방을 지키는 교도관 수장이었어요. 그래서 저는 그에게 소위 말하는 친선도박이라고 말하는 여러 가지 카드 게임들을 가르쳐 주었습니다. 그는 매우 신앙심이 깊은 사람이었어요, 그 교도관 말입니다.

어쨌든 밤에 두 경찰들이 순찰을 돌고 있었어요. 이탈리아에서는 늘 두 명씩 순찰을 돕니다. 그들은 한 녀석이 온힘을 다해 그 악취 나는 항구로 흘러 들어가는 부테라 강을 따라 가는 것을 봤습니다. 그래서 그들은 그 자를 잡았습니다. 하나님 맙소사. 그는 손에 피 묻은 칼을 쥐고 있었어요. 아시다시피 그들은 그를 경찰서로 데려갔습니다.

'자, 이제 친구야, 누굴 해치웠는지 말해 봐.'

그 젊은이는 눈물을 흘리며 말했습니다.

'저는 어떤 사람을 살해했습니다. 그러나 더 이상 말할 수 없습니다. 만일 제가 말한다면 다른 사람들이 불행해집니다.'

그래서 더 이상 그로부터 얻을 게 없었습니다. 아시다시피, 그래서 곧 시체를 찾아 나섰습니다. 그러나 아무것도 찾을 수 없었습니다. 그래서 그들은 그 당시 사망신고를 낸 모든 사망자들을 조사했습니다. 그러나 그들은 모두 말라리아나 그 비슷한 것 때문에 기독교인답게 행복하게 죽은 것이 판명되었습니다. 그래서 그들은 또다시 그 젊은이를 추궁했습니다. 그는 자기는 카스트로 지오반니에서 온 마르코 비아지오이며 떠돌이 캐비닛 목수라고 말했습니다. 그리고 그는 약 20번이나 그 사람을 찔렀고 결국 그를 죽였다고 말했습니다. 그러나 다른 사람들에게 불행이 오지 않기 위해서 누구를 그렇게 했는지는 말하지 않습니다. 그것이 전부입니다. 그는 오직 자신을 벌하도록 하나님을 불러대고 바닥에 머리를 처박을 뿐입니다. 그 교도관은 그러한 후회를 결코 본 적이 없다고 말합니다.

아시다시피 경찰들은 어느 누구의 말도 믿지 않습니다. 그들은 말하길, 마르코가 아무도 죽이지 않고 거짓말을 한다고 합니다. 그래서 그들은 그 칼을 대학에 보냈고 거기서는 말하기를, 그 피는 사람의 피가 분명하며 심장을 찔렀을 것임에 틀림없다고 했습니다. 실례지만, 그들이 그것을 어떻게 알아보는지 저는 모르겠습니다. 자, 좋아요. 그러나 이제 그들이 무엇을 할 수 있을까요? 살인자는 잡았지만, 살인사건은 없습니다. 알 수 없는 살인사건으로 사람을 재판에 넘길 수는 없습니다.

아시다시피 범죄의 증거가 될 시체가 있어야 합니다. 그동안 그 마르코는 계속해서 기도를 하고, 중얼거리며 자신을 재판에 넘겨 자신의 대죄를 갚을 기회를 달라고 요구하고 있습니다.

'이 봐 마르코, 자네가 정당하게 재판을 받으려면 자네가 누구를 죽였는지 자백해야 해'라고 그들은 그에게 말했습니다.

'우리는 너를 목매달 수 없어, 누구를 죽였는지 적어도 이름이라도 대봐, 이 고집불통아. 증인이라도 대봐.'

'제 자신이 증인입니다.' 마르코는 소리쳤습니다.

'제가 살인을 했다는 것을 맹세합니다!'

자, 사건은 이러했습니다."

"그 교도관이 제게 말하길, 그 마르코는 그처럼 착하고 선한 사람이라고 했습니다. 거기서 그처럼 착한 살인자를 수용한 적이 없었답니다. 그는 읽지 못하지만 늘 손에 성경을 들고 있었고, 때때로 거꾸로 들고 있긴 했지만, 거기에 대고 중얼거렸답니다. 그래서 정신적으로 그를 감화시켜 그자가 어떻게 누구를 죽였는지 고백을 받도록 선한 신부를 그에게 보냈습니다. 그 신부는 마르코한테서 돌아와 두 눈을 훔치며 말했습니다.

'만일 그 마르코가 나쁜 짓을 또 할지라도 그는 위대한 자비를 받을 것입니다. 그의 영혼은 정의에 목말라 있습니다.'

그러나 그자로부터 그런 말과 눈물 외에 그 신부도 더 이상 아무것도 얻어 내지 못했습니다.

'제가 지은 중죄 값을 달게 받도록 저를 목 매다십시오. 그것으로 끝입니다. 정의는 반드시 있어야 합니다.'

마르코는 그렇게 말했답니다.

그렇게 반년이 지나갔고 어디에서도 거기에 적합한 시체는 발견하지 못했습니다.

그래서 그때 곤란에 처한 경찰서장이 말했습니다.

'모드리아노, 그 마르코가 어떻게든 목 매달리고 싶어 하니, 그가 잡혀 오고 나서 3일 후에 아레넬에서 일어났던 살인사건을 그에게 적용하게나. 거기서 살해당한 노파를 발견한 것 말일세. 어쨌든 여기엔 살인사건은 없고 살인자는 있고, 거기엔 살해자는 없이 그런 멋진 살인사건이 있다는 것은 우리들의 수치야. 어떻게 그걸로 일을 꾸며 보게나. 마르코가 유죄를 받고 싶어 하니, 이것이 그에게 딱 어울릴 수 있겠지.'

그러나 그것은 오래 가지 않았습니다. 교도소에서는 그 저주받은 마르코를 어떻게 제거할지를 생각해냈습니다. 아시다시피, 그들은 교도관에게 말했습니다.

'그가 도망을 치도록 유도하게나. 우리는 그를 재판에 넘길 수 없어, 왜냐하면 그것은 우리의 수치가 될 것이니까. 우리들에게 그자가 살인을 고백하는데, 그를 풀어준다는 것도 말이 안 돼. 이것 보게나, 이 개같이 저주받을 녀석을 눈에 띄지 않게 사라지게 하도록 해보게나.'

자, 이것 좀 들어보십시오. 그래서 그들은 마르코를 스스로 아무런 이유 없이 후추와 실을 가져오도록 밖으로 내보냈습니다. 그의 감방 문은 낮이나 밤이나 열어놨고요. 그 마르코는 하루 종일 교회들과 성지들을 찾아다녔고, 그러나 저녁이 되면 그는 혀를 빼물고 8시에 바로 그의 코앞에서 교도소 문이 닫히기 직전에 돌아왔습니다. 언젠가 한번은 일부러 문을 일찍 닫았었지요. 그는 문을 발로 차고 난동을 부렸습니다. 그래서 자신의 감방으로 들어가도록 문을 열어 주었습니다.

그래서 어느 날 저녁에 그 교도관이 마르코에게 말했습니다.

'너, 이 비열한 마돈나 같으니라고, 오늘 저녁이 여기서 너의 마지막 날이다. 네가 누구를 죽였는지 자백을 하지 않으면, 이 악당아, 우리는 너를 쫓아낼 것이다. 너를 벌할 악마에게나 가거라.'

그날 저녁 마르코는 자신의 감방 창문에 스스로 목을 매달았습니다.

이것 좀 들어 보세요. 아마도 그 신부는 누구나 양심의 가책으로 자살을 한다면 죽을 수밖에 없는 죄로부터 사함을 받을 것이다, 왜냐하면 그자는 회개하면서 죽었기 때문이라고 말했을 것입니다. 그러나 아마도 그 신부는 그것을 확신하지는 않는 것 같습니다. 아니면 그 문제는 아직도 논쟁거리입니다. 그런데 말이죠, 제 말 좀 믿어 봐요. 그 마르코가 그 감방에 유령으로 출몰한답니다.

사실은 이렇습니다. 누군가가 그 감방에 들어오면 그자는 양심의 가책을 느끼고, 자신이 저지른 것을 후회하기 시작하고, 속죄를 하고 완전히 전향한답니다. 알겠지만 모두가 똑같은 기간에 그렇게 되는 것은 아니랍니다. 경범죄는 하룻밤이 걸리고, 중죄는 2~3일 걸리고, 사형에 처할 중범죄는 개종하기에 약 3주 정도 걸린

답니다. 가장 오래 걸리는 자는 금고털이범, 횡령범죄자와 큰돈을 훔치는 자들입니다. 확실히 말할 수 있는 건, 큰돈은 특별히 양심을 굳어 버리게 하거나 양심의 가책을 막아 버리는 모양입니다.

가장 효과가 강할 때는 바로 마르코의 죽은 기념일입니다. 그래서 팔레르모에서는 그 감방을 감화원으로 개조했답니다. 아시다시피, 그들은 거기에 죄수들이 자신들의 범죄를 후회하고 전향하도록 가두었습니다. 아시다시피, 어떤 죄수들은 경찰들과 줄이 닿았지요, 경찰들은 반대로 이 사기꾼들을 십분 활용했습니다. 아시다시피, 모든 죄수를 거기에 가두는 것은 아니고, 때때로 어떤 자들은 개종시키는 길을 포기하는 경우도 있다는 것은 다 아는 사실입니다. 저는, 또한 때때로 그 큰 사기꾼들 중 몇몇은 그 기적의 감방으로 보내지 않기 위해 그들 스스로 손바닥을 비비게 놔둔다고 생각합니다. 심지어 기적에는 벌써 아무런 정직성이 없는가 봅니다.

바로 그것이, 여러분, 그 팔레르모에서 교도관이 제게 말해 준 것이랍니다. 거기에 있었던 친구들이 제게 맹세했답니다. 바로 거기에 영국 해병 한 명이 난투극으로 잡혀갔었는데, 이름이 브리크스라고 하는 자입니다.

그는 바로 그 감방에서부터 곧바로 선교사가 되어 포르모사로 떠나갔답니다. 나중에 들은 이야기인데 그는 거기서 순교했답니다. 그런데 교도관들 중 어느 누구도 그 감방에 손가락 하나 들이밀고 싶어 하지 않았다는 것은 이상합니다. 아마도 그들은, 자비가 그들에게 도래해서 그들이 자신들이 한 짓을 후회할까 봐 두려운 모양입니다.

자, 그래서 제가 여러분들에게 벌써 말했듯이 저는 그 교도관 대장한테 종교적인 카드놀이를 가르쳐 주었습니다. 그 사람, 게임에 지면 화를 얼마나 내는지! 그러나 그에게 언젠가 한번 나쁜 카드들이 여러 개 나왔을 때, 그는 안전부절 못하고 나를 그 마르코의 감방에 가두어 버렸어요.

'페르 바코.' 그는 소리를 질렀습니다. '내가 네게 본때를 보여 줄 테다!'

그래서 저는 거기에 누워서 잠이 들었습니다. 아침에 그 교도관은 저를 불러서 말했습니다.

'그래, 자네 좀 전향했는가?'

'전 전혀 모르겠습니다. 대장 나리.'

저는 그에게 말했지요.

'저는 통나무처럼 잤습니다.'

'좋아, 너 다시 거기로 가.'

그는 제게 소리 질렀습니다.

하지만 여러분들에게 이야기할 거리가 많네요. 저는 거기서 3주 동안 있었습니다. 그러나 제게 아무 일도 일어나지 않았어요. 아무런 양심의 가책도 제게는 나타나지 않았어요. 그러자 그 교도관은 머리를 흔들며 말했습니다.

'너희들, 체코 놈들은 틀림없이 신앙심이 없거나 이교도들이야. 너희들에게 아무런 효과도 없으니!'

그러고 나서 그는 제게 호통을 쳐댔습니다.

아시다시피 그때 이후 마르코의 감방은 효과를 전혀 발하지 못했습니다. 거기에 누구를 잡아넣든지, 아무도 조금도 전향하지 않고, 조금도 향상되지 않고, 전혀 후회하지 않고, 전혀 아무것도…. 간단히 말해 그 감방은 기능을 상실했습니다.

하나님 맙소사. 온통 난리가 났습니다. 그들은 교도소 소장에게 저를 데려가서 제가 그것을 온통 망쳤다고 했습니다. 저는 그저 어깨를 추썩거렸습니다. 제가 뭘 더 이상 할 게 있겠어요, 그렇지 않아요? 그래서 그들은 저를 창 없는 감방에 3일간 처넣었어요, 왜냐하면, 그들이 말하기를 제가 그 감방을 망치게 했기 때문이랍니다."

히르쉬 씨의 실종

"그것은 그렇게 나쁜 사건이 아니었습니다."

타우시크가 말했다.

"그러나 거기에는 치명적인 실수가 있었습니다. 그 사건은 프라하에서 일어나지 않았습니다. 아시다시피 범죄 사건들의 경우에조차 사람들은 자기 고향 도시를 염두에 둬야 합니다. 실례지만, 우리들은 팔레르모나 뭐 비슷한 빌어먹을 장소에서 일어난 사건에 대해 왜 관심을 가져야 할까요? 그것은 우리에게 아무런 소용도 없어요. 그러나 그런 별로 나쁘지 않은 범죄가 프라하에서 일어난다면, 그것은 제게 바로 알랑거림이 될 것입니다. 제가 감히 말하건대, 지금 전 세계에서 사람들이 우리들에 대해 왈가왈부하고 있어요. 아시다시피 그것은 뭔가 유쾌한 것이지요. 그리고 일급범죄가 일어나는 그런 장소에서는 경기도 괜찮아지는 법이지요. 그것은 낙관적인 전망에 대한 증거가 됩니다. 그렇지 않아요? 그리고 그것은 신뢰를 불러일으키지요. 하지만 그 범죄자는 반드시 잡혀야 합니다.

저는 여러분들이 들로우하 거리에서 일어난 그 늙은 히르쉬 사건을 기억하는지 모르겠습니다. 그는 거기서 가죽 가게를 운영했습니다. 거기서 그는 또한 페르시아 양탄자라든가 그런 동양물품들도 취급했습니다. 아시다시피, 그는 콘스탄티노플에서 여러 해 동안 상거래를 했습니다. 하지만 그는 거기서 간질환을 얻었습니다. 그래서 그는 죽어가는 고양이처럼 여위었고, 마치 무두질 통에서 꺼내놓은 것 같았습니다. 그리고 아르메니아나 스미르나로부터 양탄자 상인들이 그를 찾아오곤 했습니다. 왜냐하면 그는 그들과 함께 협잡꾼들의 은어를 주고받을 줄 알았기 때문입니다. 그들은 사기꾼들이었지요. 그 아르메니아인들, 심지어 유대인들도 그들을 조심하곤 하지요. 좌우간 그 히르쉬는 1층에 그런 가죽들을 보관하고, 바로 거기로부터 소용돌이 계단을 따라 올라가면 그의 사무실이 있습니다. 그 사무실 뒤에는 그의 아파트가 있고 히르쇼바 부인이 거기에 늘 앉아 있습니다. 그 여자는 몸이 너무 뚱뚱해서 걷기조차 힘듭니다.

어떤 날 정오 무렵 가게 한 점원이 브르노에 사는 바일이라는 사람에게 생가죽을 외상으로 보내야 할지 물어보기 위하여 위층 사무실로 히르쉬 씨를 찾아갔습니다. 그러나 히르쉬 씨는 사무실에 없었습니다. 그래 그것은 좀 이상했습니다. 그러나 그 점원은 히르쉬 씨가 옆 방 히르쇼바 부인한테 잠시 들렀겠지 하고 속으로 생각했습니다. 그러나 잠시 후 위층으로부터 하녀가 내려와서 히르쉬 씨는 점심 먹으러 와야 한다고 했습니다.

'점심 먹으러 오시라니.' 그 점원은 말했습니다. '히르쉬 씨가 집에 있는데, 무슨 소리를?'

'집에 계시다니요?' 하녀가 말했습니다. '히르쉬 부인은 사무실 바로 옆에서 하루 종일 앉아 있었는데, 그를 아침부터 보지 못했습니다.'

'우리들도 그를 보지 못했습니다.' 점원이 말했습니다. '바츨라프 씨 안 그래요?' 아시다시피 바츨라프도 가게의 심부름꾼입니다.

'10시에 제가 그에게 우편물을 가져갔습니다.' 점원이 말했습니다. '히르쉬 씨는 우리가 송아지 가죽에 대해 렘버거한테 빚 독촉을 해야 했었다고 제게 화를 냈습니다. 그 이후는 그는 사무실 바깥으로 콧방귀도 내밀지 않았습니다.'

'하나님 맙소사.' 하녀는 말했습니다. '그가 사무실에 안 계신다면, 아마 시내에 가지 않았을까요?'

'그는 여기 가게로부터는 나가지 않았어요.' 점원이 말했습니다. '여기서부터 나갔다면 우리들이 그를 봤을 것입니다, 그렇지 않아요? 바츨라프. 그는 아마 아파트 쪽으로 나갔을 거예요.'

'그것은 가능하지 않아요.' 하녀가 말했다. '그랬더라면 히르쇼바 부인이 봤을 테니까요!'

'자, 그럼 잠깐 기다려 봐요.' 점원이 말했다. '제가 그를 보았을 당시, 그는 실내복과 슬리퍼를 신고 있었어요. 자 가서 보세요, 그가 구두와 덧신을 신고, 코트를 가져갔는지.'

아시다시피, 11월에는 비가 많이 내리거든요.

'그가 차려입었다면 아마 시내 어딘가에 갔을 거예

요.' 점원은 말했습니다. '만일 정장을 하지 않았다면 여기 집 어딘가에 있겠지요. 그렇지 않아요?'

그래서 하녀는 위로 담박질하고 잠시 후 완전히 혼이 빠져서 되돌아 왔습니다.

'하나님 맙소사, 후고 씨.' 그녀는 그 점원에게 말했습니다. '좌우간 그는 구두도, 아무것도 가져가지 않았어요. 히르쇼바 부인이 말하기를 아파트로부터는 나갈 수 없었대요, 그렇게 하려면 틀림없이 그녀의 방을 통해서 나갔어야 했을 거야! 라고 했어요.'

'가게를 통해서도 나가지 않았어요.' 점원이 말했습니다. '그는 오늘 가게에 전혀 나타나지도 않았어요. 그는 그 우편물 건으로 제게 전화를 했을 뿐이에요. 바츨라프, 그를 찾으러 가 봐요!'

그래서 그들은 맨 먼저 그의 사무실로 달려갔습니다. 거기는 모두 잘 정리되었고, 다만 구석에 양탄자 두루마리가 몇 개 놓여 있었고, 책상 위에는 그 렘버거한테 쓰다 만 편지가 놓여 있었습니다. 책상 위에는 가스램프가 켜져 있었습니다.

'자 이제 모든 게 분명해요.' 후고가 말했습니다. '히르쉬 씨는 아무데도 가지 않았어요. 만일 어딘가로 갔

다면, 램프를 껐을 테니까요. 그렇지 않아요? 그는 틀림없이 어디 집안에 있어요.'

그래서 그들은 집안 모든 곳을 살펴봤으나, 아무 소용도 없었습니다. 그래서 히르쇼바 부인은 자신의 그 안락의자에 앉아서 울기 시작했습니다. 그 후에 후고가 말한 바에 의하면, 그 우는 모습은 온통 젤리 덩어리가 흔들리는 것 같았다고 합니다.

'히르쇼바 부인.' 후고는 말했습니다. 이 젊은 유대인은 딱 필요한 때에 즉각 무엇을 할 줄 알아차립니다.

'히르쇼바 부인, 울지 마십시오. 히르쉬 씨는 아무데도 도망가지 않았어요. 지금 가죽들이 잘 팔리고 있고, 그 외에도 그는 아무런 빚도 지고 있지 않아요. 그렇지 않아요? 사장님은 어딘가 꼭 있을 것입니다. 만일 저녁까지 찾지 못한다면 경찰한테 신고할 게요. 하지만 그 전에는 아니에요. 아시다시피 히르쇼바 부인, 그런 소문이 드러나면 장사에 도움이 되지 않거든요.'

자, 그래서 그들은 기다리며 그를 찾아 나섰습니다. 그러나 히르쉬의 흔적은 찾아 볼 수 없었습니다. 그래서 후고 씨가 다른 때처럼 정시에 가게 문을 닫고 경찰서로 가서 히르쉬 씨가 실종되었다고 신고했습니다. 그래서 거기에 경찰서 본부로부터 수사관들을 보냈습니다. 아시다시피 그들은 거기를 샅샅이 뒤졌으나 단서가 될 만한 것은 하나도 찾지 못했습니다. 그들은 심지어 바닥에 피의 흔적을 찾았으나 아무런 소용이 없었습니다. 그래서 그들은 당분간 그의 사무실을 폐쇄했습니다. 그러고 나서 그들은 아침부터 무슨 일이 있었는지 히르쇼바 부인과 다른 사람들의 이야기를 들었습니다. 그러나 어느 누구도 아무것도 몰랐습니다. 오직 후고 씨만이, 10시가 넘어서 외판원인 레베다 씨가 히르쉬 씨한테 와서 약 10여 분 히르쉬 씨와 이야기를 했다는 것을 기억하고 있었습니다. 그래서 그들은 레베다 씨를 찾아 나섰습니다. 말할 필요도 없이 그들은 포커를 하고 있는 브리스톨 카페에서 그를 찾았습니다.

그래서 레베다는 즉각 돈을 숨기려고 했습니다. 그러나 수사관은 그에게 말했습니다.

'레베다 씨, 오늘 온 것은 카드놀이 때문이 아니라 히르쉬 씨 때문입니다. 히르쉬 씨가 실종되었습니다. 그리고 당신이 그를 본 최후의 사람이고.'

하지만 그 레베다 또한 아무것도 모르고 있었습니다. 그는 히르쉬 씨 사무실에 가죽마구 때문에 가 있었지만 뭐 특별히 다른 것을 보지 못했고. 다만 히르쉬 씨가 평소보다 여위어 보였다고 했습니다.

'히르쉬 씨, 당신은 좀 핼쑥해 보이는군요'라고 그는 그에게 말했습니다. 그렇지만, 히르쉬 씨가 좀 홀쭉해졌을지언정 그가 공중으로 사라질 수는 없지요. 적어도 뼈 조각이라든가 이빨이라도 그 뒤에 남아 있어야 하는 거 아니겠어요, 그렇지 않아요? 서류가방에 그를 넣고 나올 수 없었을 테니까요.

하지만 잠깐 기다려보십시오, 이제 이 사건은 다른 결말을 가져왔습니다. 아시다시피, 정거장에는 여행자들이 크고 작은 짐들을 맡기는 휴대품 보관소가 있습니다. 그리고 아마 히르쉬 씨가 실종되고 나서 이틀 후에 보관소 여직원이 관리인에게 '저기 이상한 가방이 하나 있는데 그것은 그녀에게 꺼림직 하다'고 말했습니다.

'저는 이유를 모르겠지만 저 가방이 무서워요.'

그래서 그 관리인은 그 가방을 냄새 맡아 보고 말했습니다.

'아주머니, 맞아요. 정거장 경찰한테 알리세요.'

그래서 그들은 경찰견을 데려왔고, 그 개는 가방에 냄

새를 맡아보고는 으르렁거리기 시작하고 털을 곤두세웠습니다. 그것은 무척 이상한 것이었어요. 그래서 그들은 가방을 열었어요. 거기에 실내복과 슬리퍼를 신은 채, 쭈그리고 앉아 죽어 있는 것은 히르쉬 씨였어요. 그는 간질환을 앓고 있어서 벌써 냄새가 고약했어요. 목에는 강력한 밧줄이 목살을 뚫고 들어 가 있었어요. 그는 목이 졸렸어요. 그러나 가장 이상한 것은, 어떻게 그가 실내복과 슬리퍼 차림으로 그의 사무실을 나와서 정거장의 가방 속으로 들어가 있을 수 있는가였어요.

그래서 이 사건은 메이즐리크 경위가 맡았습니다. 그는 스스로 자세히 이 시체를 살펴보고 즉각 얼굴과 손에 있는 파랗고, 푸르고 붉은 반점들을 알아봤습니다. 그러나 더욱 이상한 것은 히르쉬 씨의 피부가 갈색이었다는 것입니다.

'이것은 이상한 부패의 사례인데요.'

메이즐리크 경위는 말했습니다. 그는 손수건으로 반점 하나를 훔쳤습니다. 그 반점이 떨어져 나왔습니다. 그는 그때 옆에 있는 경찰에게 말했습니다.

'이것 좀 보세요. 이건 뭔가 아날린 염색 같아요. 저는 반드시 그의 사무실을 다시 한 번 봐야겠어요.'

맨 먼저 그는 그의 사무실에서 여러 가지 염색 물감을 찾았습니다. 그러나 거기에는 아무 물감도 없었습니다. 갑자기 그의 시선은 두루마리 페르시아 양탄자를 향했습니다. 그는 그중 하나를 펼치고 침을 바른 손수건으로 푸른 무늬를 문질렀습니다. 그 손수건에 푸른 반점이 생겨났습니다.

'이 빌어먹을 가짜 양탄자 같으니라고!'

그는 소리치고 살펴보기 시작했습니다. 히르쉬의 책상 위 잉크 스탠드에서 그는 터키산 담배꽁초 두세 개를 발견했습니다.

'이봐요 동지.'

그는 다른 수사관 동료에게 말했습니다.

'이 페르시아 양탄자를 거래할 때 그는 늘 담배를 한두 대 피우곤 했지요. 그것은 바로 동양의 습관이랍니다.'

그러고 나서 그는 후고를 불렀습니다. 그는 그에게 말했습니다.

'후고 씨. 레베다 다음에 누가 또 왔었지요, 그렇지 않아요?'

'왔었습니다.'

후고는 말했습니다.

'하지만 히르쉬 씨는 그 문제에 대해서 우리들과 이야기하고 싶어 하지 않았습니다. 당신들은 가죽이나 살펴봐요, 양탄자는 당신들하고는 관계없어요. 그것은 내 일이에요.'

'알만 해요.'

메이즐리크 경위는 말했습니다.

'왜냐하면 그것들은 밀수입된 양탄자들이었으니까요. 이것 좀 보세요, 어느 것 하나도 세관 직인이 없네요. 만일 히르쉬 씨가 제조자가 아니었다면 그는 세관에서 큰 문제에 봉착했을 것입니다. 그리고 그는 얼굴이 새파래질 때까지 벌금을 냈을 것입니다. 자 급해요, 누가 여기 왔었어요!'

저기 저, 아마도 10시 반 경에 오픈카를 타고 아르메니아 인이나 아니면 유대인이 왔었습니다. 그자는 뚱뚱한 누런둥이였습니다. 그는 터키말로 히르쉬 씨가 어디 있는지 물었습니다. 그래서 저는 위층 그의 사무실을 가리켜 주었습니다. 그리고 그 뒤를 따라서 그런 키다리인, 판자처럼 홀쭉하고 검정고양이처럼 검은 하인이 따라 들어왔습니다. 그는 커다란 양탄자를 다섯 개나 어깨에 메고 들어왔습니다.

저와 바츨라프는 그것을 어떻게 운반하는지 의아해 했습니다. 그렇게 두 사람이 사무실로 들어갔고 그들은 거기서 15분 가량 머물렀습니다. 우리는 그것에 대해 전혀 신경을 쓰지 않았어요. 그 후 그 하인이 또다시 아래층으로 내려왔는데 어깨에는 4개의 양탄자를 메고 있었습니다. 아하. 히르쉬 씨는 양탄자 하나만 샀구나, 라고 저는 속으로 말했습니다.

'예, 그 아르메니아인은 사무실 출입구 문에서 돌아서서 사무실 안에 있는 히르쉬 씨한테 뭔가를 중얼거렸습니다. 저는 그가 뭐라고 했는지 이해하지 못했습니다. 그러고 나서 그 키다리가 양탄자를 차 안에 던져 놓고 그들은 떠나갔습니다. 저는 아무 말도 안 했습니다. 왜냐하면 뭐 특별한 것이 없었기 때문입니다'라고 후고 씨는 말했습니다.

'우리는 여기 수많은 그런 양탄자 판매자들이 오곤 했고 그들 모두 똑같이 협잡꾼들이었습니다.' 후고는 말했습니다.

'후고 씨. 아시다시피 거기에는 뭔가 특별한 것이 있었군요.'

메이즐리크 경위가 말했습니다.

'그 키다리 녀석이 두루마리 양탄자로 죽은 히르쉬의 시체를 날랐다는 것을 알기 바랍니다. 무슨 말인지 이해하시겠어요? 하나님 맙소사. 이봐요 친구. 그 녀석 올라갈 때보나 내려갈 때 더 무거운 것을 들고 갔어요!'

'그것은 사실입니다.'

후고는 말하고는 얼굴이 창백해졌습니다.

'좌우간 그 녀석 허리를 완전히 굽혔었거든요. 하지만 경위님, 그것은 불가능해요. 그 뚱뚱이 아르메니아인이 그의 뒤를 따라 가다가 한 번 더 사무실 문간에서 히르쉬 씨에게 말을 했었거든요!'

'맞아요.' 메이즐리크 박사는 말했다. '그는 아무도 없는 사무실에 대고 말했어요. 그 키다리가 히르쉬 씨의 목을 조를 때, 그 아르메니아 인은 계속 지껄이고 있었어요. 그렇지 않아요? 후스 씨, 그런 아르메니아 유대인은 당신들보다 더 영리합니다. 그러고 나서 그 두루마리 양탄자로 히르쉬의 시체를 자신들의 호텔로 가져갔어요. 그러나 비가 내리고 있어서, 그 빌어먹을 싸구려 양탄자의 아닐린 채색 염료가 히르쉬 씨에게 물들었었던 거예요. 그것은 불을 보듯 뻔해요. 그렇지 않아요?

호텔에서 그들은 히르쉬 씨의 시체를 트렁크에 넣어서 그것을 정거장으로 보냈던 것입니다. 예, 바로 그거예요, 후고 씨.'

메이즐리크 경위가 이런 추리를 할 동안 수사관들은 아르메니아 인에 대한 실마리를 벌써 찾아냈습니다. 무슨 말인가 하면, 그 트렁크에는 베를린 호텔 짐표가 붙어 있었습니다. 이는 그 아르메니아 인이 팁을 두둑 주는 자라는 것이 분명합니다. 아시다시피, 이 세상 모든 호텔 포터들은 팁을 잘 주는 고객을 상징하는 표시로 그런 짐표를 붙입니다. 아르메니아 인이 잘 베풀기 때문에 베를린 호텔 포터도 그를 잘 기억하고 있었습니다. 그의 이름은 마자니안이고, 그자는 아마도 프라하를 거쳐서 빈으로 갔을 것입니다. 그러나 형사들은 부카레스트에 가서야 그를 잡았습니다. 거기서 수사 도중에 그는 스스로 목을 매달았습니다. 왜 그가 히르쉬 씨를 살해했는지는 아무도 모릅니다. 아마도 히르쉬 씨가 콘스탄티노플에 갔을 때 상거래로 그들은 다투었을 것입니다. 하지만 그 사건이 주는 교훈은 이렇습니다…."

타우시크는 끝을 맺었다.

"상거래에서 주요한 것은 질입니다. 만일 그 아르메

니아 인이 값싼 채색염료를 사용하지 않은 양질의 양탄자를 취급했었다면 그가 하르쉬 씨를 제거한 사건은 그렇게 빨리 해결되지는 않았을 것입니다. 그렇지 않아요? 가짜 상품을 팔면은 똑같이 값을 치르는 법입니다."

친타마니와 새 무늬 양탄자

"흠, 아시다시피 사실 저는 페르시아 양탄자에 대해서 좀 압니다."

비타세크 박사는 말했다.

"하지만, 타우시크 씨. 저는 당신에게 감히 말하건대, 오늘날은 옛것과는 같지 않아요. 오늘날 동양에서 이미 그 녀석들 연지벌레물감, 인도 남색, 노란 샤프란, 낙타오줌, 참나무 오배자와 비슷한 그런 유기물 색 원료로 모직을 염색하는 그런 힘든 일은 하려고 하지 않아요. 모직도 옛날 같지 않아요. 만일 제가 그런 무늬를 보기라도 한다면 저는 울음이라도 터트릴 것입니다. 이 페르시아 양탄자는 이제 사라진 예술품이에요. 그래서

1870년대 이전에 만들어진 옛것들만이 가치가 있어요. 하지만 그런 것은 오래 된 가문이 가정적인 이유로, 말하자면 부유한 가문이 빚 때문에 상속받은 골동품을 팔 때에만 구입할 수 있어요.

내 말 좀 들어보세요, 저는 최근에 로즘베르크 궁전에서 진짜 트란실바니아 양탄자를 봤어요. 그것은 터키민족이 트란실바니아를 점령했을 때인 17세기에 만든 아주 작은 기도용 무릎 양탄자였어요. 거기 성에서 징이 박힌 부츠를 신은 여행객들이 그것을 밟고 지나다녔어요. 그것이 얼마나 가치가 나가는지 아무도 몰라요. 예, 정말 눈물 날 지경이었어요. 이 세상에서 가장 귀한 양탄자 하나가 바로 여기 우리나라 프라하에 있어요. 아무도 그것을 몰라요.

제가 말하고 싶은 것은 이렇습니다. 저는 우리 도시에 있는 양탄자 가게들은 모두 알고 있습니다. 그리고 가끔 저는 그들이 재고로 무엇을 가지고 있는지 살펴보러 다니곤 합니다. 아시다시피 아나톨리아나 페르시아의 중개상들은 좌우간 때때로 모스크나 어딘가에서 훔친 아주 오래된 것들을 손에 넣곤 합니다. 그것들은 다른 물건들과 함께 포장되어, 그 속에 무엇이 있는지 상관없이 전체를 무게로 팔아버립니다. 라디크나 베르가마 제품이 그렇게 포장되었다고 저는 가끔 상상합니다! 그래서 저는 가끔 이러저러한 양탄자 가게에 들르곤 합니다. 수북이 쌓아 올린 양탄자에 앉아서 담배를 피우며 살펴봅니다. 그들이 얼뜨기들한테 부하라, 사루크 그리고 타브즈 양탄자를 어떻게 파는지 살펴봅니다. 그리고 가끔 여기저기서 물어봅니다.

'저기 저 밑에 가지고 있는 노란 것은 어떤 것입니까?'

'이것 봐요, 그건 하마단이에요.'

그래서 저는 이따금 세베리노바 부인에게 들르곤 합니다. 그 여자는 구시가지 광장에 있는 건물 안마당에 작은 가게를 가지고 있습니다. 때때로 그녀의 가게에서 멋진 카라만과 킬림 양탄자가 있어요. 그녀는 풍만한 몸매를 가진 유쾌한 부인입니다. 그녀는 수다가 많고, 사람들이 쳐다보기 민망할 정도로 뚱뚱한 푸들을 한 마리 갖고 있습니다. 그런 종류의 비대한 개는 성질이 고약하고, 천식이 걸린 목소리로 신경질적으로 짖어댑니다. 저는 그게 딱 질색입니다. 내 말 좀 들어보세요. 여러분들 중 누군가가 어린 푸들을 본 적이 있습니까? 저는 못 봤습니다. 제 생각인데 모든 푸들들은 모든 검열관들, 회계 감사관들 그리고 세금 징수장이들처럼 늙어빠졌습니다. 그놈들은 아마도 혈통에 속하는가 봅니다. 그래서 저는 세베리노바 부인과 사이좋은 관계를 유지하기 위하여 저는 늘 그녀의 푸들 아미나가 사각형으로 접어진 커다란 양탄자에 앉아서 코를 골고 시근대는 그 구석에 앉아서 그의 등을 긁어줍니다. 그러면 그 아미나는 그걸 무척 좋아합니다.

어느 날 저는 그녀에게 말했습니다.

'세베리노바 부인. 장사가 잘 안 되는가 봐요. 제가 앉아 있는 이 양탄자가 벌써 3년이나 여기 있네요.'

'그건 여기서 그보다 더 오래 있었어요.' 세베리노바 부인은 말했습니다. '그것은 이 구석에 벌써 10년 남짓 접어져 있어요. 그러나 그건 저의 것이 아니랍니다.'

'아, 예 그것은 아미나의 것이군요.' 저는 말했습니다.

'아니, 아닙니다.' 세베리노바 부인이 미소를 지어 보였습니다. '그것은 어떤 부인의 것이랍니다. 그녀는 자기 집에 공간이 없어서 그것을 여기에 접어 놔두었습니다. 그것은 저를 방해하고도 남아요. 그렇지만 그래도 그 위에서 우리 아미나가 잠을 자기도 해요. 그렇지 아

미나야?'

제가 그 양탄자 한 귀퉁이를 조금 당기자 아미나가 사납게 으르렁거리기 시작하였습니다.

'이건 꽤 오래된 양탄자이군요.' 저는 말했습니다. '좀 살펴봐도 될까요?'

'왜 안 되겠어요?' 세베리노바 부인은 말하고 아미나를 자기 무릎에 앉혔습니다. '이리와, 아미나야, 저 신사분이 그냥 살펴볼 거야, 그러고 나서 아비나에게 다시 접어줄 거야. 쉬잇, 아미나야, 으르렁거리면 안 돼. 자, 이리 와, 바보 같은 것아!'

그동안 저는 그 양탄자를 펼쳐 보았습니다. 제 가슴이 터지는 줄 알았습니다. 그것은 17세기 아나톨리아 흰 양탄자였습니다. 몇 군데 헤진 데가 있었습니다. 하지만 그것은 소위 친타마니와 새들의 도안이 그려진 새 무늬 양탄자였다는 것을 아시기 바랍니다. 달리 말해 그것은 신성하고 금지된 무늬였습니다. 제 말 좀 믿어 주세요, 그것은 매우 희귀한 물건이에요. 이것은 적어도 폭 5미터에 길이 6미터나 되는 것입니다. 아름다울 정도로 하얗고, 청록색에다가 버찌 빛 장미색입니다….

저는 세베리노바 부인이 저를 못 보게 창을 향해 돌

아서서 말했습니다.

'이것은 매우 오래된 누더기이군요. 세베리노바 부인, 이것이 여기 당신 가게에서 오래 펼쳐져 있으면 산산조각이 나고 말 거예요. 제 말 좀 들어보세요. 그 주인한테 놔둘 자리가 없다면 제가 사고 싶다고 전해 주세요.'

'그건 쉽지 않은데요.' 세베리노바 부인은 말했습니다. '그 양탄자는 판매용이 아닙니다. 그 주인 여성은 계속 해서 메라노와 니스 온천장에 다니곤 해요. 저는 그녀가 언제 집에 오는지도 몰라요. 하지만 그녀에게 물어보도록 할게요.'

'예, 제발 그래 주시면 고맙겠습니다.'

저는 가능한 대수롭지 않게 말했습니다. 그리고는 저는 집으로 왔습니다. 수집가에게는 어떤 귀한 것을 몇 푼에 얻는다는 것은 명예의 문제라는 것을 알아주시기 바랍니다. 저는 아주 위대한 큰 부자를 한 사람 알고 있습니다. 그는 책 수집가입니다. 그가 값없는 책 한 권에 수천 코로나를 지불하는 것은 일도 아닙니다. 하지만 그가 도깨비 시장에서 요제프 크라소슬라프 흐멜렌스키 시집의 초판을 이 2코루나에 구입하다면 그는 기뻐서 날뛸 것입니다. 그것은 사모아 영양을 사냥하는 스포츠 같습니다. 그래서 저는 반드시 그 양탄자를 싸게 사서 박물관에 기증해야겠다고 마음을 다잡아 먹었습니다. 왜냐하면 그런 물건은 다른 곳에는 어울리지 않기 때문입니다. 다만 거기에는 다음과 같은 꼬리표가 붙어 있어야겠지요.

'비타세크 박사 기증.'

자, 누구나 각자 자신만의 환상을 가지고 있습니다. 그렇지 않아요? 하지만 고백하건대, 그것 때문에 머리가 깨질 것 같아요.

저는 그 이튿날 그 친타마니와 새 무늬가 있는 양탄자를 위해 가지 않으려고 애를 썼습니다. 그러나 저는 그것 외에는 아무것도 생각할 수 없었습니다. 저는 매일 하루 더 참고 견뎌야지 하고 매일 제 자신에게 말했습니다. 저는 저도 모르게 그렇게 했습니다. 때때로 사람은 자신을 고문하는 것을 즐깁니다. 하지만 이주 후에 저는 누군가 다른 사람이 그 새 무늬 양탄자를 발견할 수도 있다, 라는 생각이 들었습니다. 그래서 저는 그 세베리노바 부인에게 날아가듯이 달려갔습니다.

'자, 어떻게 됐습니까?'

저는 문간에서 숨을 몰아쉬었습니다.

'무엇이 어떻게 되었다니요?' 그 부인은 놀라서 내게 물었다. 저는 정신을 차리려고 했습니다. 그러나 저는 말했습니다.

'이 거리를 지나다가 우연히 그 하얀 양탄자를 생각하게 되었습니다. 그 부인이 팔겠대요?'

세베리노바 부인은 머리를 내저었습니다. 그녀는 말했습니다.

'천만에요. 그녀는 지금 비아리츠에 있는데 언제 돌아올지 몰라요.'

그래서 저는 그 양탄자가 거기 있는지 살펴보았습니다. 거기에 아미나가 앉아 있었습니다. 그녀는 지난번보다 더 똥똥해졌고 더 추해졌습니다. 그녀는 내가 등을 긁어주도록 기다리고 있었습니다.

그러고 나서 어느 날 저는 런던에 갈 일이 생겼습니다. 거기에 갔을 때 저는 키스 씨에게 들렀습니다. 아시다시피 더글라스 키스 경은 오늘날 동양 양탄자에 대해서는 가장 위대한 권위자입니다. 저는 그에게 물었습니다.

'선생님, 죄송합니다만, 가로 5m 세로 6m보다 더 큰

친타마니와 새의 무늬가 있는 하얀 아나톨 양탄자의 값어치는 얼마나 될까요?'

더글라스 경은 안경 너머로 저를 자세히 바라보더니 거의 격노하면서 소리쳤습니다.

'아무 가치도 없어요!'

'어떻게 그럴 수가. 왜 아무 가치도 없단 말입니까?'

저는 뒤로 물러서며 말했습니다.

'왜냐하면 그런 형식의 양탄자는 존재하지 않으니까.'

더글라스경은 제게 소리를 질러댔습니다.

'이봐요, 선생, 친타마니와 새 무늬가 있는 양탄자 중에서 내가 알고 있는 것 중에 가장 큰 것은 15제곱 평방미터에요!'

저는 기쁨으로 얼굴이 붉어졌습니다. 저는 그에게 말했습니다.

'하지만 만약에, 선생님. 만일 그런 크기의 양탄자가 있다면 가치가 얼마나 될까요?'

'제가 방금 말했잖아요. 아무런 가치도 없어요.'

키스는 제게 고함을 질렀습니다.

'이봐요, 선생. 그런 크기는 유일무이한 것이요. 그런 유일무이한 것을 어떻게 값을 매긴단 말이오? 만일 어떤 것이 그렇게 유일무이하다면 그것은 일만 파운드는 족히 될 겁니다. 도대체 제가 어떻게 알겠습니까? 좌우간 그런 양탄자는 존재하지 않아요. 잘 가세요. 선생님.'

자, 제가 돌아왔을 때 어떤 상태인지 상상이 되겠지요? 성모 마리아님, 친타마니와 새 무늬가 있는 양탄자 반드시 구해야겠습니다! 그거야말로 박물관 감입니다! 그러나 지금은, 제발, 저는 그것에 관심을 표명하면 안 된다는 것을 염두에 두십시오. 왜냐하면 그것은 수집가의 자세가 아닙니다. 세베리노바 부인은 그녀의 아미나가 뒹굴며 노는 그 낡은 누더기를 팔고 싶어 할 특별한 생각이 없습니다. 그리고 그 양탄자 주인인 그 저주받을 여자는 메라노로부터 오스텐드, 그리고 바덴부터 비히 온천으로 돌아다니고 있습니다. 그 여자는 집에 온갖 병의 목록을 가지고 있음에 틀림없어요. 그녀는 수많은 병을 앓고 있습니다.

간단히 말해 그녀는 줄곧 이 온천장 저 온천장에서 지냅니다. 그래서 저는 2주에 한 번씩 새 무늬가 있는 그 양탄자가 그 구석에 있는지 일별하기 위하여 세베리노바 부인에게 들르곤 합니다. 저는 그 불쾌한 아미나가 비명을 지르며 좋아할 때까지 등을 긁어줍니다. 그래야 눈치를 채지 않으니까요. 저는 매번 변함없이 양탄자를 사곤 합니다. 제 말 좀 들어보세요, 저는 집에 수많은 쉬라즈, 쉬르반, 모술, 카비스탄 그리고 다른 흔해빠진 수많은 양탄자를 가지고 있습니다. 그런 것들 중에서 고전적인 데르벤트도 하나 있습니다. 그런 것은 아무데서나 볼 수 있는 게 아닙니다. 그리고 오래 된 푸른 코라산 양탄자도 하나 있습니다. 하지만 제가 2년 내내 시도한 것은 진정한 수집가만 이해할 것입니다. 좌우간 사랑의 고통, 그것은 수집가의 고통에는 아무것도 아닙니다. 하지만 그동안 어떤 수집가도 자살을 한 적은 없습니다, 그 반대로 보통 그들은 충분히 오래 삽니다. 그것은 아마도 건강한 열정 때문일 것입니다.

한번은 세베리노바 부인이 갑자기 말했습니다.

'그 양탄자 소유자인 자넬리 부인이 여기 왔었습니다. 저는 그녀에게 그녀의 잘 팔리지 않는 흰 양탄자를 구매하고 싶어 하는 사람이 있다고 말했습니다. 그리고 그 외에도 이 양탄자는 여기서 점점 더 낡아지고 있다고 말했습니다. 하지만 그녀는 그것은 가족의 유산이고 팔 필요가 없으니 여기 남겨두고 싶다고 대답했습니

다.'

그래서 말할 필요도 없이 저는 그 자넬리 부인을 만나러 출발했습니다.

'사모님.' 저는 말했습니다. 그동안 저는 그녀의 입이 온 얼굴을 따라 춤추는 듯한 모습을 지켜봐야 했습니다.

'저는 사모님의 그 흰색 양탄자를 사고 싶은데요. 그리고 그것은 벌써 실이 좀 풀어졌어요. 그러나 그것은 우리 집 현관에 맞을 것 같아서요. 이해하시겠어요?'

제가 그녀의 대답을 기다리고 있는 동안 저는 제자신의 입이 씰룩거리고 왼쪽으로 움직이는 것 같음을 느꼈습니다. 그녀의 안면경련이 전염성이 있는지 아니면 그것은 흥분 때문이었는지, 저는 모르겠습니다만, 저는 그것을 제어할 수가 없었습니다.

'당신 어떻게 감히 그런 말을?' 그녀는 제게 무섭게 꽥꽥거리며 비명을 질렀습니다.

'당장 꺼져, 당장, 당장.' 그녀는 고함을 내질렀습니다.

'그건 우리 할아버지 때부터 내려온 가문의 유산이야! 만일 당장 나가지 않으면 난 경찰을 부르겠어요! 나

는 어떤 양탄자도 팔지 않아요. 나는 폰 자넬리요. 선생! 마리, 이 남자를 내보내!'

내 말 좀 들어보십시오. 저는 그 계단들을 마치 소년처럼 달려내려 왔습니다. 저는 분노와 후회로 울 뻔했습니다. 하지만 그게 무슨 소용이 있었겠어요? 1년 후에 저는 세베리노바 부인 가게에 다시 갔습니다. 그동안 아미나는 으르렁거리는 것을 배웠고, 더 똥똥해졌고 거의 완전한 대머리가 되었습니다. 그 1년 동안 자넬리 부인은 한 번 더 돌아왔습니다. 이때는 저는 포기하고 다른 방도를 취했습니다. 수집가로서 이는 죽는 날까지 부끄러워할 것입니다. 저는 그녀에게 제 친구인 변호사 빔발을 보냈습니다. 그는 상냥하고 여인들로부터 한량없는 신임을 받는 그런 수염을 가지고 있는 사나이였습니다. 저는 그에게 그 새 무늬 양탄자에 대해서 존경하는 부인에게 이해할 만한 금전을 지불할 수 있다고 제의하라고 했습니다. 그동안 저는 아래에서 마치 대답을 기다리는 구혼자처럼 가슴졸이며 기다렸습니다.

세 시간 후 빔발은 그 집을 비틀거리며 나와서 얼굴의 땀을 훔쳤습니다.

'넌 불한당이야.' 그는 내게 화를 냈습니다.

'네 목을 비틀어버릴 거야! 도대체 내가 왜 너 하나를 위해서 자넬리 가문의 이야기를 3시간이나 들으러 와야 하니?'

그는 복수라도 하듯이 내게 비난을 퍼부었습니다.

'넌 그 양탄자를 얻을 수 없다는 것을 알기나 해. 만일 그 가문의 기념품이 박물관에 가는 날엔 자넬리 가문의 열일곱 명이 올샨니 묘지에서 무덤이 될 것이야! 하나님 맙소사! 너 내게 한방 먹였어!'

그리고 그는 나를 남겨두고 떠나갔습니다.

하지만 여러분들도 아시다시피, 사람이 뭔가 생각에 사로잡히게 되면 그는 그것을 당장 떨쳐버릴 수 없어요. 그리고 만일 그가 수집가라면 아마도 살인도 마다하지 않을 겁니다. 수집은 완전히 영웅적인 행위입니다. 그래서 저는 그저 그 친타마니와 새 무늬의 양탄자를 훔치려고 결단을 내렸습니다. 맨 먼저 저는 주위를 정찰하였습니다. 세베리노바 부인의 가게는 건물 안마당에 있습니다. 거기 통로로 가는 문은 저녁 9시에 잠급니다. 문 자물쇠를 따는 것은 제게 쉽지 않습니다. 저는 그것을 할 줄 몰라요.

그 통로부터 바로 지하실로 갈 수는 있습니다. 수위가 문을 잠그기 전에 거기에 숨을 수 있습니다. 안마당에는 또 작은 헛간이 있습니다. 만일 누군가가 그 헛간의 지붕에 도달하면 이웃 선술집 건물 안마당에 도달할 수 있습니다. 그리고 언제든지 그 선술집에서 나올 수 있습니다. 여기까지는 간단합니다. 하지만 그 가게의 창문을 여는 문제만 남았습니다. 이 작업을 하기 위해 저는 유리 자르는 다이아몬드 칼을 구입했습니다. 그러고 우리 집 창문에서 창유리를 제거하는 방법을 터득했습니다.

내 말 좀 들어보세요, 도둑질하는 것이 그렇게 쉽다고 생각하지 마십시오. 그것은 전립선 수술보다 더 어렵고, 콩팥을 떼어내는 것보다 더 어렵습니다. 무엇보다도, 다른 사람 눈에 띄지 않는 게 어렵습니다. 두 번째로, 끝없이 기다려야 할 때도 있고, 수많은 불편함을 감수해야 합니다. 그리고 세 번째로, 거기에는 불확실성이 있고, 어떤 난관에 부딪힐지 모릅니다. 저는 여러분들에게 말하건대, 그것은 힘들고 값싼 작업이에요. 만일 제가 우리 집에서 빈집털이 범인을 발견한다면, 저는 그자의 손을 잡고 부드럽게 물어볼 것입니다.

'어이 이 친구, 왜 그렇게 자신을 어렵게 하는가? 이봐요, 좀 더 편리한 방법으로 다른 사람들에게서 훔치지 못하는가?'

물론 저는 다른 사람들이 어떻게 도둑질하는지 모릅니다. 하지만 제 자신의 시도는 그렇게 고무적이지 않습니다. 말했듯이 그 결정적인 저녁에 저는 그 집으로 몰래 들어가서 지하실로 가는 계단에 몸을 숨겼습니다. 아마 경찰 보고서는 이렇게 쓸지도 모릅니다. 실제로는 다음과 같습니다. 저는 반시간 동안 비가 오는데도 정문 앞에서 어슬렁거렸습니다. 저는 점점 더 누군가에게 눈에 띌 것 같았습니다. 마침내 저는 마치 사람들이 이빨을 뽑도록 결단을 내리듯이, 절망적으로 결단을 내렸습니다. 저는 복도로 들어갔습니다. 저는 마침 선술집에 맥주를 가지러 가던 하녀와 부딪힌 것을 알게 됐습니다.

저는 그녀를 안심시키기 위해서 그녀에게 장미꽃봉오리 같거나 새끼 고양이 같다는 등 뭐 그런 말을 중얼거렸습니다. 그런 말은 오히려 그녀를 놀라게 해서 그녀는 도망을 쳤습니다. 그동안 저는 지하실로 가는 그 계단에 숨었습니다. 이 개 같은 녀석들이 거기에 재와

잡동사니를 넣은 쓰레기통을 세워놓았습니다. 그것은 내가 몰래 살금살금 걸어갈 때 걸려서 큰소리를 내며 엎어졌습니다. 그 후 하녀가 맥주를 가지고 되돌아와서 당황하여 문지기에게 이상한 놈이 여기에 들어왔다고 보고했습니다. 하지만 이 멋진 사나이는 자신이 곤란한 처지에 놓이지 않기 위하여, 그건 어떤 술 취한 녀석이 옆 술집에 가다가 길을 잃은 모양이라고 단언했습니다.

15분 후에 그는 하품을 하며 헛기침을 하고 대문을 잠갔습니다. 주위는 조용해졌습니다. 오직 위층에서 하녀가 큰 소리로 외롭게 울어댔습니다. 이 하녀들이 울 때 그 소리가 얼마나 큰지 정말 이상할 정도입니다. 아마도 고향이 그리워서인 모양입니다.

저는 추워지기 시작했습니다. 게다가 거기에는 불쾌하고 퀴퀴한 곰팡이 냄새가 났습니다. 저는 손으로 주위를 더듬었습니다. 제 손에 닿는 모든 것은 끈적끈적했습니다. 하나님 맙소사. 우리들의 위대한 요로질병의 권위자인 비타세크 박사의 손금 자국이 거기에 남아야 했습니다! 저는 벌써 12시라고 생각했지만 아직 10시밖에 안 됐습니다. 저는 12시에 강도질을 하려고 했지만 11시에 벌써 더 이상 견딜 수 없어서, 그래서 강도질을 시작했습니다.

여러분들은 어떤 사람이 어둠 속에서 살금살금 거리며 갈 때 내는 소음이 얼마나 큰지 못 믿을 것입니다. 다행히 그 건물은 축복 속에 잠들었습니다. 드디어 저는 그 창문에 도달해서 무서울 정도로 날카로운 소리를 내며 창유리를 끊기 시작했습니다. 내부로부터 질식할 듯한 개짖는 소리가 들려왔습니다. 하나님 맙소사. 아미나가 거기에 있었습니다!

'아미나.' 저는 속삭였습니다. '너 이 후레자식, 조용히 해. 내가 너 등을 긁어주러 왔잖아.' 하지만 아시다시피, 어둠 속에서 다이몬드를 바로 조금 전에 제가 낸 그 틈새에 다시 끼워 넣기가 지독히 어려웠습니다. 그래서 저는 그 다이아몬드로 창유리에 여러 번 왔다갔다 문질러댔습니다. 드디어 제가 좀 더 세게 문질러대니 창유리가 쨍그랑 소리를 내며 톡 튀어나왔습니다.

그래서 저는 이제 사람들이 몰려올 것이다, 라고 속으로 생각했습니다. 그래서 숨을 곳을 살펴봤습니다. 하지만 아무 일도 없었습니다. 그러고 나서 이제 저는 거의 도착적인 침착함을 유지하며 다른 창유리를 떼어내고 드디어 창문을 열었습니다. 안에서는 아미나가 자신의 임무를 완수하는 척하기 위하여 건성으로, 형식적으로 으르렁대기 시작하였습니다. 그래서 저는 창문으로 기어들어가 맨 먼저 그 역겨운 녀석한테로 갔습니다.

'아미나야.' 저는 열렬하게 그녀에게 속삭였습니다. '자 제발. 네 등이 어디 있어? 잠깐, 귀여운 강아지야, 이 신사는 네 동무야. 너 이 개새끼, 너 이거 좋아하지, 그렇지?'

아미나는 기뻐서 몸을 웅크렸습니다. 물론 마대 자루였대도 기뻐서 꿈틀거렸을 것입니다. 그래서 저는 그녀에게 친절하게 말했습니다.

'자, 이제 비켜 줘, 강아지야!'

저는 강아지 밑에서 그 비싼 새 무늬 양탄자를 끌어당기고자 했습니다. 이제 아미나는 자신의 재산이 위기에 처했다고 속으로 말했을 것입니다. 그리고 아미나는 으르렁대기 시작하였습니다. 그것은 짖는 소리가 아니라 으르렁대는 소리였습니다.

'하나님 맙소사, 아미나야.' 저는 아미나에게 야단을 쳤습니다. '조용히 해, 너 이 강아지새끼! 잠깐 기다려 내 너에게 더 좋은 것을 줄게!'

영차! 저는 세베리노바 부인이 이 가게에서 최고라고

취급하는 무시무시하고 반짝거리는 케르만 양탄자를 벽에서 내렸습니다.

'이것 봐, 아미나야.' 저는 속삭였습니다. '너 이제 여기서 잠 잘 거야!

아미나는 내게 호기심을 가지고 바라보았습니다. 그러나 제가 손을 그녀의 양탄자에게 간신히 뻗치자 그녀는 다시 으르렁대기 시작했습니다. 저는 그 소리가 저 멀리 코빌리시까지 들릴 거라고 생각했습니다. 여기서 저는 또다시 이 괴물이 황홀경에 젖도록 특별히 육감적으로 등을 긁어댔습니다. 그리고 품에 끌어안았습니다. 그러나 제가 손으로 그 친타나미와 새 무늬가 있는 하얀 양탄자에 닿자마자, 천식 소리를 내고 맹세를 하기 시작했습니다.

'하나님 맙소사, 이 빌어먹을 짐승아.' 저는 몽롱한 채 말했습니다. '내, 너를 죽여 버릴 거야!'

내 말 좀 들어봐요, 저는 이놈을 이해할 수 없었어요. 저는 제가 경험한 것 중에서 가장 잔인한 증오심을 가지고 이 뚱뚱하고, 사악하고 역겨운 암캐를 바라보았습니다. 그러나 저는 이 동물을 죽일 수 없었습니다. 저는 날카로운 칼을 가지고 있었고, 바지를 잡고 있는 허리

띠를 가지고 있었습니다. 저는 그놈의 목을 벨 수도 있었고, 목을 조를 수도 있었습니다. 그러나 저는 그런 심장을 가지고 있지 않았습니다. 저는 그 성스러운 양탄자 위에서 그녀의 곁에 앉아서 그녀의 귀 뒤를 쓰다듬었습니다.

'넌 비겁자야.' 저는 제 자신에게 말했습니다. '그저 한두 번의 동작이면 충분해, 그러면 끝나는 거야. 넌 수많은 사람들을 수술했고, 그들이 공포와 고통 속에서 죽는 것을 보았어. 왜 너는 개 한 마리를 못 죽이는 거냐?'

저는 이를 악물고 용기를 내려고 했습니다. 그러나 할 수 없었습니다. 여기서 저는 울기 시작했습니다. 제 생각인데 그것은 부끄러움 때문이었습니다. 이때 아미나는 낑낑거리며 내 얼굴을 빨기 시작했습니다.

'넌 천하고, 불쌍하고, 쓸모없는 짐승이야.'

저는 그녀에게 중얼거렸습니다. 그리고 나서 저는 그녀의 더러운 등을 가볍게 두드리고 창문을 통하여 안뜰로 나왔습니다. 그것은 실패였고 후퇴였습니다. 그리고 나서 저는 그 헛간으로 뛰어올라 지붕을 따라서 다른 안마당으로 가서 선술집을 통하여 밖으로 나오려고 생각했습니다. 하지만 제게는 힘이 조금도 남아 있지 않았고, 아니면 그 지붕이 제가 상상한 것보다 너무 높았습니다. 간단히 말해 저는 거기에 도달할 수 없었습니다. 그래서 저는 다시 그 지하실 계단으로 기어 올라가서 아침까지 피로해서 반은 죽은 채 거기에 머물러 있었습니다. 저는 바보였습니다. 저는 그 양탄자 위에서 잘 수도 있었습니다. 그러나 그런 생각을 미처 하지 못했습니다. 저는 아침에 수위가 문을 따는 소리를 들었습니다. 저는 잠시 기다렸다가 곧바로 밖을 향해 나왔습니다. 문간에는 수위가 서 있었습니다. 그는 낯선 이방인이 통로로부터 밖으로 나오는 것을 보고 너무나 놀라서 소리를 지르는 것도 잊어버렸습니다.

이틀 후 저는 세베리노바 부인을 찾아갔습니다. 창문에는 쇠창살을 새로 해놨습니다. 물론 그 성스러운 친타마니 무늬 위에는 그 징그러운 강아지가 뒹굴고 있었습니다. 그 강아지가 나를 보자 반갑게, 다른 개 같으면 꼬리라고 부를 그 뚱뚱한 소시지를 흔들어댔습니다. 세베리노바 부인은 저를 자세히 보고 말했습니다.

'얘가 우리의 금쪽같은 아미나, 우리의 보물, 우리의

소중한 강아지입니다. 그저께 도둑이 창문을 뚫고 들어왔는데 아미나가 그자를 쫓아냈습니다, 아시겠어요? 저는 세상의 어떤 것하고도 아미나를 바꾸지 않을 것입니다.'

그녀는 자랑스럽게 선언했습니다.

'하지만 아미나는 당신을 좋아합니다. 그녀는 정직한 사람을 알아본답니다. 그렇지 아미나야?'

이것이 전부입니다. 그 특별한 새 무늬 양탄자는 오늘날까지도 거기에 놓여 있습니다. 그것은 이 세상에서 가장 귀한 태피스트리라고 생각됩니다. 오늘날까지도 그 똥똥하고, 역겹고 냄새나는 아미나가 그 위에서 축복으로 으르렁거리고 있습니다. 저는 언젠가 아미나가 비계로 질식할 것이라고 생각이 듭니다. 아마도 그때 저는 다시 시도해보겠습니다. 하지만 그 전에 먼저 창틀을 쇠줄로 끊는 방법부터 배워야 합니다."

금고털이범과 방화범 이야기

"아니, 그러니까 말인데요."

일레크는 말했다.

"도둑질도 할 줄 알아야 합니다. 최근에 숄레 주식회사의 금고를 턴 발라반, 바로 그 금고털이범도 그렇게 말하곤 했지요. 발라반, 그자는 아는 것도 매우 많고, 신중한 도둑이었지요. 또한 그는 벌써 나이도 많고요. 이러한 경험을 모두가 다 가지고 있지 않다는 것은 당연하지요. 젊은이는 오히려 도박을 즐기지요. 용기로도 많은 것을 얻을 수 있어요. 그러나 사람이 너무나 많이 생각하면 보통 그런 용기를 잃어버리기 쉽습니다. 그것은 정치와 모든 것에도 해당된답니다. 그 발라반이, 모든 일은 나름대로 자신의 법칙을 가지고 있다고 말합니다.

'철벽 같은 금고의 경우, 금고털이범은 언제나 혼자서 시도해야 합니다. 왜냐하면 그는 다른 자를 믿지 못하기 때문입니다. 두 번째로, 그는 결코 같은 장소에서 오랫동안 작업을 하지 않습니다. 왜냐하면 그들이 그의 일을 눈치채기 때문입니다. 세 번째로, 그는 시대를 따라가야 하며, 무엇보다도 자신의 전문 분야에서 새로운 모든 것을 배워야 합니다.'

그럼에도 불구하고 그 자신은 그런 전통적인 방식과 더 나은 가능성에 매달립니다. 왜냐하면 더 많은 사람들이 그 방식에 매달리면, 그것은 경찰한테는 더 어려워지기 때문입니다. 그래서 그 발라반은 렌치를 잡습니다. 비록 그가 전기드릴과 폭약을 다룰 줄 알지만, 그는 그러한 현대적인 방탄 금고를 터는 것은 쓸데없는 야망이거나 허영심이라고 말하곤 합니다. 그는 차라리 수표들이 아니라 현금이 든 구식 철제 금고를 가지고 있는, 그런 오래된 믿을 만한 회사들을 선호합니다. 그 발라반은 모든 것을 신중하게 생각하고 그리고 그것을 해냅니다.

그 외에도 그는 중고 놋쇠제품 가게를 가지고 있고, 부동산사업을 하고, 말 거래를 하며, 아주 여유 있게 삽니다. 지금 그 발라반은 딱 한 번만 금고를 털 것이며, 그것은 깔끔한 작업이 될 것이어서, 그래서 아마 젊은 세대가 기절초풍할 것이라고 말합니다. 그것은 아마 거금을 버는 것이 주목적이 아니랍니다. 중요한 것은 실수를 하지 않는 것이라고 발라반은 말하곤 합니다. 그래서 그 발라반이 선택한 최후의 금고는 숄레 주식회사에 있었습니다. 여러분들도 아시다시피 부베니에 있는 그 공장 말입니다. 그자는 거기서 정말 깔끔하게 해치웠다고, 경찰 중 한 명인 피슈토라 경관이 제게 말해 주었습니다.

다만 창살 몇 개를 느슨하게 한 것을 제외하고는 바로 이 비타세크 박사처럼, 발라반은 정원으로 난 창문을 통해 기어 들어갔습니다. 얼마나 완벽하게 그 창살들을 제거했는지를 살펴보는 것은 즐거움 그 자체라고 그 피슈토라 경관이 말했습니다. 그자는 긁힌 자국 하나 남기지 않았습니다. 그 사람 정말 멋지게 일처리 했어요. 그 금고를 뚫고 연 바로 그 장소에 아무런 구멍이나 홈도, 어떤 자국이나 흠도 남기지 않았어요. 그 금고에는 필요 없이 페인트칠 하나도 긁지 않았어요. 그자가 얼마나 기가 막히게 해치웠는지 볼 수 있다고 그 피슈토라는 말했어요. 결국 그 금고는 그 대가다운 작업 때문에 지금 경찰박물관에 있습니다. 그러고 나서 그자는 아마 약 6만 정도의 돈을 꺼내고, 그리고 앉아서 가져온 베이컨과 빵을 먹고는 다시 창문을 통해 나갔습니다. 바로 그 발라반은 군 지휘관과 금고털이범은 후퇴할 때 뒤처리를 잘해야 한다고 말하곤 했습니다. 그러고 나서 그는 현금은 사촌누이 집에 가져다 놓고, 기구는 리즈네르라고 하는 사람한테 숨겨 놓고는 집으로 가서 옷과 신발을 씻었습니다. 그리고 그는 세수를 하고 모든 보통 사람처럼 침대로 자러 갔습니다. 아침 여덟시가 되기 전에 누군가가 그의 문을 두들기고 소리쳐 불렀습니다.

'발라반 씨, 당장 문 열어요!'

발라반은 도대체 누구일까 의아해 했습니다. 그러나 그는 안심하고 문을 열었습니다.

문 안으로 경찰 두 명과 함께 피슈토라 형사가 들이닥쳤습니다. 저는 여러분들이 그 피슈토라가 누군지 알고 있는지 모르겠습니다. 그는 다람쥐 같은 이빨을 가지고 있고 늘 미소를 짓습니다. 그는 한때 장례식장 영안실에서 일했으나 밥벌이를 위해서 거기서 나왔습니다. 왜냐하면 그가 관 앞으로 나설 때마다, 짓궂게 이빨을 내보이는 그를 보고 모두들 웃지 않을 수 없었기 때문입니다. 저는 그 상황을 눈여겨 보았습니다. 마치 다른 사람들이 손으로 무엇을 해야 할지 모르는 것처럼 그들이 입으로 무엇을 해야 할지 모를 때, 사람들은 그렇게 당황해서 이를 드러내고 웃곤 했습니다. 그래서 사람들은 위대한 사람, 예컨대 왕이나 대통령과 이야기할 때, 그들은 그처럼 열렬히 웃곤 했습니다. 물론 그것은 기쁨 때문에 그런 것은 아니라 당황 때문이었습니다. 자, 저는 그 발라반에 대해서 더 이야기하고 싶군요.

발라반이 피슈토라와 두 경찰을 보았을 때, 그는 당당하게 분노를 분출했습니다.

'여기 저한테 무슨 볼일로 들어오는 겁니까? 저는 당신과 아무것도 하고 싶지 않아요.'

그때 발라반은 한 걸음 뒤로 물러나며 혀 꼬부라진 소리로 말했습니다.

'하지만 발라반 씨.'

피슈토라는 미소를 지어보였습니다.

'좌우간 우리는 당신의 이빨을 보러 왔을 뿐입니다.'

그는 발라반이이 밤 동안 틀니를 넣어두는 그 채색한 머그잔으로 곧바로 향했습니다. 사실 그는 창을 뛰어넘을 때 대부분의 틀니를 잃어버렸던 것이었습니다.

'예, 그래요, 발라반 씨.' 그 피슈토라는 만족하듯이 말했습니다.

'그것들은, 그 틀니들은 붙어 있질 않지요. 당신이 드릴을 사용할 때 그것들은 움직이지요, 그러니 당신을 그것들을 떼어내서 책상 위에 놓았지요. 네 그래요, 거기에는 먼지가 많았어요. 발라반 씨, 그러니 당신은 그때 그 회계장부들 위에 있는 먼지를 알아봤어야 했는데요. 우리는 당신의 이빨 자국의 흔적을 발견하고는 당신을 체포하러 왔습니다. 우리에게 화내지 마십시오. 하지만 그때 당신은 먼저 그 먼지를 제거했어야 했었어요.'

'망쳐 버렸구먼.' 발라반은 놀라움을 금치 못했습니다.

'이봐요, 피슈토라 씨. 가장 영리한 사기꾼도 한 번은 실수를 한다지요. 그렇지 않아요?'

'하지만 당신은 두 번이나 실수를 했어요.' 피슈토라

는 이빨을 내보였습니다.

'이봐요, 우리는 그저 거기를 일별했을 뿐이에요. 그러고 우리는 벌써 당신을 의심했어요. 왜 그런지 아세요? 모든 세련된 도둑은 잡히지 않기 위하여 그 장소에 오줌을 누지요. 그것은 미신과 같은 것이지요. 하지만 당신은 이교도이고 생각이 많은 사람이라 그런 미신을 믿지 않지요. 당신은 이성이면 충분하다고 생각하지요. 그것 때문에 당신은 실수한 거요. 그렇지요, 발라반 씨? 도둑질도 할 줄 알아야 합니다'".

* * *

"어떤 사람들은 신망을 받을 정도로 무척 재주가 좋습니다."

말리가 그런 주제를 확장시키면서 말했다.

"저는 그와 같은 것을 어디선가 읽었습니다. 아마도 당신들은 그자를 모를 것입니다. 그것은 오스트리아 어딘가에서 일어난 일입니다. 거기에 마구 제조와 가죽끈 만드는 자가 있었습니다. 그의 이름은 안톤, 성은 후버이거나 보그트, 또는 메이어일 것입니다. 독일 사람들의 이름들은 그렇게 불렀었거든요. 좌우간 이 마구 제조업자는 바로 그때 명명일을 맞이하여 잔치다운 점심을 하고 있었습니다. 그런데 오스트리아에서는 우리나라와는 달리 명명일에도 그렇게 잘 먹지를 않습니다. 제가 들은 바에 의하면 그들은 밤도 먹는답니다. 그런데 그 마구 제조업자가 점식식사 후 가족들과 둘러앉아 있었습니다. 그때 갑자기 누군가가 창문을 두들겼습니다.

'하나님 맙소사, 여보세요, 당신들 지붕위에 불이 났습니다!'

마구 제조업자는 급히 뛰쳐나갔습니다. 아니나 다를까 서까래가 불에 휩싸였습니다. 아시다시피 어린이들이 소리를 질러대기 시작하고 부인은 울면서 시계를 들고 나옵니다. 이거 원, 저는 벌써 여러 번 화재를 목격했습니다. 저는 보통 사람들은 정신을 잃고 아무런 쓸데없는 것들, 시계, 커피 가는 기계, 카나리아가 있는 새장을 들고 나오는 것을 주의 깊게 보곤 했습니다. 그들은 이미 늦은 후에야 거기에 할머니를, 옷가지들을, 그리고 많은 것들을 남겨두고 왔다는 것을 상기합니다.

그동안 사람들은 모여들어서 자신들 방식대로 불을

끄기 시작합니다. 그러고 나서 소방대원들이 옵니다, 아시다시피 그들은 불을 끄기 시작하기 전에 먼저 옷을 갈아입어야 합니다. 그런데 벌써 옆 건물이 불에 타기 시작합니다. 그리고 저녁에는 벌써 열다섯 채나 불에 타버렸습니다. 진짜 화재를 보고 싶으면 시골이나 작은 도시로 가야 합니다. 큰 도시에서는 벌써 큰 화재가 없습니다. 거기서는 화재를 목격하기보다 오히려 소방대원들의 불 끄는 기법을 볼 것입니다. 여러분들이 스스로 불을 끄거나, 아니면 어떻게 불을 꺼야 할지 서로 다른 사람들에게 충고를 하는 것이 가장 좋습니다. 불을 끈다는 것은 아주 신나는 일입니다. 어떻게 지글거리고 집어삼키는지. 그러나 사람들이 개울로부터 물을 가지고 오는 것은 별로 좋아하지 않습니다. 사람들은 조금 이상한 면이 있습니다. 그들이 큰 재난을 목격하면 그것이 더 크게 계속되길 바라기조차 합니다. 거대한 불이나 거대한 홍수는 사람을 자극시킵니다. 일상의 삶에서 자신의 할 일이 왔다고 말하고 싶은 느낌을 가진다고 할까, 아니면 야만적인 경이로움일지도 모르겠습니다. 자세한 것은 저도 모르겠습니다만.

아시다시피 불이 나고 나서 그 다음날, 불이 난 곳은

어떠할지? 불은 아름답습니다만, 불난 자리는 너무 참혹합니다. 그것은 마치 사랑과 같습니다. 사람들은 무력하게 바라만 보고 생각에 잠깁니다. 다시는 결코 정신을 잃지 않을 것이라고. 좌우간 거기에는 화재의 원인을 조사하는 젊은 경사가 한 명 있었습니다.

'경사님, 누군가가 불을 질렀다는 것은 확신합니다.'

그 마구 제조업자 안톤이 말했습니다.

'도대체 왜 제가 앉아서 점심을 먹을 때인, 제 명명일 파티를 겨냥했을까요? 왜 누군가가 제게 원한을 품는지, 정말 이해가 안 돼요. 좌우간 저는 어느 누구에게도 악한 짓을 하지 않았고, 정치에 대해서도 한마디도 안 했거든요. 저는 정말 누가 그처럼 제게 무서운 분노를 가지고 있는지 알 수 없어요.'

때는 정오였고, 태양이 이글거렸습니다. 그 경관은 불탄 장소를 따라갔습니다. 그는 어떻게 불이 났는지 악마도 모를 거라고 생각했습니다.

'안톤 씨, 저기 저 높은 곳, 대들보 위에 번쩍이는 게 무엇입니까?'

그는 갑자기 물었습니다.

'거기에는 지붕창이 있었어요, 아마도 거기에 못이

있을지도요.' 그 마구 제조업자는 말했습니다.

'못 같이 보이지 않는데요. 그것은 거울 같은데요.' 경관은 말했습니다.

'왜 거울이 거기에 있을 까요?' 마구 제조업자는 말했습니다.

'좌우간 거기 박공에는 지푸라기만 있었을 텐데요.'

'아니 그건 거울입니다. 당신에게 보여 줄게요.' 경관은 말했습니다.

그러고 나서 그는 소방대 사다리를 그 타버린 서까래에 기대고 올라가서 말했습니다.

'아시다시피 안톤 씨, 이건 못도 거울도 아니고 그 서까래에 설치해 놓은 둥근 크리스털이네요. 이봐요, 왜 이것이 여기에?'

'사람 미치겠네요. 아마도 아이들이 가지고 놀았나 봐요.'

마구제조 업자가 말했습니다. 그때 갑자기 그 경관이 그 크리스털을 바라보고 고함을 질렀습니다.

'아우! 제기랄, 좌우간 불이 붙었잖아요! 도대체 이게 무엇일까?' 그는 신중히 코를 갔다댔습니다.

'하나님 맙소사!' 두 번째로 그는 소리쳤습니다. '이

제 내 손가락도 타네요! 안톤 씨, 빨리 종이 좀 줘 봐요!'

그래서 마구 제조업자는 메모지에서 종이를 한 장 떼어서 주었고, 그 형사는 그 종이를 크리스털 밑에 대고 잡고 있었습니다. 잠시 후 그는 말했습니다.

'안톤 씨, 제 생각인데 이제 우리는 범인을 잡을 겁니다.'

그는 벌써 사다리를 타고 내려와서 그 종이를 마구제조업자 눈앞에 내밀었습니다. 거기에는 타버린 구멍이 있었고 아직도 거기서 연기가 나고 있었습니다. 형사는 말했습니다.

'안톤 씨. 이 크리스털은 렌즈이거나 확대경이란 것을 아시기 바랍니다. 자 이제 저는 누가 그것을 저 지푸라기 뭉치 밑 대들보 아래에 설치 해놨는지 알고 싶군요. 하지만 안톤 씨, 감히 말하건대 누가 그랬든지 그자는 여기서 이 수갑을 차고 갈 것입니다.'

'하나님 맙소사.' 그 마구 제조업자는 말했습니다.

'우리 집에는 확대경 같은 것은 없어요. 잠깐!' 갑자기 그는 소리쳤습니다.

'저에게 세프라고 하는 젊은 조수가 하나 있었어요. 그 녀석 줄곧 그런 것들을 가지고 장난을 쳤어요! 그래서 저는 그 녀석을 내쳤어요. 그 녀석은 제대로 일한 적이 한 번도 없었어요. 왜냐하면 그 녀석 언제나 머릿속에는 그런 바보 같은 실험들만 가득 찼었어요! 그 녀석 저주받을 놈이었어요. 하지만 그건 아니에요, 형사님. 제가 그 녀석을 쫓아낸 것이 2월 초였어요. 그 녀석 지금 어디 있는지 아무도 몰라요. 그리고 그 이후 여기 한 번도 나타나지 않았어요.'

'만일 그 렌즈가 그의 것이라면 이제 우리는 범인을 잡을 겁니다.' 형사는 말했습니다.

'안톤 씨, 경찰 두 명 이리로 더 보내라고 도시에 전보 좀 쳐요. 그리고 그 렌즈는 아무도 손을 대서는 안 됩니다. 맨 먼저 우리는 그 소년을 찾아야 합니다.'

아시다시피 그 녀석을 찾았습니다. 그는 다른 도시에 있는 나무 트렁크 만드는 곳에서 조수로 일하고 있었습니다. 그 형사가 그 공장으로 들어가자마자 그 소년은 마치 나뭇잎처럼 떨었습니다. 형사는 그에게 소리 질렀습니다.

'세프, 너 6월 13일 어디 있었니?'

'여기요. 형사님.' 그 소년은 갑자기 움찔했습니다. '저는 2월 15일 이후 줄곧 여기에 있었고 반나절 동안

어디에도 안 갔어요. 맹세해요.'

'예 맞아요.' 나무 트렁크 제조업자는 말했습니다. '제가 맹세하지요. 왜냐하면 얘는 우리 집에 함께 살며 마치 우리 막내처럼 행동하거든요.'

'빌어먹을! 그럼 이 녀석은 아니군.' 형사는 말했습니다.

'그에게 무슨 볼일이 있나요?' 그 나무 트렁크 제조업자는 물었습니다.

'문제는….' 경찰이 대답했습니다. '범인은, 제기랄 망할 놈 같으니라구, 6월 13일 여기서 좀 떨어진 지역에 사는 마구 제조업자가 사는 곳에 불을 낸 혐의를 받고 있습니다.'

'6월 13일이라구요?' 트렁크 제조업자가 난처해 하며 말했습니다.

'제 말 좀 들어보시죠. 그거 정말 이상하네요. 6월 13일, 소년이 제게 물었습니다. "오늘 며칠이지요?" "6월 13일?" "성 안톤의 축일이네요. 그렇지 않아요? 사장님께 말씀드리는 건데 오늘 어딘가에서 무슨 사건이 일어날 것입니다"…'.

그 순간 그 소년 세프는 뛰어 일어나서 도망가려고

했습니다. 그러나 경관이 벌써 그의 소매를 잡았습니다. 잡혀 가는 길에 그 소년은 그 경관에게 털어놓았습니다.

'그 마구 제조업자가 자기가 실험을 한다고 마치 개를 때리듯 자기를 때렸기 때문에 그는 안톤 씨에게 화가 났다'고. 그래서 그는 그에게 복수를 하고 싶어했습니다. 그는 6월 13일 성 안톤의 명명일 날 정확하게 정오에 태양이 어디에 오는지를 계산해냈고, 거기에 맞추어서 지푸라기가 타도록 렌즈를 설치하고, 그는 어딘가 멀리 떠나 가 있었습니다. 그는 이 모든 것을 2월에 계산해서 설치하고는 그 집에서 근무하는 것을 그만 두었던 것입니다.

제 말 좀 들어 보세요. 그 렌즈 문제를 확인하기 위하여 그들은 빈의 천문학자를 불렀습니다. 그 천문학자는 6월 13일 날 너무나 정확하게 태양의 정점을 계산한 것에 대해서 머리를 내저었습니다. 그는 말했습니다.

'13살의 소년이 아무런 천문기구도 없이 각도를 측정한다는 것은 바로 기적 같은 기술입니다.'

그 후 세프가 어떻게 되었는지는 저도 모릅니다. 제 생각인데, 그 악동 녀석, 천문학자나 물리학자가 될 수도 있었습니다. 좌우간 그 저주받을 녀석은 제2의 뉴턴이나 그 비슷한 것이 될 수도 있었을 텐데요! 하지만 이 세상에는 그런 특별한 고안과 그런 멋진 재능이 너무나 많이 낭비가 되어 버리지요. 아시다시피 사람들은 모래 속에서 다이아몬드를 찾을 때나 바다에서 진주를 찾을 때는 대단한 인내심을 가지고 있습니다. 그러니 사람들은 다른 사람들 속에서 신이 내린, 그렇게 드물고 진기한 재능을 찾아야 하고 낭비하지 말아야 합니다. 그건 의심할 바 없어요. 그것은 큰 실수입니다."

도둑맞은 살인사건

"그것은 제게 한 사건을 상기시키는군요."

호우데크는 말했다.

"그것은 매우 잘 고안되고 준비된 것이었습니다. 그러나 제 생각인데, 여러분들은 그것을 별로 좋아하지 않을 것 같군요. 왜냐하면 그것은 끝도 해결도 없기 때문입니다. 만일 그 이야기가 지루하다면, 말씀해 주십시오. 그러면 저는 그만둘 것입니다.

아마 여러분들이 아시다시피 저는 비노흐라디에 있는 크루첸부르스카 거리에서 살고 있습니다. 그것은 짧은 골목길들 중의 하나이고 거기에는 선술집이 하나도 없습니다. 세탁소도 식품가게도 하나 없고 모두들 10시가 되면 잠자리에 듭니다. 물론 집에서 라디오를 듣다가 그래서 11시에나 잠자리에 드는 난봉꾼들을 제외하고 말입니다.

여기에 사는 사람들을 볼 것 같으면, 대부분 조용히 세금이나 내는 사람들과 낮은 계급의 공무원들, 물고기 애호가들, 치터 연주자 한 명, 우표수집가 두 사람, 채식주의자 한 명, 심령학자 한 명, 그리고 또 접신하러 다니는 외판원이 한 명 있습니다.

그 외에는 거기에는 하숙을 치는 여 지주들이 있습니다. 위에 말한 사람들은 광고가 말해 주듯이 아침을 곁들이고, 깨끗하고 우아한 가구가 달린 방에서 세를 들어 삽니다. 일주일에 한 번, 즉 목요일마다 그 심령학자는 자정이 되어서야 귀가합니다. 왜냐하면 그 자신이 영적인 체험을 하는 날이기 때문입니다.

화요일 물고기 애호가 두 사람은 자정 무렵에 돌아옵니다. 왜냐하면 그들은 수족관 협회 모임에 참여하고 거리 가로등 아래에 선 채 동물들의 변종들과 딱부리 잉어에 대해 논쟁하기 때문입니다. 3년 전에 한 취객이 실제로 그 길을 따라 걷고 있었습니다. 그러나 아마도 그는 이웃마을 사람이었고 길을 잃어버렸을 뿐입니다.

그러고 나서 매일 밤 11시 15분에 이름이 코발렌코인지 코피텐코라는 한 러시아 인이 집으로 돌아오곤 했습니다. 그는 별로 키가 크지 않고, 듬성듬성 난 구레나룻을 가지고 있었고 얀스카 부인 댁인 제 7번지에 살고 있었습니다. 그 러시아인이 무엇으로 살아가는지는 알려지지 않았습니다. 그러나 그는 오후 5시 전에 집으로 돌아왔다가, 가방을 들고 가장 가까운 전차 정거장으로 가서 시내로 갑니다. 그리고 정확하게 11시 15분에 그 정거장에서 내려 크루첼부르스카 거리로 돌아옵니다.

그러고 나서 누군가가, 그 러시아인은 다섯 시부터 줄곧 한 카페에 앉아 있다가 어떤 다른 러시아 인과 말다툼을 했다고 주장했습니다. 그러나 또 다른 사람들은 다시 말하기를 그것은 러시아인일 수 없다고 했습니다, 왜냐하면 러시아인들은 한 번도 그렇게 일찍 집에 오지 않기 때문입니다.

어느 날 밤, 때는 금년 2월이었습니다. 5발의 탕탕하는 소리가 울려서 저는 잠에서 깼습니다. 맨 먼저 저는 제가 다섯 살 꼬마였고 마당에서 채찍으로 공기를 때리는 소리였다고 생각했습니다. 그래서 저는 그 소리가 무척 기뻤습니다. 그러나 그 소리에 깨어났고, 누군가가 거리에서 권총을 쏜 것이라는 것을 알게 되었습니다. 그래서 저는 창가로 달려가서 창문을 열고 아래 인도에, 7번지 앞에서 손에 가방을 쥔 채 한 남자가 얼굴을 땅에 박고 누워 있는 것을 보았습니다. 그러나 그 순간 저는 발걸음소리를 들었고, 순경이 모퉁이를 돌아와서 그 남자에게 달려가서 그를 일으켜 세우려고 했습니다. 그러고 다시 그를 땅에 내려놓고 '제기랄!' 하고 소리쳤습니다. 그리고는 호루라기를 불렀습니다. 그 순간 다른 모퉁이에서 다른 순경이 나타나 첫 번째 순경한테로 달려갔습니다.

말할 것도 없이 저는 즉각 슬리퍼를 신고 코트를 입고 아래로 날아가듯이 내려갔습니다. 다른 집들로부터는 채식주의자 두 명, 치터 연주자, 물고기 애호가 두 명 중 한 명, 여 지주들 두 명, 그리고 우표수집가 한 명이 또한 자신들의 집으로부터 달려 나왔습니다. 나머지들은 창문을 통해 바라보고 이를 덜덜 떨며 자신들에게 말했습니다.

'악마 같은 짓이야, 만일 내가 저기에 갔었다면 큰일 날 뻔했을 거야.'

그동안 벌써 두 명의 순경은 그 남자를 돌려 눕혔습

니다.

'그 사람은 바로 그 러시아인, 그 얀스카 부인 댁에 거주하는 코피텐코 아니 코발렌코입니다.'

이를 떨면서 저는 말했습니다. '그 사람 죽었습니까?'

'난 모르겠는데요.' 순경 한 명이 당황하여 말했습니다. '의사를 불러야 해요!'

'왜에에… 이 사람을 여기에 남겨두나요?' 치터 연주자가 놀란 채 말을 더듬거리며 말했습니다. '이 사람 벼, 병원으로 데려 가야 해요!'

우리는 벌써 거기에 약 열두 명이나 모여들었고, 우리 모두는 추위와 공포로 떨고 있었습니다. 그동안 순경들은 총을 맞은 사람에게 몸을 숙여 무슨 이유인지 칼라를 열어 젖혔습니다. 그 순간 택시 한 대가 길모퉁이에 멈추었고, 우리 앞에 무엇이 있는지 보려고 다가왔습니다. 그는 아마도 누군가가 술에 취해 넘어져 있으면 집으로 데려가기를 원했던 것이겠지요.

'이봐요, 젊은이들. 여기 무슨 일이요?' 그는 우리들에게 다정하게 물었습니다.

'사람을 쏘았어요.' 그 채식주의자가 말을 더듬으며 말했습니다. '이봐요, 그를 차아에 실어서 으응급실로

데려가요! 아마도 아직 살아 있을 거요!'

'제기랄!' 운전사가 소리쳤습니다. '이딴 손님은 난 맘에 안 들어. 그래도 자, 할 수 없지요. 기다려요, 차를 몰고 올게요.'

그러고 나서 그는 천천히 자기 차로 가서 우리들 있는 데로 차를 몰고 왔습니다.

'자, 그 사람을 태워주세요.' 그는 말했습니다.

두 순경들이 온힘을 들여서 그 러시아인을 들어서 택시에 태웠습니다. 그는 키가 작았으나 시체를 옮기기는 쉽지 않았습니다.

'자, 이봐 친구. 자네가 이자와 함께 가게나, 나는 증인들의 이름들을 기록할 테니까.' 한 순경이 동료 순경에게 말했습니다.

'기사님, 응급실로 좀 빨리 서두르세요.'

'좋아요, 자 빨리.' 운전사는 소리쳤습니다. '브레이크도 엉망인데.' 그는 떠나갔습니다.

그 첫 번째 순경이 주머니에서 메모를 꺼내고는 말했습니다.

'자, 여러분들. 자신의 이름을 좀 불러주세요. 여러분들, 이는 그냥 증인을 위해서입니다.'

그러고 나서 그는 우리들의 이름을 하나둘씩 그 메모에 기록해 나갔습니다. 아마도 그의 손가락이 어는 것 같았습니다. 하지만 우리들도 빌어먹을 그동안 얼어 죽는 줄 알았습니다. 우리들이 각자 자신들의 방으로 들어왔을 때는 11시 25분 경이었습니다. 그래서 이 모든 사건은 10분 정도 걸린 셈입니다.

저는 그 타우시크 씨가 이 사건에 뭐 특별한 것이 없다고 생각하리라 여겨집니다만, 아시다시피, 타우시크 씨. 이처럼 소박한 거리에서는 그러한 경우도 대사건입니다. 여기서 가장 가까운 거리들은 아직도 뭔가 영광을 누리며 그런 사건이 바로 옆 모퉁이에서 일어났다고 떠들어대지만 우리들 거리에서 조금 떨어진 거리들은 그 사건에 대해 전혀 상관을 하지 않습니다. 하지만 그건 그저 그들 거리에 일어나지 않아서 오직 심술과 질투에 지나지 않는다는 것을 알기 바랍니다. 또 다른 모퉁이에서는 오직 손사레를 치며 이렇게 말하곤 하지요. '그렇지만 거기서 누군가 재수 없게 한 방 맞았을 거야. 그런 사건이 난들 누가 알겠어.' 그것은 바로 치사한 불만입니다.

이튿날 그 거리에 사는 우리들 모두가 저녁 신문을

보기 위해 황급히 몰려간 것을 상상할 수 있겠지요. 한편으로는 우리들은 그 살인사건에 대해서 뭔가 새로운 것을 읽고 싶었고, 다른 한편으로는 우리들의 거리와 우리들의 사건이 신문에 난다는 생각에 무척 즐거웠습니다. 사람들은 신문에서 자신들이, 말하자면, 목격자로서 본 것이나 자신들이 있었던 곳의 사건을 가장 읽고 싶어 하는 것은 잘 알려진 사실입니다.

이를테면 우예스트 거리에서 말 한 마리가 바닥에 넘어져서 거리 교통이 십분 간 마비되었다고 생각해 봅시다. 만일 그것이 신문에 나지 않는다면 사람들은 그 신문에 화를 내고 그 신문으로 책상에 내리치며 여기에는 읽을거리가 아무것도 없다고 소리칠 것입니다. 사람들은 자기들이 공유하고 있는 그 사건을 신문이 중요시하지 않은 것에 거의 모욕을 느낄 것입니다.

제 생각인데, 신문이 여러 뉴스들 중의 그런 기사를 싣는 유일한 이유는, 목격자들이 분노 때문에 신문 사보기기를 그만두지 않도록 위해서일 것입니다.

어떤 저녁신문도 우리들의 살인사건에 대해서 한 마디도 보도하지 않아 우리들은 놀라지 않을 수 없었습니다. 그따위 스캔들이나 빌어먹을 정치 이야기만 보도하니, 우리들은 불평하지 않을 수 없습니다.

그리고 또 전차가 유모차와 충돌한 것은 보도하고 그런 살인사건은 보도하지 않습니다. 그따위 신문들은 완전히 타락했어요! 그러나 그 우표수집가가 와서 말하기를, 아마도 경찰이 신문사에게 조사를 위해서 당분간 신문기사로 쓰지 않기를 요청했을 거라고 했습니다. 그래서 그것은 우리를 만족시켰지만 그것은 또한 우리들의 호기심을 더욱 커지게 했습니다. 우리들은 우리들이 그런 중요한 거리에 살고 있고, 아마도 우리들도 그런 비밀스러운 사건에 증인으로 호출될 것이라는 것이 자랑스러웠습니다.

그러나 그 다음날도 신문에는 아무것도 나지 않았고, 경찰서로부터도 아무도 조사하러 오지 않았고, 무엇보다도 가장 이상한 것은 그 러시아인의 방을 조사하거나 출입금지를 시키러 아무도 그 얀스카 부인 댁에조차 오지 않았다는 것입니다. 그것은 우리를 거의 질식시킬 것 같았습니다. 치터 연주자가, 아마도 그 사건의 배후를 아무도 알지 못하기 때문에 경찰은 그것을 은폐하려 한다고 말했습니다.

그러고 사흘째 날도 그 우리들의 살인사건에 대해서

는 아무런 언급도 없었습니다. 우리 거리는 반란을 일으키기 시작했습니다. 우리는 그냥 가만두게 하지 않을 것이며 그 러시아인도 우리들 중의 하나이며, 그 사건의 진상을 규명해야 할 것입니다. 그 외에도 우리들의 거리는 뻔뻔스럽게 무시당했고, 우리 거리의 포장도 엉망이고, 조명도 엉망입니다. 그러나 만일 여기에 국회의원이나 신문사 직원이라도 살았었더라면 달랐을 것입니다. 그러나 그렇습니다. 우리의 소박한 거리는 아무런 변호인도 가지고 있지 않습니다.

간단히 말해 불만족이 부풀어 올랐습니다. 이웃들이 제게로 와서 내가 연장자이고 중립적인 인사이니 경찰서장한테 가서 이 살인 사건이 부당하게 취급되었다고 주의를 집중시키라고 했습니다.

그래서 저는 경찰서장 바르토세크한테 갔습니다. 저는 그를 조금 알고 있습니다. 그는 조금 우울한 사람입니다. 그는 불행한 사랑 때문에 계속 고통 받고 있습니다. 그래서 그는 경찰에 지원했답니다. 저는 그에게 말했습니다.

'서장님. 저는 크루첸부르스카 거리에서 일어난 살인 사건에 대해서 뭐 좀 물어보려고 왔습니다. 우리들은

그 사건을 숨기고 있다고 생각하기 시작했습니다.'

'무슨 살인 사건 말입니까?' 서장은 물었습니다. '우리는 아무런 살인 사건을 가지고 있지 않는데요. 여기는 우리 관할 구역입니다.'

'아니, 거 있잖아요. 그저께 거리에서 그 러시아인, 코피텐코인가 코발렌코인가를 총으로 쏜 것 말입니다.' 나는 그에게 설명을 했습니다. '좌우간 그때 거기에 순찰 경찰들이 두 명 있었습니다. 한 명은 우리들을 증인으로 기록하였고, 다른 한 명은 그 러시아인을 응급실로 데려갔습니다.'

'그건 불가능한 일이오.' 서장은 말했습니다. '우리는 여기 아무것도 보고 된게 없습니다. 그건 아마 뭔가 오해가 있는가 봅니다.'

'하지만 서장님.' 저는 화를 내기 시작했습니다. '좌우간 적어도 열다섯 명은 그것을 목격했습니다. 모두들 그것을 증명할 것입니다! 서장님, 우리는 선량한 시민들입니다. 만일 서장님이 우리들로 하여금 그 살인사건에 대해서 입 다물라고 하면 우리는 그렇게 하겠습니다. 비록 우리들이 그 이유를 모르지만. 하지만 어떤 사람이 총에 맞아 죽게 되도록 놔둔다는 것은 있을 수 없

습니다. 우리들은 그것을 신문사에 알릴 것입니다.'

'잠깐만 기다려 봐요.' 바르토세크는 말하고 표정이 너무 심각해져서 저는 놀라움을 금치 못했습니다. '자, 제발 무엇이 일어났는지 제게 자세히 차근차근 말해보세요.'

그래서 저는 그에게 차근차근 묘사했습니다. 그는 마치 속에서 무엇이 끓어오르듯이 그의 얼굴모습은 즉각 보라색으로 변했습니다. 그러나 제가 그 첫 순경이 두 번째 순경에게 한 말인 '자, 이봐 친구. 자네가 이자와 함께 가게나. 나는 증인들의 이름들을 기록할 테니까.' 라는 대목을 말했을 때, 그의 격앙된 한숨은 폭발하고 그는 고함을 질렀습니다.

'이런 맙소사! 그들은 우리 경찰들이 아니었습니다. 하나님 맙소사. 왜 당신들은 그런 경찰들에게 경찰이라고 불렀습니까? 제복을 입은 순경들은 "이봐 친구"라고 절대로 부르지 않는다는 것을 상식으로 알고 있어야지요. 아마도 민간인 복장을 한 비밀경찰들은 그렇게 말할지 모르지만, 제복을 입은 경찰들은 절대로 그렇게 부르지 않아요! 당신들 저주받을 민간인들. 자네 이봐 친구라니, 당신들 그 녀석들을 즉각 체포해야 했었는데

요!'

'하지만 왜요?' 저는 절망에 빠져 말을 더듬었습니다.

'왜냐하면 그들이 바로 그 러시아인을 쏘았단 말이요!' 서장은 제게 소리를 질렀습니다.

'아니면 적어도 그들은 그 일에 관여하고 있어요! 이봐요 선생님, 크루첼부르스카 거리에서 얼마나 오래 살고 있습니까?'

'9년째요.' 저는 말했습니다.

'그러면 당신은 알고 있어야지요, 선생님. 11시 15분에 가장 가까운 순찰은 시장 근처이고 두 번째 순찰은 슬레스카와 페루노바 거리 모퉁이에요. 그리고 세 번째 순찰은 근무자 편성표에 의하면 순찰순경 번호 1388번입니다. 그리고 기타등등입니다. 선생님, 당신의 순경이 달려온 그 모퉁이에는 우리 순경은 10시 48분이거나 아니면 12시 23분에 달려올 수 있습니다. 다른 때는 아닙니다, 왜냐하면 그는 다른 때에 거기에 없기 때문입니다! 하나님 맙소사. 이는 모든 도둑들도 알고 있어요. 그런데 이 지역에 살고 있는 분들이 그것을 모르고 있다니요! 당신들은 우리 경찰들이 모든 모퉁이에 있다고 생각하지요, 그렇지 않아요? 선생님, 당신이 말한 그 순간에 우리 제복 경찰이 빌어먹을 그 모퉁이로 달려갔다면 그것은 무서운 사건이었을 것입니다. 왜냐하면 무엇보다도 먼저 그 순간에 근무자 편성표에 의하면 그는 시장 근처에 순찰하고 있어야 했거든요, 두 번째로 그는 살인사건을 보고하지 않은 것이 되니까요. 그것은 물론 매우 중차대한 사태였을 것입니다.'

'하나님 맙소사.' 저는 말했습니다. '그럼 그 살인 사건은 어떻게 되는 겁니까?'

서장은 분명히 침착해졌습니다. 그리고 그는 말했습니다. '그건 또 다른 문제입니다. 그것은 매우 추악한 사건이 될 것입니다. 호우데크 씨, 그 사건 뒤에는 어떤 영리한 자가 있고 더 큰 스캔들이 있을 것입니다. 악당 놈들, 멋지게 일을 꾸며냈습니다! 무엇보다도 먼저 그들은 그 러시아 인이 언제 집에 돌아오는 것을 알고 있었고, 둘째로 그들은 우리 경찰들의 순찰순서를 파악하고 있었고, 세 번째로 경찰이 그 살인사건을 알아내기까지 그들에게는 이틀이 필요했을 것입니다. 틀림없이 그들은 그동안 잠적하거나 그들의 흔적을 감추기를 원했을 테니까요. 이제 이해하시겠습니까?'

'완전히는 아닙니다만.' 저는 말했습니다.

'자, 보십시오.' 서장은 참을성 있게 제게 설명했습니다. '그들은 자신들의 패거리 둘에게 경찰복을 입혔고, 그들은 모퉁이에서 기다리고 있었습니다. 누군가가 그 러시아인을 쏘고 그리고 제3자가 그자를 데려가도록 한 것입니다. 당신들은 우리들의 완벽한 경찰들이 그 장소 곧 도달한 것을 보았을 때 물론 무척 만족했을 테지요. 내 말 좀 들어보십시오.'

그는 갑자기 기억해냈습니다.

'첫 순경이 호루라기를 불렀을 때 그 호루라기 소리는 어땠습니까?'

'좀 약했습니다.' 저는 말했습니다. '하지만 저는 그 순경의 목이 쉬었다고 생각했습니다.'

'아하.' 서장은 만족해서 말했습니다. '간단히 말해 그자들은 여러분들이 그 살인사건을 경찰에 보고하지 않기를 원했습니다. 그래서 그들은 시간을 벌어서 국경을 벗어날 수 있었습니다. 아시겠어요? 그 운전사 또한 그들과 한 패거리 악당이었어요. 혹 그 차 번호 기억나지 않으세요?'

'우리는 번호를 알아보지 못했습니다.' 저는 풀이 죽어 말했습니다.

'마찬가지입니다.' 서장은 말했습니다. '똑같이 가짜였을 것입니다. 하지만 그렇게 해서 그들은 러시아 인의 시체를 처리했습니다. 사실 그는 러시아 인이 아니었고 프로타소프라고 하는 마케도니아 인이었습니다. 선생님 감사합니다. 하지만 저는 여러분들이 우리의 조사를 위해서 이 모든 사건에 대해서 침묵을 지켜 주시길 간청하는 바입니다. 이 사건에 정치가 개입되었다는 것은 의심할 바 없습니다. 하지만 이 사건 배후에는 아주 유능한 사람이 있습니다. 왜냐하면 대개, 호우데크 씨, 이러한 정치적 암살은 서투른 게 있기 마련이거든요. 정치, 그것은 정직한 범죄가 아닙니다. 그것은 더러운 말싸움입니다.'

서장은 혐오감을 가지고 말했습니다.

그러고 나서 후에 조사가 진행되었습니다. 살인 사건이 일어난 원인은 밝혀지지 않았습니다. 하지만 살인자들의 명단은 밝혀졌습니다. 다만 그들은 이미 오래 전에 국경을 넘어가 버렸지만요. 그렇게 해서 우리의 거리는 그 살인사건을 완전히 잃어버리게 됐습니다. 그것은 마치 그 역사에서 가장 영광스러운 한 페이지를 떼어낸 것 같았습니다. 만일 거기에 우연히 어떤 이방인이, 포호바 거리에 사는 어떤 사람이나, 아니면 블쇼비체로부터 누군가가 온다면, 그자는 이렇게 생각하겠지요. '그래, 여기는 지루한 거리야!'

아무도 우리 거리에서 그런 비밀스러운 범죄가 일어난 것을 떠벌리면 이제 아무도 우리를 믿지 않을 것입니다. 아시다시피, 다른 거리들은 우리들에게 그런 사건이 일어나기를 원하지 않아요."

한 아이의 사건

"경찰서장 바르토세크에 관한 이야기를 한다면…."

크라토흐빌은 말했다.

"대중에게 공개되지 않은 한 사건이 생각나는군요. 그것은 한 아이와 관련된 사건입니다. 어느 날 국영농장의 감독인 란다 씨의 부인인 한 젊은 여인이 경찰서, 바르토세크 서장한테로 달려왔는데, 그녀는 너무나 심하게 울어서 숨조차 돌릴 수 없었습니다. 바르토세크는 그녀에게 동정을 느꼈습니다. 그녀의 부풀어 오른 코와 얼굴은 비통한 울음 때문에 더러워졌습니다. 그래서 그는 나이 많은 노총각이 할 수 있는 한, 그리고 또 경찰이 어떻게 하는지 아는 만큼 그렇게 그녀를 진정시키려 했습니다.

'하나님 맙소사, 젊은 부인.' 그는 그녀에게 말했습니다. '자 이제 그만해요. 좌우간 그자가 당신의 머리를 떼어내지는 않을 것입니다. 자, 그만 가서 주무시죠. 모든 게 잘 될 것입니다. 그리고 만일 그가 큰 소란을 일으키면, 호흐만이 당신과 함께 가서, 그에게 혼을 내줄 것입니다. 시기로 인해서 그에게 괜히 동기를 불러일으키지 마세요.'

예, 일이 그렇게 되었습니다. 무슨 말인고 하니, 경찰은 그런 식으로 이러한 가정의 비극을 다룹니다. 그러나 이 부인은 머리를 내젓고, 너무나 세게 울어서 바라보기조차 무서웠습니다.

'자, 그래서 제기랄.' 바르토세크 서장은 다시 달리 시도를 해봤습니다. '자, 그래서 그자가 당신 집으로부터 도망을 갔다고요, 그렇지요? 보시다시피, 제 말 좀 들어보세요, 좌우간 그자는 다시 돌아올 것입니다. 그 불쌍한 불한당 같은 녀석, 그 악당 같은 녀석 때문에 괜히 소란피울 것 없어요!'

'서어, 서장님.' 젊은 부인은 울부짖기 시작했습니다. '좌우간 그들은 거어, 거리 한복판에서 제 아이를 빼앗

아갔어요.'

'하지만 계속해 봐요.' 서장님은 못 믿겠다는 듯이 말했습니다. '그들이 아기를 어떻게 했습니까? 아마도 그 아이가 혼자서 도망갔겠지요.'

'도망가지 않았어요.' 불행한 엄마는 불평을 했습니다. '저, 루젠카는 겨우 세 달밖에 안 되었는데요!'

'아하.' 세 달배기 아이가 걸어가리라는 것을 생각조차 할 수 없는 바르토세크는 말했습니다. '그런데, 제발, 그자가 어떻게 아이를 훔쳐갔단 말입니까?'

자세한 이야기는 그녀로부터 천천히 나왔습니다. 그러나 그녀를 달래기 위하여 서장님은 실패 없이 그 아이를 찾아낼 것이라고 모든 맹세를 하였습니다.

사건은 이러했습니다. 란다 씨는 다시 국영농장으로 출근했습니다. 란도바 부인은 자신의 루젠카에게 아름다운 턱받이를 떠아주고 싶었습니다. 그녀는 직물 가게에서 그 턱받이 만들 명주를 선택할 동안 루젠카를 태운 유모차를 바깥에 세워 두었습니다. 그녀가 밖으로 나왔을 때 유모차와 함께 루젠카는 사라졌습니다. 이것이 그가 울먹이는 엄마로부터 반시간 동안 심문 끝에 얻어낼 수 있는 전부였습니다.

'자, 그럼 란도바 부인.' 드디어 경찰서장 바르토세크는 말했습니다. '그것은 그렇게 나쁘지 않은데요. 이것 좀 보세요, 아이를 훔친다고요? 그 어떤 선머슴이 아마도 어디 이 근방에서 포기할 것입니다. 그런 경우를 다루어 본 적이 있습니다. 제 생각인데 그런 꼬마는 아무런 값도 없어요. 대개 아이는 팔아버릴 수 있는 게 아니니까요. 하지만 유모차는 값이 나가지요. 그리고 이불도. 거기 이불이 있었겠지요? 그것 또한 값이 나가겠지만. 그런 물건들은 훔칠 만하지요. 제 생각인데 아마도 누군가가 그 유모차와 이불을 훔쳤을 거예요. 감히 말하건대, 아마도 여자일 것입니다. 왜냐하면 남자가 유모차를 가지면 눈에 잘 띌 테니까요. 그래서 아마 그 여자는 아이를 어딘가에 버렸을 것입니다.'

그 바르토세크는 달래듯이 말했습니다.

'실례지만, 그 여자가 그것을 달리 어떻게 하겠어요? 제 생각인데 우리가 아이를 어딘가에서 찾으면 오늘 중으로 데려다 줄 게요.'

'하지만 루젠카는 무척 배고플 거예요.' 젊은 엄마는 소리쳤다. '벌써 그 애가 마실 때가 되었어요.'

'우리가 그녀에게 마실 것을 줄 것입니다.' 서장은 약속을 했습니다. '그러니 그만 집에 가보십시오.' 그리고 그는 제복을 입지 않은 경찰을 불러 그 불쌍한 여인을 집으로 데려다 주도록 했습니다.

오후에 서장은 직접 그 젊은 여인에게 전화를 걸었습니다.

'자, 란도바 부인.' 그는 말했습니다. '유모차는 찾았습니다만 아이만 없습니다. 우리는 그 작은 빈 유모차를 어떤 건물 복도에서 찾았습니다. 그 건물에는 어떤 아이들도 살지 않습니다. 어떤 여자가 그 건물 관리인에게 와서 아기 젖을 먹이고 싶다고 했습니다. 그러고 나서 그녀는 떠나갔습니다. 빌어먹을 일이죠.'

그는 머리를 세게 흔들며 말했습니다.

'예, 그러니까 그 사람은 다른 것은 아니고 그 이불만 훔치고 싶었던 것입니다. 제 생각인데 친애하는 부인, 그 사람이 그 아이를 그처럼 걱정하니까 아이에게 어떤 해도 끼치지 않을 것이고 집어삼키지도 않을 것입니다. 간단히 말해 너무 걱정하지 마십시오. 이것이 전부입니다.'

'하지만 저는 제 루젠카를 돌려받고 싶어요.' 란도바 부인은 절망적으로 소리쳤습니다.

'그러면 부인, 우리들에게 사진이나 아이에 대한 이야기를 해주셔야 합니다.' 서장은 공식적으로 말했습니다.

'하지만, 서장님.' 그 젊은 여인은 울기 시작하였습니다. '아시다시피 한 살도 안 된 아이는 사진을 찍지 않아요! 그렇게 하면 아이 키가 크지 않는답니다.'

'흠.' 서장은 말했습니다. 여기 우리들에게 그 아이에 대해 자세히 이야기 좀 해보시죠.'

그래서 그 엄마는 매우 상세하게 묘사했습니다.

'루젠카는 매우 아름다운 머리카락을 가지고 있고, 귀엽고 작은 코, 매우 아름다운 작은 두 눈, 몸무게가 4,420그램이고, 그리고 매우 귀여운 엉덩이를 가지고 있고, 작은 다리 사이에 작은 주름을 가지고 있다고 사람들이 말합니다.'

'어떤 주름 말입니까?' 서장은 물었습니다.

'입맞춤하고 싶은 주름요.' 엄마는 울음을 터뜨렸습니다. '그리고 그 달콤한 작은 손가락들 그리고 또 엄마에게 웃는 모습…'

'하지만 하나님 맙소사, 젊은 부인.' 바르토세크는 소리를 질렀다. 그렇게 해서 우리는 그녀를 알아볼 수 없

어요! 그녀에게는 뭐 특별한 표시가 있나요? '

'그녀의 작은 보닛에는 장미 빛 리본이 있어요.' 젊은 부인은 울기 시작했습니다. '서장님, 제발 제 딸을 좀 찾아 주세요!'

'그녀는 어떤 이빨을 가지고 있습니까?' 바르토세크는 물었습니다.

'아직 하나도 없어요, 겨우 세 달배기예요! 그녀가 엄마에게 웃는 모습을 알고만 계신다면!' 란도바 부인은 무릎을 꿇었습니다. '서장님, 제발 그녀를 찾아 준다고 약속해주세요!'

'자 자, 우리들이 찾아보겠습니다.' 바르토세크는 어찌할 바를 몰라 중얼거렸습니다. '자, 실례지만, 제발 일어서십시오! 이것 좀 보세요, 왜 그 사람이 그 아기를 훔쳤을까요? 그런 젖먹이가 무슨 쓸모가 있을지 제게 말해 줄 수 있어요?'

란도바 부인은 놀라운 눈초리로 그를 바라보았습니다. '좌우간 그 애는 세상에서 가장 아름다워요.' 그녀는 설명했습니다. '서장님. 서장님은 모성애를 전혀 느끼지 못하세요?'

바르토세크는 그런 것이 부족함을 인정하고 싶지 않

아서 즉각 말을 바꾸었습니다.

'제 생각인데, 그런 애를 훔치고 싶어 하는 자는 자신의 어린 것을 잃어버리고 다른 애를 원하는 어머니일 것입니다. 아시다시피, 그것은 마치 누군가가 술집에서 당신의 모자를 가져가면 당신도 다른 것을 집어 들고 나가버리면 되듯이 말입니다. 그래서 저는 이렇게 계획을 세웠습니다. 프라하에서 세 달배기 갓난아이가 죽은 집이 있으면 제게 알리라고 했습니다. 우리 경찰들이 거기 가서 알아볼 것입니다. 이해하시겠어요? 실례지만, 당신이 묘사한 것에 의해서는 우리는 아기를 구별할 수 없습니다.'

'하지만 저는 알아볼 수 있어요.' 란도바 부인은 흐느껴 울었습니다.

서장은 어깨를 추썩거렸습니다. '비록 그렇지만.' 그는 생각에 잠기면서 말했습니다.

'저는 그 여자가 그 갓난아기를 무슨 물질적 이익을 위해서 훔쳐갔다고 장담할 수 있을 것 같아요. 친애하는 부인, 사랑 때문에 훔치는 경우는 드물고, 대부분 돈 때문에 훔쳐갑니다. 오 하나님 맙소사, 그렇게 울지 마십시오! 당신을 위해서 우리가 할 수 있는 한 최선을 다

할 것입니다.'

바르토세크 서장은 경찰서로 돌아가서 그의 부하들에게 말했습니다.

'자, 내 말 잘 들어보세요. 여러분들 중에서 누가 세 달배기 아기를 가지고 있습니까? 이리로 내게 데려 오세요.'

그래서 한 순경의 부인이 가장 어린 아이를 그에게 데리고 왔습니다. 서장님은 그를 풀어 제치고 말했습니다.

'아이가 젖었네요. 자, 보세요, 아기가 머리에 머리카락이 있고 주름도 있네요. 이건 코이지요, 그렇지 않아요? 그리고 이빨은 아직 없네요. 자, 실례지만, 젊은 부인, 이것으로 아기를 구별할 수 있겠어요?'

순경의 부인은 자신의 가장 어린 아기를 가슴에 안았습니다.

'이 아이는 확실히 우리의 마니츠카입니다.'

그녀는 자랑스럽게 말했습니다. '서장님, 애기가 제 아빠를 꼭 닮은 것을 못 알아보시겠습니까?'

서장님은 불확실하게 빳빳한 머리카락과 주름진 코를 가지고, 자기의 후계자에게 억지웃음을 지어 보이는 순경 호흐만을 바라보았다. 호흐만은 살진 손가락으로 아기를 건드리며 '쯔쯔쯔.' 그리고는 말했습니다. '멍멍, 우리 귀여운 강아지.'

'저, 저는 모르겠는데요. 그 코는 제가 보기에 조금 다른데요. 아마도 아기의 코가 좀 더 자라겠지요. 잠깐 기다려 봐요, 제가 공원으로 가서 아직 말 못하는 아기들이 어떠한지 살펴 볼게요. 무슨 말인가 하면, 우리들은 소매치기라든지, 강도들은 단번에 알아보지만, 이 이불에 싸인 애기는 우리들도 어떻게 알아볼 수 없군요.'

한 시간 후 바르토세크는 좌절한 채 돌아왔습니다.

'내 말 들어봐요, 호흐만.' 그는 말했습니다. '좌우간, 이건 무서워요. 모든 아이들이 똑같이 생겼어요! 도대체 제가 어떻게 그들을 묘사할 수 있을까요? 세 달배기 아기, 여자 아이, 머리카락이 나 있고, 작은 코, 작은 두 눈, 주름진 작은 엉덩이를 가진, 특별한 특징은 4,420그램. 이것으로 충분해요?'

'서장님.' 순경 호흐만은 솔직히 말했습니다. '저는 그 그램까지는 믿음이 안 가요. 그런 아기는 기저귀에 얼마나 싸느냐에 따라 무게가 어떤 때는 더 많이 나가고 어떤 때는 더 적게 나가거든요.'

'하나님 맙소사.' 서장은 신음소리를 냈습니다. '내가 어떻게 그런 모든 것을 알겠습니까? 말도 못하는 애기, 좌우간 그건 우리들이 고려할 대상이 아니에요! 내 말 좀 들어봐요.'

갑자기 서장은 안심한 듯이 말했습니다. '이것을 다른 사람들한테, 예컨대 〈어머니와 유아 보호협회〉에 떠넘기면 어떨까!'

'하지만 우리는 절도문제를 다루고 있잖아요.' 순경이 반대했습니다.

'그건 사실이야.' 서장은 중얼거렸습니다. '하나님 맙소사. 만일 그것이 도둑맞은 시계라든가 그 비슷한 것이면 내가 어떻게 해볼 수 있겠지만, 그러나 이 것봐봐. 도둑맞은 아이를 찾는다는 것은 정말 어떻게 해야 할지 모르겠어!'

그 순간 문이 열리고 한 순경이 울고 있는 란도바 부인을 데리고 들어왔습니다.

'서장님.' 그는 보고를 했습니다. '이 부인이 거리에서 어떤 부인의 팔로부터 아이를 비틀어 빼앗으려고 해서, 온통 난리가 나고. 질서문란에다가 큰 소란을 피웠어요. 그래서 제가 이 여자를 잡아 왔습니다.'

'하나님 맙소사, 란도바 부인.' 서장은 말했습니다. '도대체 우리들에게 무슨 짓을 하는 거예요?'

'하지만 그녀는 루젠카였어요.' 젊은 부인은 울부짖었습니다.

'그 애는 루젠카가 아니었어요.' 순경이 말했습니다. '그 여자는 부데츠스카 거리에 사는 로우발로바 부인이었어요. 그리고 그 애는 세 달배기 남자 아이였어요.'

'자, 아시다시피 당신은 불쌍한 사람이군요.' 바르토세크는 호통을 치기 시작하였습니다. '당신 한 번만 더 우리 경찰 일에 간섭하면 우린 당신의 사건을 포기할 거요, 아시겠어요?'

'잠깐만 기다려 봐요.' 바르토세크는 갑자기 뭔가를 기억해 냈습니다. '당신 아이는 어떤 이름에 반응을 하나요?'

'우리는 그녀를 루젠카라고 불러요.' 그녀의 어머니는 울음을 터뜨렸습니다. '두덴카, 디디디, 보베체크, 차초르카, 복주머니, 아기천사, 아빠의 애인, 엄마의 소녀, 바카나, 뽀뽀, 오줌싸개, 애벌레, 새끼 새, 우리의 금덩어리….'

'그 모든 것을 그녀가 알아듣나요?' 서장은 경악하며

물었습니다.

'그녀는 그 모든 것을 이해해요.' 엄마는 눈물로써 확신시켰습니다. '그리고 그녀에게 우리가 하프 하프, 부부부, 티들리 미드리 또는 티티티…라고 하면 그녀는 웃음을 지어 보여요.'

'그것도 우리에게 별 도움이 안 돼요.' 서장은 말했습니다. '유감스럽지만 저는 부인님께 솔직하게 말할 게요, 우리는 방해를 받고 있어요. 어린이 사망이 보고된 모든 가정에서 루젠카는 보이지 않았어요. 우리 경찰들이 모든 것을 점검해 봤어요.'

란도바 부인은 꼼짝하지 않고 정면을 똑바로 바라보았습니다.

'서장님.' 그녀는 갑자기 희망의 빛 속에서 말했습니다. '누가 만일 루젠카를 찾아주면 일만을 줄 게요! 액수를 기록하십시오. 누구든지 서장님께 우리 아이의 흔적을 가져오면 일만을 받게 된다고.'

'저는 그렇게 하지 않겠습니다. 친애하는 부인.' 바르토세크는 의심스럽다는 듯이 말했습니다.

'서장님은 아무런 동정심도 없나요?' 젊은 부인은 울부짖었습니다. '저는 우리 루젠카를 위해서 전 세계도

주고 싶어요!'

'자, 당신이 원하는 대로.' 바르토세크는 투덜거렸습니다. '저는 다만 제발 당신이 그 일을 방해만이라도 하지 않기를 바라는 바입니다!'

'이는 아주 힘든 사건입니다.' 그녀의 뒤로 문이 닫히자마자 그는 한숨을 내쉬었습니다. '잠깐만 기다려요. 이제 무슨 일이 일어날지 저는 알고 있습니다.'

바로 그것이 정말로 일어났습니다. 그 다음 날 사복형사 세 명이 울고 있는 세 달배기 여자아이들을 안고 그에게 왔습니다. 그중 하나가 바로 그 피슈토라였습니다. 그는 이를 드러내고 웃으며 들어오다가 머리를 문에 들이박았습니다. 그는 말했습니다.

'서장님, 그 아이가 남자 아이면 안 될까요? 남자 아이는 더 싸게 드릴 수 있는데요!'

'그것이 바로 보상 때문이군요.' 바르토세크는 저주를 퍼부었습니다. '천천히 여기에 우린 한 가정을 이루겠구먼. 저주받을 사건이야!'

'저주받을 사건이지.' 그는 격노하여 말하고 자신의 독신자 거처로 향했습니다. '우리가 어떻게 그 아이를 찾을 것인지 정말 알고 싶군.'

그가 집에 도달했을 때 그는 거기서 거리낌 없고, 불손한 자신의 파출부가 얼마나 열정으로 흥분해서 말하는지를 발견했습니다.

'서장님, 이리로 와보세요.' 그녀는 인사대신 그에게 말했습니다. '당신의 바리나를 좀 보십시오!'

이 바르토세크가 어떤 판사로부터 순종 복서 암캐 한 마리를 받았다는 것을 아시기 바랍니다. 그 개 이름은 바리나인데 어떤 셰퍼드한테 유혹에 빠졌습니다. 아시다시피, 이러한 여러 품종들의 개들이 서로 다른 개들을 인식한다는 것이 제게는 이상할 뿐입니다. 저는 러시아 사냥개 보르조이가 닥스훈트도 역시 개라는 것을 어떻게 알아보는지 이해할 수 없습니다. 우리 인간들은 오직 언어와 종교에 의해서 구별됩니다. 우리는 서로서로 좋아하지 않습니다. 좌우간 이 바리나가 세퍼드 사이에서 아홉 마리 강아지를 낳았습니다. 지금 그녀는 새끼들을 품고서 꼬리를 흔들며 미친 듯이 이빨을 드러냅니다.

'살펴보시기만 하십시오.' 파출부는 외쳤습니다. '그 어미 개가 새끼들을 얼마나 자랑스러워 하는지요. 새끼들과 얼마나 만족해 하는지요. 저 암캐요! 예, 모든 엄마

처럼!'

바르토세크는 잠시 생각에 잠겼다가 말했습니다. '아주머니, 그거 정말이세요? 엄마들이 그렇게 해요?'

'예, 물론이지요.' 파출부는 선언했습니다. '서장님이 직접 엄마들에게 그들의 아이를 칭찬해 보십시오.'

'그것 참 흥미로운데요.' 바르토세크는 중얼거렸습니다. '기다려 봐요. 시도해보겠습니다.'

그래서 하루 후에, 프라하의 모든 엄마들이 정말로 황홀감에 빠졌습니다. 그들이 유모차나 품에 아이들을 품고 나가자마자 제복 경찰이나 중산모를 쓴 사복경찰이 바로 그들 옆에 나타나서 그들의 사랑스러운 애기들에게 싱글벙글대며, 턱밑을 살짝 만져 주었습니다.

'귀여운 아기를 가지고 계시네요. 부인.'

그들은 상냥하게 말했습니다.

'아기는 몇 달이나 되었어요?'

간단히 말해 그것은 모든 엄마들에게는 기쁨과 자랑이었습니다.

이른 아침 11시에 한 비밀형사가 창백하고 떨고 있는 한 여자를 데리고 바르토세크 서장에게 왔습니다.

'자, 서장님 여기 그녀를 데려왔습니다.'

그는 순종적으로 보고를 했습니다.

'저는 유모차를 가지고 있는 그 여자를 만났습니다. 제가 그녀에게 이봐요, 귀여운 아기를 가지고 계시네요, 몇 살이에요? 라고 물었습니다. 그녀는 사악한 눈초리로 저를 노려보고는 아기를 커튼 뒤로 숨겼습니다. 그래서 저는 그녀에게 말했습니다. 부인 저와 함께 가시지요, 소란을 피우지 마세요.'

'자, 란도바 부인을 데려오세요.' 서장님은 말했습니다. '그리고 부인, 하나님 맙소사. 도대체 왜 아이를 훔쳤는지 제게 말 좀 해봐요!'

그 여자는 그것을 오랫동안 부정하지 않았고 즉각 말려들어서 실토했습니다. 그녀는 결혼하지 않은 처녀였고 한 신사와 만나 아기를 가지게 됐습니다. 그 아기는 지난 이틀간 배가 아파서 이틀 밤 동안 울었습니다. 세 번째 밤에 그 여인은 그 아기를 침대에서 살펴주고 있다가 그만 잠이 들었습니다. 아침에 일어났을 때 아기는 파래졌고 곧 죽었습니다….

저는 어떻게 그럴 수 있는지 알 수 없었습니다."

크라토흐빌은 당황해하며 말했다.

"그것은 가능한 일입니다."

비타세크 박사가 그의 말에 참견했다.

"맨 먼저, 그 여자는 전혀 자지 않았습니다. 두 번째로, 그 아기는 아마도 콧물감기에 걸려 이틀간 젖가슴을 거부했습니다. 그래서 그 젖가슴은 너무나 무거워졌습니다. 그 여자가 잠들었을 때 그녀의 젖가슴이 아기의 코를 덮쳤고 아기는 숨이 막혀 죽었습니다. 마침내 사건은 이렇게 됐습니다. 그리고 또…"

"아마도 일이 그렇게 된 일인가 봅니다." 크라토흐빌이 계속 말했다.

"…아침에 그 여자가 아기가 죽은 걸 보고 신부에게 알려 주러 갔습니다. 하지만 길에서 그녀는 란도바 부인의 유모차를 발견했습니다. 그리고 그녀는 그녀가 다른 아기를 가지면 그 신사가 계속 아기 부양비를 지불하리라고 생각했습니다. 그 외에도…"

크라토흐빌은 당황하며 얼굴이 빨개졌다.

"젖으로부터 오는 압박감이 지독하다고 합니다."

비타세크 박사는 수긍했다. 그는 말했다.

"그것 또한 사실입니다."

"아시고 계시군요." 크라토흐빌은 사과했다.

"저는 그러한 것들은 잘 몰랐습니다. 좌우간 그래서 그녀는 아기와 함께 그 유모차를 훔쳤습니다. 그리고 그 유모차를 어떤 다른 사람 집 복도에 남겨 두었습니다. 그리고 그녀는 자신의 즈데니츠카를 대신할 루젠카를 데려갔습니다. 하지만 아마도 그 여자는 약간 머리가 돌았거나 이상한 여자입니다. 왜냐하면 그동안 자기의 죽은 아기를 냉장고에 넣고 아마도 밤에 어딘가 묻어 버리거나 버리려고 했을 것입니다. 그러나 그녀는 그럴 용기가 없었습니다.

…아무튼 그동안 란도바 부인이 도착했습니다.

'자, 젊은 엄마.' 바르토세크는 그녀에게 말했습니다. '여기 당신의 아기가 있습니다.'

란도바 부인의 눈에서는 눈물이 흘러내렸습니다.

'이 아기는 저의 루젠카가 아닙니다. 루젠카는 다른 모자를 쓰고 있었습니다.'

'이런 벼락 맞을!'

서장은 소리쳤습니다.

'보자기를 펼쳐 봐요!'

그 아기가 그의 책상 위에 누워 있어서 그는 아이의 두 다리를 들고 소리쳤습니다.

'이거 봐요, 엉덩이에 주름살이 있잖아요!'

그러나 란도바 부인은 이미 바닥에 무릎을 꿇고 앉아서 아기의 손가락과 발가락에 입을 맞추고 있었습니다.

'넌 나의 루젠카야.'

그녀는 눈물을 흘리며 울기 시작했습니다.

'넌 나의 새끼 새! 디디디, 귀여운 것, 넌 나의 어여쁜 공주, 넌 나의 금덩어리….'

'이봐요 제발 부인!'

바르토세크는 격분하며 소리쳤습니다.

'그만하세요, 아니면 맹세코 저도 결혼할 겁니다. 그 일만 코루나는 결혼하지 않은 애엄마에게 주세요. 아시겠어요?'

'서장님.' 란도바 부인은 엄숙하게 말했습니다. '이 아기를 안아서 축복을 내려주세요!'

'그렇게 해야 하나요?' 바르토세크는 중얼거렸습니다.

'어떻게 잡습니까? 아하, 잠깐 이것 좀 보세요. 아기가 젖어 있네요! 아기를 잡아요, 그리고 당장 나가세요!'

드디어 한 아이의 실종 사건은 그렇게 끝을 맺었습니다."

어린 여자백작

"이런 미친 여자들."

폴가르는 말했다.

"이런 여자들은 때때로 사람들이 믿지 못할 일들을 저지릅니다. 때는 1919년도인가 1920년도였습니다. 간단히 말해 전 중부유럽 온 천지가 불같이 끓어오르고 있을 때였습니다. 사람들은 그저 어느 쪽에서 소동이 일어나는지를 기다리고 있었습니다. 그때 우리나라에서는 스파이들이 활개를 칠 때였습니다. 그런 것은 상상도 못할 지경이었습니다. 저는 그 당시 밀수와 위조지폐를 담당하고 있었습니다. 그러나 군대도 제게 어떤 정보를 달라고 자주 부르곤 했습니다. 그런데 그때 어린 여자백작의 사건이 터졌습니다…. 자, 이를 미하일 오바 어린 여자백작이라고 부릅시다.

저도 벌써 그게 언제였는지 정확히 모릅니다만, 그때 군대에서 취리히에 있는 W. 마나세스에게 가는 우편물에 신경을 쓰라는 익명의 편지를 받았습니다. 그 후 그들은 그런 편지 하나를 가로챘습니다. 맹세컨대 그것은 코드에 의하면 아라비아 숫자로 11이었습니다. 편지에는 '제28보병군단이 프라하에 주둔하고 있고, 밀로비체에는 소총사격장이 있고, 우리 군대는 총뿐만 아니라 대검도 무장하고 있다'와 같은 군사정보가 있었습니다. 간단히 말해 그런 바보 같은 정보들이었습니다. 그렇지만 군대는 이런 면에서도 엄격합니다. 만일 당신들이 외국 군대에 우리 보병이 오베르란데르 회사가 만든 옥양목 양발을 신고 있다는 것을 알려준다면, 당신들은 군사재판에 회부되고, 스파이 혐의로 적어도 1년 징역형을 받을 것입니다. 하지만 그것은 군의 위신에 속하는 것입니다.

그래서 그때 군대에서 저에게 그 암호화 된 편지와 그 익명의 밀고 편지를 보여 주었습니다. 제 말 좀 들어보세요. 저는 필적학자가 아니지만, 첫눈에 저는, 저는 아마 미쳤는지도 모릅니다, 그 두 편지가 한 사람의 필체라고 말했습니다. 그 익명의 밀고는 보통 연필로 씌어졌습니다. 대부분 익명의 편지들도 연필로 씁니다. 하지만 그 스파이와 그리고 또 그 밀고자는 말 그대로 같은 사람입니다. 저는 군인들에게 말했습니다.

'그래요, 그것 있잖아요? 그건 별 가치 없어요. 그 스파이는 아마추어입니다. 그의 군사비밀들은 누구나 『폴리티츠카』 신문에서 읽을 수 있는 거예요. 그러니 이 정도에서 그만 두세요.'

자 좋아요, 그 문제는 그 정도로 하지요.

그러고 나서 약 한 달 후에 방첩대로부터 멋지게 생겼고 날씬한 한 대위가 저에게 왔습니다. 그는 제게 말했습니다.

'폴가르 씨. 저는 참 이상한 일을 겪었습니다. 얼마 전 저는 아름디운 갈색머리를 한 백작부인과 춤출 기회가 있었습니다. 그녀는 체코어는 말하지 못했지만, 춤은 잘 추었습니다. 그것은 큰 기쁨이었습니다. 저는 오늘 그녀부터 감상적인 편지를 받았습니다. 보통 그런 경우가 잘 없지만.'

'젊은 양반. 당신 기분 좋았겠군요.' 저는 그에게 말했

습니다. '여자 복이 많은 것 같구려.'

'하지만 폴가르 씨.' 그는 절망에 빠져 제게 말했습니다. '그 편지는 취리히로 온 그 스파이 편지처럼 똑같은 잉크와 똑같은 필체로 똑같은 종이에 씌어졌습니다! 저는 이제 어떻게 해야 할지 모르겠어요. 아시다시피, 그런 여자를 보고해야 하는 남자의 심정이 어떠할지…. 흠 그 여자가 누구인지… 그에게 그런 여자는… 결코. 이것 보세요, 좌우간 그 여자는 귀부인입니다.'

그는 불안과 초조로 얼굴이 붉어졌습니다.

'예, 대위님.' 저는 그에게 말했습니다. '그런 것들이 기사도 정신이지요. 당신은 그런 여자를 구금해야 합니다. 사건의 중대성에 따라 우리는 그녀를 사형에 처할 것입니다. 당신은 12명의 군인에게 발사!를 명하는 영예를 얻을 것이고요. 아시다시피 인생은 그처럼 로맨틱하지요. 하지만 불행하게도 여기에는 하나의 방해물이 있습니다. 취리히에는 W. 마나세스란 사람은 존재하지 않습니다. 지금까지 그의 이름으로 된 14개의 암호화된 편지가 취리히 우체국에 있습니다. 그러니 젊은 양반, 그 문제는 잊어버리고, 젊음이 있을 동안 그 갈색 머리의 백작부인과 춤이나 추러 가십시오.'

그래서 그 대위는 3일 동안 양심의 가책에 젖어 괴로워해서 몸무게가 줄어들 정도였습니다. 그러고 나서 대장에게 갔습니다. 그의 부하 여섯 명이 차로 가서 백작부인 미할리오바를 체포했고 그녀의 서류들을 샅샅이 뒤졌습니다. 그들은 거기서 그 암호와 외국 정치 스파이들로부터 온, 소위 말하는 대역죄에 해당하는 온갖 편지들을 발견했습니다. 하지만 그동안 백작부인은 어떤 대답도 거절하였고, 그녀의 16살의 어린 여동생은 무릎에 얼굴을 기대고 책상머리에 앉아서 모든 것을 드러내놓고, 담배를 피우며 장교들과 시시덕거리고 미친 듯이 웃어댔습니다.

제가 그들이 마할리츠카를 연행해 갔다는 것을 들었을 때 저는 군대로 달려가서 그들에게 말했습니다.

'제발 부디 그 히스테리컬한 여자를 풀어주십시오, 좌우간 불명예스런 일만 남게 될 것입니다!'

그러나 그들은 제게 말했습니다.

'폴가르 씨, 백작부인 미할리오바는 우리들에게 외국 스파이 임무를 수행했다고 자백했습니다. 그리고 이는 심각한 사건입니다.'

'좌우간 그 여자는 거짓말을 하고 있습니다.' 저는 그들에게 소리쳤습니다.

'폴가르 씨.' 대령이 엄숙하게 제게 말했습니다. '부인에 대해서 말씀하고 있다는 것을 기억하십시오. 미할일로바 백작부인은 진실을 말하고 있습니다. 아시다시피, 그 여자가 어떻게 병사들을 매혹시켰는지말입니다.'

'이 벼락 맞을 놈 같으니라고!' 저는 저주를 퍼부었습니다. '그래 당신 자신의 무공을 위해서 그녀를 재판에 넘기려 하다니! 당신의 그 기사도정신은 지옥에나 보내버려요! 당신은 그 여자가 자신이 고의로 대역죄를 저질렀다고 하는 것을 모르시겠어요? 좌우간 이 모든 것이 가짜입니다. 그녀의 말 한 마디도 믿지 마십시오!' 그러나 군인들은 비극적인 유감의 뜻을 가지고 어깨를 추썩거렸습니다.

그 사건은 온통 신문을 장식했습니다. 심지어 외국에까지요. 전 세계 귀족들이 말을 타고 달려오고, 청원서를 보내오고, 외교관들은 공식 항의문을 발표하고, 대중의 견해가 영국에까지 분개했습니다. 그러나 정의는, 아시다시피, 굽히지 않았습니다. 간단히 말해 귀족 출신 백작부인은 전시 계엄령 하에 군사재판에 회부되었습니다. 저는 한 번 더 군대에 갔습니다. 저는 이미 나 자신의 모든 정보를 가지고 있었습니다. 저는 그들에게 말했습니다.

'그녀를 제게 넘기십시오. 제가 그녀를 벌하겠습니다.' 그러나 그들은 제 말을 들으려조차 하지 않았습니다. 그러나 그 재판은 무척 아름다웠습니다. 저는 거기에 앉아 있었습니다. 저는 마담 동백꽃 연기를 보는 것처럼 감명을 받았습니다.

화살처럼 가느다랗고 베두인족처럼 피부가 까만 어린 여자백작은 자기 죄를 인정했습니다. 그녀는 말했습니다.

'저는 이 나라의 적들을 위해서 봉사한 것이 자랑스럽습니다.'

재판관은 자신의 무용과 의무감 사이에서 갈피를 잡지 못했습니다. 그러나 아무런 소용이 없었습니다. 거기에는 반역의 편지들이 있었고 다른 바보 같은 것들이 있었고, 법정은 특별히 정상을 참작하고 점차 악화해 가는 상황에 따라서 어쩔 수 없이 여자백작 미할로바에게 1년의 징역형을 선고할 수밖에 없었습니다. 제가 말했듯이 저는 그렇게 아름다운 재판은 본 적이 없습니다. 마지막으로 여자백작은 일어나서 분명한 목소리로 선언했습니다.

'존경하는 재판장님, 그동안 심문과 체포과정에서 모든 체코슬로바키아 장교들이 진정한 신사로서 저를 대해준 것을 언급하는 것은 저의 의무라고 생각합니다.' 이에 저는 거의 큰 소리로 울 뻔하였습니다.

하지만 여러분은 그것을 받아들여야지요. 사람이 진실을 알면 혀끝이 간질간질해서 그것을 뱉어내지 않을 수 없습니다. 저는 사람들이 악의나 어리석음 때문에 거짓말을 하지 않은 것이 아니라 그 어떤 필요와 억제할 수 없는 충동 때문에 거짓말을 한다고 생각합니다. 미할리츠카의 경우를 생각해 보십시오. 그녀는 빈 어딘가에서 그 유명한 소령 웨스터만과 알게 되었고 그만 그에게 사랑에 빠졌습니다. 좌우간 여러분들은 그 웨스트만이 누군지 잘 아시죠. 그는 영웅심을 마치 무역거래처럼 연습을 하는 자입니다. 그에게는 메달들이 쨍그랑 소리를 냅니다. 마리에 테레사 메달, 레오폴드 메달, 철 십자가, 다이아몬드가 달린 터키 별 메달, 저는 그가 전쟁 기간 동안 얼마나 많이 수집했는지 다 모릅니다.

그 당시 이 웨스트만은 모든 가능한 군주제의 불법조

직, 음모와 모반의 두목이었습니다. 그래서 바보 같은 어린 여자백작은 그러한 영웅에게 사랑에 빠졌습니다. 그리고 그녀는 그에게 착한 사람이 되기 위하여 무엇보다도 기사도의 격려를 받고자 했습니다. 간단히 말해 그녀는 사랑 때문에 스파이로 위장하고, 영광스러운 대의를 위한 순교자가 되고자 자신을 희생했습니다.

그래서 저는 그녀가 갇혀 있는 교도소로 가서 그녀와 이야기하기 위해 그녀를 불렀습니다.

저는 그녀에게 말했습니다.

'마담. 교도소에 1년 간 앉아 있는 것은 지루합니다. 만일 당신이 소위 말하는 스파이가 된 사연을 고백한다면 당국이 당신에게 새로운 재판을 보장할 것입니다.'

'저는 벌써 인정했습니다. 선생님.' 그 어린 여자백작은 제게 싸늘하게 말했습니다. '저는 더 이상 할 말이 없습니다.'

'하나님 맙소사.' 저는 폭발했습니다. '그 따위 어리석은 짓은 그만두세요. 좌우간 그 웨스터만 소령은 결혼한 지 15년이나 되고 자녀가 셋이나 있어요!'

그 어린 여자백작은 새파랗게 질렸습니다. 지금까지 저는 여자가 그렇게 빨리 추하게 변하는 것을 본 적이 없습니다.

'그게, 그게 저한테 무슨 소용이 있나요?' 그녀는 이를 꽉 다물었지만 저절로 말이 흘러 나왔습니다.

'그러면 이것은 당신에게 흥미를 불러일으킬 수 있겠네요.' 저는 소리쳤습니다. '당신의 그 웨스터만 소령은 실제로 발츠라프 말레크라고 합니다. 그리고 그는 프로스테요프 출신 제빵사예요. 이해하시겠어요? 여기에 그의 옛 사진이 있어요. 그를 알아보시겠죠? 하나님 맙소사. 백작부인, 왜 그런 사기꾼을 위해 교도소에 가야 합니까?'

미할리츠카는 마치 통나무처럼 앉아 있었습니다. 갑자기 저는 그녀가 일생의 꿈이 갑자기 무너진 진짜 노파가 된 것을 보았습니다. 저는 그녀가 측은했고 제 자신이 부끄러웠습니다. 저는 즉각 말했습니다.

'마담. 제가 당신에게 변호사를 보낼 테니 그에게 모든 것을 말하시…'

미할리츠카는 일어섰습니다. 그녀는 창백해졌고 활처럼 팽팽해졌습니다.

'아니오.' 그녀는 간신히 숨을 내쉬었습니다. '필요 없어요. 더 이상 할 말이 없어요'

그리고 그녀는 떠나갔습니다. 그러나 문 뒤에서 그녀는 쓰러졌습니다. 그녀는 손가락들을 너무나 세게 잡고 있어서 그녀의 손가락을 강제로 분리시켜야 했습니다.

저는 제 입술을 깨물었습니다. 자, 이제 모든 게 드러났습니다. 저는 제 자신에게 말했습니다. 진실은 보호되었다. 하지만, 도대체 이 사건의 모든 진실은 무엇일까? 이 모든 것들의 폭로와 환멸, 이러한 고통스런 진실, 실망과 쓰디쓴 경험들, 이런 것들은 오직 진실의 일부분일 뿐입니다. 모든 진실은 더 크고, 모든 진실은 더 위대합니다, 모든 진실은 위대하고 미치광이 짓이고 사랑이고, 자존심이고, 열정과 야망이고, 모든 희생은 영웅적이고, 자신의 사랑 속에서 인간이란 동물은 뭔가 아름답고 놀라운 것입니다. 이것은 진실의 또 다른, 그리고 더 위대한 면입니다. 그러나 그것을 보고 말하려면 인간은 시인이 되어야 합니다."

* * *

"맞는 말입니다."

순경 호랄레크는 말했다.

"그것은 진실이 어떻게 이야기 되느냐에 달려 있습니다. 작년에 우리는 횡령범 한 명을 잡아서 지문을 찍도록 지문실로 데려갔습니다. 그런데 이 녀석 홱, 2층 창문에서 거리로 뛰어내려 도망가기 시작했습니다. 우리의 지문채취자는 나이 많은 사람이었습니다. 그러나 그 순간 이것을 잊어버리고 홱, 곧바로 그의 뒤를 쫓아 뛰어내렸고 그만 발을 부러뜨렸습니다. 늘 그랬던 것처럼 우리들 직원 한 명에게 뭔가 일어나면 그것은 우리를 미치게 만들기에 족했습니다. 우리는 그자를 다시 잡아와서 조금 거칠게 손을 봐주었습니다.

그 후 우리들이 재판에 증인으로 소환되었을 때, 그 녀석의 변호사가 우리들에게 말했습니다. '저는 여러분들에게 언짢은 질문을 드리지 않겠습니다. 여러분들이 동의하지 않으면 대답할 필요가 없습니다.' 아시다시피, 그 변호사는 독약이 든 병처럼 부드러웠습니다. '저의 의뢰인이 도망가려고 시도했을 때 여러분들은 경찰서에서 그자를 때렸었지요, 그렇지 않아요?'

'천만에요.' 저는 말했습니다. '우리는 그가 뛰어내릴 때 다치지 않았나, 살펴 봤을 뿐입니다. 우리들이 살펴보았을 때 그는 다치지 않아서 우리는 그를 꾸짖었습니

다.'

'그것은 상당한 질책이었겠군요.'

그 변호사는 상냥한 미소를 띠고 말했습니다.

'경찰 의사의 보고서에 의하면 저의 의뢰인은 그러한 질책의 결과로 갈비뼈가 세 개 부러졌고, 칠백 평방 제곱센티미터 크기의 타박상을 주로 등에 입었다고 합니다.'

저는 어깨를 추썩거렸습니다.

'그는 그 질책을 가슴에 새겼어야 했습니다.' 저는 말했습니다.

그리고 그것은 다행이었습니다. 아시다시피 진실은 여러 가지 의미를 띨 때가 있습니다. 하지만 그것을 말할 때는 적당한 단어를 찾아야 합니다."

지휘자 갈린의 이야기

"그런 피투성이 상처나 타박상은…"

도베쉬는 말했다.

"때때로 골절보다 더 아픕니다. 하지만 상처가 뼈 가까이 있어야 할 때이지요. 저는 잘 압니다. 저는 옛날 축구선수여서 갈비뼈, 쇄골과 엄지가 부서진 적이 있었거든요. 오늘날 이제 사람들은 우리들 시대처럼 그렇게 불같이 운동을 하지 않지요. 좌우간 작년에 저는 다시 한 번 시합을 했습니다. 우리 나이 많은 신사들이 오늘날의 젊은이들한테 우리들이 어떤 전술가들이었는지 보여 주고 싶었습니다. 저는 15년이나 20년 전처럼 다시 풀백을 맡았습니다. 그러나 제가 제 배로 공을 막았을 때, 우리 골키퍼가 바로 내… 여기 흠, 미저골인지 꼬리뼈를 찼습니다. 그런 소동 속에서 저는 잠시 저주를 퍼붓다가 곧 잊어버렸습니다. 그러나 밤이 되어서야 저는 고통을 느끼기 시작했고, 아침에는 움직일 수도 없었습니다. 그것은 지독한 고통이었어요.

저는 손가락 하나도 꼼짝할 수 없었고 재채기도 할 수 없었어요. 인간의 육체가 어떻게 그렇게 모두 연결되어 있는지 이상해요. 그래서 저는 죽은 벌레처럼 뒤로 누워 있었습니다. 저는 옆으로 돌려 누울 수도 없었고, 발가락을 흔들 수도 아무것도 할 수 없었어요. 제가 할 수 있는 것은 숨을 헐떡이며 얼마나 아픈지 신음소리를 내는 것뿐이었어요.

저는 그런 상태에서 하루 종일 그리고 또 하룻밤 더 누워 있었지만 1초도 잘 수가 없었습니다. 인간이 움직일 수 없을 때 그 시간은 왜 그리 긴지 정말 이상해요. 예컨대 누군가가 덮어 버린다면 그것은 정말 난처할 겁니다. 저는 머릿속에서 계산을 하고 거듭제곱을 해봤습니다. 그리고 기도도 하고, 심지어는 시간이 도망가도록 몇몇 시들도 상기해 봤습니다. 그러나 밤은 끝나지 않았습니다. 갑자기, 때는 새벽 2시였습니다. 저는 누군가가 온 힘을 다해 아래 거리를 달리는 것을 들었습니다.

그러고 나서 한 무리의 사람들이 누군가의 뒤를 쫓았습니다. 아마도 여섯 명의 목소리가 들려왔습니다.

'너 혼날 거야. 나, 네놈의 내장을 빼버릴 거야. 너 이 형편없는, 잡종 같은 놈아!'

뭐 그와 같은 소리가 들려왔습니다. 그들은 바로 제 창문 밑에서 그를 잡았습니다, 이제 막 여섯 쌍의 발길질이 시작되고, 주둥이를 치는 소리, 통나무로 때리는 소리, 막대기로 머리를 치고, 숨넘어가는 소리, 징징거리는 소리, 그러나 아무런 울음소리도 들리지 않았습니다. 내 말 좀 들어보십시오, 여섯 명이 한 사람을, 마치 샌드백을 치듯이…. 그것은 있을 수 없는 일이에요. 저는 침대에서 일어나 그들에게 그것은 옳지 않다고 소리치려고 했습니다.

저는 고통으로 소리쳤습니다. 제기랄, 움직일 수조차 없다니! 그런 무기력은 무서웠습니다. 저는 이를 악물고 동물처럼 분노의 소리를 냈습니다. 그리고 갑자기 뭔가 제 속에서 터져 나왔습니다. 저는 침대에서 뛰어내려 지팡이를 잡고 아래로 계단을 따라 날아갔습니다.

제가 거리로 나왔을 때 저는 완전히 눈이 멀어서 한 녀석과 충돌했고 저는 그 녀석을 지팡이로 후려쳤습니다. 다른 모든 녀석들은 사방으로 달아나기 시작하였습니다. 하지만 저는 제 인생에서 한 번도 그런 멍청이를 때린 것처럼 그렇게 세게 때린 적이 없었습니다. 그리고 나서야 저는 제 얼굴에 고통의 눈물이 그렇게 흘러내리는 것을 알게 되었습니다. 그리고 다시 계단을 따라 올라가 제 침대에 들어가기까지 족히 한 시간이나 걸렸습니다. 하지만 아침이 오자 이제 저는 걸을 수 있었습니다. 그것은 기적 같았습니다. 비록 저는 알고 싶었지만….”

도베쉬는 생각에 잠긴 듯이 말했다.

“그때 제가 때려눕힌 자가 그들 숫자가 우세한 녀석들 중의 하나였는지, 아니면 그 녀석들에 의해서 작살이 난 사람이었는지 모르겠으나. 그건 일대일이었으니, 적어도 그건 공평했습니다.”

* * *

“무기력함은 무서웠습니다.”

지휘자이며 작곡가인 칼린은 머리를 내저으며 말했다.

"저는 이런 경험을 한 번 했습니다. 여러분, 그것은 리버풀에서였습니다. 저는 그때 그들의 오케스트라를 지휘해 달라는 초대를 받았습니다. 아시다시피 저는 영어를 한마디도 못했습니다. 그러나 우리 음악인들은 긴 대화 없이 서로 이해합니다. 특히 손에 지휘봉을 잡으면요. 지휘자는 톡톡 치고, 뭔가 소리치고, 눈을 굴리며 손으로 지시하고, 그러고 나서 또 다시 새롭게 시작합니다. 그런 방법으로 심지어 가장 미묘한 느낌을 표현합니다. 제가 손으로 이렇게 하면 모두들 그것은 신비로운 급상승이고, 무거운 인생살이와 고통으로부터의 구원이라는 것을 이해합니다.

제가 리버풀에 도착했을 때 영국인들이 정거장에서 저를 기다리고 있다가 호텔로 데려갔습니다. 저는 잠시 휴식을 취하고 샤워를 하고 도시를 둘러보러 나왔습니다. 그러나 곧 길을 잃어버렸습니다.

저는 어디든지 가면 맨 먼저 강을 보러 갑니다. 강가에 가면 누구나 말하자면 그 도시의 오케스트라를 알아볼 수 있습니다. 강의 한쪽에서는 도시의 왁자지껄, 드럼들과 티파니들, 목관악기들, 호른과 금관악기들, 또 강의 다른 한 쪽에서는 현악기들, 그런 피아노시모 바이올린, 그리고 하프, 거기서는 그런 식으로 전 도시의 오케스트라를 단번에 들을 수 있습니다.

그러나 리버풀에는 강이 있는지, 있으면 무슨 강인지 저는 모릅니다. 그러나 그 강은 누렇고 더럽습니다. 그리고 그 강은 우르르거리고, 윙윙거리고, 으르렁거리고, 부릉거리는 소리, 덜거덕거리는 소리, 증기선의 붕붕거림, 예인선의 덜커덕거리는 소리, 선착장 창고, 조선소, 기중기들… 아시다시피 저는 선박들을 무척 좋아한답니다. 그것이 검은 올챙이배 같은 예인선이든지, 붉게 칠해진 화물선이든지, 또는 대서양횡단 정기선이든지.

그래서 저는 제 자신에게 말했습니다, 여기 어딘가에 바다가 있어야만 해, 저는 그것을 봐야만 해. 그래서 저는 그 강을 따라 내려갔습니다. 저는 그렇게 2시간 남짓 창고들, 헛간들, 선착장들을 따라 걸어갔습니다. 여기저기 보이는 것이라곤 거대한 성당 같은 선박 또는 3개의 거대하고 두꺼운 기선들의 굴뚝들이었습니다. 거기에는 비릿한 생선냄새, 땀에 젖은 말들, 황마, 럼주, 밀, 석탄, 철이 있었습니다.

내 말 좀 들어보세요. 거대한 철 더미가 있으면 온통 쇠 냄새가 등청을 합니다. 저는 마치 환각에 젖어 있는 것 같았습니다. 그러나 벌써 밤이 왔습니다. 저는 모래 언덕에 도달했습니다. 내 맞은편에서는 등대가 있었고, 작은 불빛들이 여기저기 비추기 시작했습니다. 아마도 거기는 대양이었던 같습니다. 저는 거기에 있는 판자들 더미에 앉아서 아름다운 고독을 즐겼습니다. 저는 모든 것을 잃어버리고 물결의 찰랑대는 소리와 속삭임소리를 들었습니다. 저는 마치 향수에 젖어 울부짖을 것 같았습니다.

그때 두 사람, 남자와 여자가 거기에 왔습니다. 그러나 그들은 저를 보지 못했습니다. 저를 향해 등을 돌리고 앉아서 조용히 이야기를 했습니다. 만일 제가 영어를 이해할 수 있었다면 저는 누군가가 그들의 말을 듣고 있다고 기침을 했을 것입니다. 하지만 저는 영어라고는 호텔과 실링이란 단어를 제외하고는 영어 단어 하나도 모르기 때문에 조용히 있었습니다.

그들은 바로 스타카토로 말을 끊어가며 이야기했습니다. 그러고 나서 남자가 조용히, 천천히 뭔가를 설명했습니다. 마치 말이 입 밖으로 나가지 않기를 바라면서요. 그러고 나서 아주 빨리 내뱉었습니다. 여자는 공포에 사로잡혀 소리를 질렀고 그에게 뭔가 무척 불안하게 말했습니다. 하지만 그는 그녀가 울부짖을 때까지 그녀의 손을 꽉 잡았습니다. 그리고는 이빨 사이로 소리를 내뱉으며 그녀를 다그치기 시작하였습니다. 제 말 좀 들어보세요. 그건 전혀 사랑스러운 대화가 아니었어요. 음악가들은 그것을 알 수 있습니다.

연인들끼리의 대화는 완전히 다른 억양을 가지고 있어요. 긴장한 목소리가 아니에요. 사랑스러운 대화는 깊은 첼로에요. 하지만 그 대화는 빠른 루바토로 연주된 높은 베이스였어요. 마치 그 남자가 계속해서 한 가지만 되풀이하듯이 하나의 어구였어요. 저는 조금 겁이 나기 시작했어요. 그 남자가 뭔가 사악한 것을 말하고 있었어요.

여자는 가냘프게 울기 시작하였고, 마치 그녀가 그를 제지하듯이, 몇 번인가 그녀는 항의조로 소리쳤습니다. 그녀의 목소리는 클라리넷 같고, 아주 젊은 목소리 같지 않은 통나무 울림 같았어요. 그러나 남자의 목소리는 마치 뭔가를 명령하고 위협하는 듯이 계속해서 거칠고 시끄러웠어요. 여자의 목소리는 마치 얼음주머니로

압박할 때처럼 절망적으로 애걸하고 공포로 숨이 막힐 듯 헐떡거렸어요. 그녀의 이빨이 달가닥거리는 소리가 들여왔습니다. 그때에 남자의 목소리는 매우 깊이 으르렁거리기 시작하고, 순수한 베이스 소리를 내고 거의 사랑에 빠진 어조였어요.

여자의 목소리는 짧고 수동적인 흐느낌으로 잦아지고, 이는 그녀의 저항이 꺾여 버렸다는 것을 의미했습니다. 반면에 남자의 사랑에 젖은 베이스 목소리는 다시 높아지고, 단절되고, 신중해지고, 끈질기게 이 말 다음에 다른 말을 쌓아올렸습니다. 여기에 여자의 목소리는 힘없이 흐느낌소리로 울부짖는 소리로 바뀌어 버렸습니다. 하지만 이제 더 이상 저항도 없고 어리석은 공포만 있었습니다. 그 공포는 남자로 인한 것이 아니라 뭔가 전율스러운 미래의 일에서 비롯된 공포였습니다.

그러고 나서 남자의 목소리는 위로하는 듯한 속삭임으로, 그리고 부드러운 협박으로 가라앉았습니다. 여자의 흐느낌은 의기소침하고 무방비에 노출된 듯한 한숨으로 바뀌었습니다. 남자는 냉철한 속삭임으로 몇 가지 질문을 물었습니다. 그녀는 그 질문에 분명히 수긍을 했습니다. 왜냐하면 그는 더 이상 강요하지 않았기 때문입니다.

그러고 나서 두 사람은 일어서서 각자 다른 방향으로 갔습니다.

제 말 좀 들어보세요. 저는 예감 같은 것은 믿지 않지만, 그러나 음악은 믿습니다. 그날 저녁 거기서 들었을 때, 저는 그 베이스가 그 클라리넷으로 하여금 뭔가 무서운 일을 저지르도록 설득하였다는 것을 확실하게 알았습니다. 저는 그 클라리넷이 완전히 의기소침하여 집으로 돌아와서 그 베이스가 명령한 것을 행동에 옮겼다는 것을 알았습니다. 저는 그것을 들었습니다. 듣는 것은 말을 이해하는 것보다 더 낫습니다. 저는 무슨 범죄가 꾸며지는 것을 알았습니다. 저는 그것이 무슨 범죄인지 알았습니다. 저는 그 두 목소리가 발하는 그 공포에 의해서 알았습니다. 그것은 그 두 목소리의 음색에, 억양에, 템포에, 중간휴지에 있었습니다. 제 말 좀 들어보십시오. 음악은 대화보다 훨씬 더 정확하답니다.

그 클라리넷은 스스로 뭔가를 행하기에는 너무나 단순합니다. 그것은 오직 보조만 합니다. 열쇠를 건네주거나 문을 열어 줍니다. 그러나 거칠고 깊이가 있는 베이스는 그것을 해냅니다. 반면에 클라리넷은 공포에 사로잡혀 숨을 죽이고 있습니다. 저는 뭔가가 일어날 거라는 의식을 가지고 도시로 급히 갔습니다. 그것을 방지하기 위하여 뭔가를 해야 했습니다. 만일 늦게 도착하다면 무시무시할 것 같았습니다.

드디어 저는 모퉁이에서 경찰을 발견하고 그에게 달려갔습니다. 저는 땀에 젖고 숨이 찼습니다.

'경사님.' 저는 숨을 몰아쉬었습니다. '여기 도시에서 살인사건이 일어날 것입니다!'

순경은 어깨를 들썩이며 제게, 제가 이해하지 못하는 뭔가를 말했습니다. 하나님 맙소사, 그 경찰도 제 말을 이해하지 못한다는 것을 저는 잊고 있었습니다!

'살인 사건.' 저는 그가 마치 귀라도 먹은 듯이 그에게 소리쳤습니다. '제 말 알겠어요? 그들은 혼자 사는 어떤 여자를 살해하려고 합니다. 하녀나 파출부가 그것을 도우려 하고 있습니다. 하나님 맙소사.'

저는 고함을 쳤습니다. '뭔가를 하셔야지요, 경사님.'

그 순경은 머리를 내저으며 뭔가 '유르베이' 하고 말했습니다.

'경사님.' 저는 그에게 필사적으로 설명했습니다. 그동안 저는 분노와 공포로 온몸을 떨었습니다.

'그 불쌍한 여자가 자기의 연인에게 문을 열어줄 것입니다. 거기에 자기 목숨을 걸다니요! 제발 그렇게 하지 마십시오! 그 여자를 찾아요!'

그동안 저는 그 여자가 어떻게 생겼는지 기억도 나지 않았습니다. 그러나 비록 알고 있다 한들 물론 저는 그에게 설명할 수 없었을 것입니다.

'하나님 맙소사.' 저는 소리쳤습니다. '그것이 일어나도록 그냥 둔다는 것은 비인간적입니다!'

그 영국 순경은 저를 자세히 살펴보고는 저를 진정시키려 했습니다. 저는 두 손으로 제 머리를 잡았습니다. '당신은 멍청이야.'

저는 절망한 나머지 견딜 수가 없었습니다. '그럼 제가 그녀가 누군지 찾을 것입니다!'

저는 그것이 미친 짓이란 걸 알고 있습니다. 하지만 이것 보십시오, 사람의 목숨이 달린 일이라면 인간이라면 뭔가를 해야 합니다. 저는 그날 밤 내내 구군가가 어떤 사람의 집을 몰래 들어가는 것을 보기 위해 리버풀을 좇아다녔습니다. 그것은 이상한 도시였습니다. 밤에는 오싹한 죽음의 도시…. 아침 무렵 저는 인도의 가장자리에 앉아 있었고 피로에 지쳐 흐느껴 울었습니다.

거기서 순경이 저를 찾고는 '유르베이'라고 말했습니다. 그리고는 저를 호텔로 데려갔습니다.

저는 그날 아침 어떻게 리허설을 했는지 모르겠습니다. 그러나 저는 드디어 지휘봉을 바닥에 팽개치고 거리로 달려 나갔습니다. 신문팔이 소년이 석간신문의 제목을 외쳐대고 있었습니다. 저는 한 부를 샀습니다. 거기에는 큰 글씨로 MURDER라는 문구가 있었습니다. 그 밑에는 머리가 흰 여자의 사진이 있었습니다. 저는 MURDER는 살인을 의미한다고 생각합니다."

간다라 남작의 죽음

“자, 제 말 좀 들어보세요.”

멘시크는 그것에 대해 말했다.

“리버풀의 그 경찰들은 그 살인자를 분명히 체포했을 겁니다. 그건 전문적인 일이거든요. 그런 것은 보통 잘 처리하거든요. 그런 경우 경찰들은 자유롭게 나다니는 악명 높은 녀석들을 잡아들이지요. 그리고는 ‘이제 좋아 이 녀석, 알리바이를 대 봐’ 하거든요. 알리바이가 없으면 바로 그자가 범인입니다. 경찰들은 알지 못하는 요원들이나 유명한 인사들을 다루기를 싫어합니다. 제가 감히 말하지만 그들은 잘 알려진 인물들이나 악명 높은 인물들을 잡아들이길 좋아 한답니다. 그들이 어떤 자를 손에 넣으면 그자에 대한 자료를 확보하고, 지문을 보관합니다. 그러면 이제 그자는 경찰들의 사람이 됩니다. 그때부터 그들은 신임을 가지고 그를 대합니다. 만일 뭔가 소란이 일어나면 그들은 구면으로 그를 찾아갑니다. 마치 사람들이 단골 이발사나 담배장수에게 가듯이 말입니다. 만일 아마추어나 신출내기가, 말하자면 당신이나 나 같은 자가 범죄를 저지를 때가 가장 나쁜 경우입니다. 그 경우 경찰이 그자를 체포하기가 더 어렵습니다.

저는 경찰본부에 아는 친척이 한 분 있습니다. 그의 이름은 피트르입니다. 그는 제 아내의 삼촌입니다. 그래서 이 피트르 아저씨는 '만일 그것이 도둑질이면 틀림없이 어떤 전문도둑이고, 그것이 만일 살인이면 그것은 아마 가족 중 한 사람일 것입니다'라고 말하곤 합니다. 그는 그런 고정된 견해를 가지고 있습니다. 피트르 아저씨, 그는, 인간은 아주 드물게 모르는 사람을 살해한다고 합니다, 왜냐하면 그렇게 하는 것은 쉽지 않기 때문이라고 주장합니다. 아는 사람들 가운데서 그런 기회를 찾기가 쉽습니다. 가정 안에서 그것은 바로 손 안에 든 쥐입니다.

그에게 살인 사건을 맡기면 그는 가장 신경을 쓰지 않고 이런 일을 저지르는 자가 누군지 찾아 나서지요.

'이것 봐, 멘시크.' 그는 말합니다. '나는 상상이나 독창성은 조금도 가지고 있지 않아. 우리 경찰본부에서 내가 가장 큰 얼간이란 것은 누구나 인정해. 자네도 알다시피 나는 그 살인자처럼 단순하지. 내가 생각하는 것은 평범하고 일상적인 것이지. 그 동기, 계획과 행위처럼 어리석어. 내 자네에게 감히 말하건대 대체로 나는 그렇게 해서 범인을 잡아내지.'

저는 여러분들 중 누가 그 외국인 간다라 남작의 살해 사건을 기억하고 있는지 모르겠습니다. 그는 그런 신비스런 모험가였어요. 그는 까마귀처럼 검은 머리카락을 가지고 있었고, 루시퍼처럼 미남이었죠. 그는 그레보프카 지역의 호화스러운 빌라에 살고 있었지요. 거기는 종종 뭔가 일어나곤 했어요. 가 볼 필요도 없어요. 좌우간 어느 날 아침 두 발의 총성이 들려왔고 비상벨이 울리고 그리고 그들은 빌라의 정원에서 총에 맞아 죽은 그를 발견했습니다.

그의 지갑이 사라졌어요. 그러나 거기에 다른 실마리가 될 만한 것은 남지 않았어요. 간단히 말해 불가해한 일급사건이었습니다. 그래서 우리 피트르 아저씨가 그 살인사건을 맡게 됐습니다. 왜냐하면 마침 그는 아무것도 맡은 일이 없었거든요. 그러나 그의 상관은 이렇게 말했습니다.

'어이 동지, 이번 사건은 자네의 그 일상의 방식과는 다른 경우네. 그러니 자네가 아직 연금을 받을 때가 아니란 것을 보여 주도록 잘하게나.'

피트르 아저씨는 한번 살펴보겠다고 투덜대고는 현장을 보러 떠났습니다. 말할 것도 없이 그는 아무것도 발견하지 못했습니다. 그는 형사들에게 호통을 쳤습니다. 그러고는 담배파이프에 불을 당기려 자신의 책상머리에 앉으러 갔습니다. 누구든지 지독한 연기 속에 있는 그를 본다면 피트르 아저씨는 자신의 사건에 대해 깊은 생각에 빠졌다고 생각할 수도 있습니다. 그러나 그것은 큰 실수였습니다. 피트르 아저씨는 깊은 생각에 빠지지 않았습니다. 왜냐하면 근본적으로 그는 생각하는 것을 좋아하지 않습니다. 살인자도 생각하는 것을 좋아하지 않습니다. 그자는 그에게 뭔가 일어나거나 일어나지 않거나 할 거라고 말하지요.

본부의 모든 다른 사람들은 피트르에게 동정을 느꼈

습니다. '그것은 그의 스타일이 아닌데. 그들은 그런 멋진 사건을 피트르에게 맡긴다는 것은 부끄러운 일인데. 피트르는 노파의 조카나 노파 하녀의 꽁무니를 따라다니는 놈팡이가 죽인 노파들을 다루는 게 더 어울리는데'라고 말하곤 했습니다.

그의 동료 경찰국장 메이즐리크 박사는 우연히 피트르 아저씨한테 들렀습니다. 그는 그의 책상머리에 앉아서 물어봅니다.

'어떻게 되어 가는가요, 피트르 경사님? 그 간다라 사건 뭐 새로운 단서가 발견된 게 있나요?'

'아마도 어떤 조카가 있는 것 같아요.' 피트르 아저씨는 말했습니다.

'어이 경사님.' 그 메이즐리크 박사는 그를 돕기 위해 말했습니다.

'이번 사건은 좀 달라요. 나는 당신한테 상기시켜 주고 싶은 게 있는데, 그 간다라 남작은 대단한 국제스파이라오. 여기 이상한 일이 벌어지고 있는지 누가 알겠소. 그자가 지갑을 도둑맞은 건 이해가 안 되네요. 만일 내가 자네의 경우라면 이런 정보를 찾을 텐데….'

피트르 아저씨는 머리를 내저었습니다.

'메이즐리크 국장님, 우리는 모두는 각자 자신의 방법을 가지고 있습니다. 맨 먼저 조사를 해봐야 합니다. 뭔가를 상속받을 수 있는 친척들이 있는지 살펴 봐야 합니다.'

'두 번째로….' 메이즐리크 박사는 말했습니다. '간다라 남작이 거대한 판돈을 거는 노름꾼이라는 것은 잘 알려진 사실입니다. 당신은 그런 사교모임에는 가지 않지요. 경사님, 당신은 그저 멘시크하고 도미노 게임만 하고 그런 자들과는 어울리지 않지요. 만일 원하신다면 제가 그자가 최근에 누구와 함께 게임을 했는지 물어볼게요. 아시다시피 그자가 아마 노름빚을 지고 있을 수도 있어요.'

피트르 아저씨는 얼굴을 찌푸리며 말했습니다.

'제 말 좀 들어 보시죠. 그건 제게 아무 의미도 없어요. 저는 그런 상류층하고는 일해 본 적이 없어요. 저같이 늙은 나이에 그런 것을 새로 시작하지 않을 것입니다. 노름빚 같은 것은 말하지 마십시오. 저는 그런 사건을 맡아본 적이 없어요. 그것은 가족 간의 살인사건이 아니면 강도 살인사건일 것입니다. 아마도 가족들 중 누군가가 저질렀을 것입니다. 그런 사건이 자주 일어나

지요. 아마도 요리사에게 어떤 사촌이 있었을지도 모릅니다.'

'또는 간다라의 운전사거나.' 메이즐리크는 아저씨를 자극하기 위하여 말을 계속했습니다.

피트르 아저씨는 고개를 내저으면서 말했습니다.

'운전사들은 제 사건에 한 번도 등장한 적이 없어요. 저는 운전사가 강도 살인을 한 사건은 기억나지 않네요. 운전사들은 술을 마시고 기름을 훔치기는 하지요. 하지만 그들의 살인사건을 취급한 적이 없었어요. 메이즐리크 국장님, 저는 제 방식에 충실하겠습니다. 당신도 저처럼 나이가 들면….'

메이즐리크 박사는 인내심을 잃었습니다.

'이것 봐요, 경사님.' 그는 즉각 대꾸했습니다. '여기 아직 세 번째 가능성이 있어요. 간다라 남작이 어떤 유부녀와 친밀한 관계를 가지고 있어요. 저런, 프라하에서 가장 아름다운 여인이지요. 아마도 시기로 인한 살인일지도 몰라요.'

'그럴 수도 있지요.' 피트르 아저씨는 동의했습니다. '저도 벌써 그런 살인사건을 다섯 번이나 다루었어요. 그 작은 미녀 부인의 남편의 직업은 무엇입니까?'

'대기업가예요.' 메이즐리크 박사는 대답했습니다. '거대한 회사예요.'

피트르 아저씨는 생각에 잠겼습니다.

'그것 또한 이번 일하고는 관계없어요. 저는 대기업가가 누군가를 살해한다는 사건을 다룬 적이 없거든요. 사기 짓거리는 그들이 자주 하지만요. 하지만 사기로 인한 살인, 그것은 다른 계층에서나 하는 짓이죠. 절대로 아닙니다 국장님!'

'이봐요, 경사님.' 메이즐리크 박사는 계속 말했습니다. '아시다시피, 그 간다라가 무엇으로 생활하는지 알아요? 공갈협박으로. 그 작자 끔찍한 것들을 알고 있고, …또 저, 수많은 부자들에 대해서도 알고 있어요. 그것은 고려해 볼 가치가 있어요. 그들 중 누군가가, …흠, 그를 제거하는 데 관심을 가지고 있을 수도 있어요.'

'예, 보시다시피.' 피트르 아저씨는 말했습니다. '저도 그런 사건을 한 번 다뤄봤어요. 그러나 우리는 그걸 증명할 수 없었어요. 그것은 완전히 창피한 것이었어요. 저는 두 번 다시 그런 사건에 손대고 싶지 않아요. 저는 그저 평범한 강도 살인이면 충분해요. 저는 그런 센세이션한 것과 스캔들은 좋아하지 않아요. 저도 당신같이 젊은 나이였을 때, 저도 또한 그런 영광스러운 범죄사건을 맡으려고 생각했을 것입니다. 그것은 그런 야망이었지요. 국장 동지, 그런 것은 지나간 세월과 함께 사라집니다. 보시다시피 이제 모든 것은 평범한 사건들로 판명나요.'

'간다라 공작은 평범한 사건이 아니에요.' 메이즐리크 국장은 반박했습니다. '경사님, 저는 그자를 알아요. 점잖은 불한당, 집시처럼 검지요. 제가 본 놈들 중에 가장 멋쟁이 깡패입니다. 불가사의한 놈. 악마. 카드놀이 사기꾼. 가짜 남작. 제 말 좀 들어봐요, 그런 녀석은 평범한 방법으로 죽지 않고, 평범한 살인으로도 죽지 않아요. 여기 뭔가 일어나고 있어요. 여러 불가사의 한 것들이.'

'그렇다면 그걸 제게 맡기지 말았어야지요.' 피트르 아저씨는 넌더리가 나서 투덜거렸습니다.

'저는 불가사의한 사건에 대해서는 머리가 안 돌아가요. 저는 불가사의한 사건에 대해서는 상관 안 해요. 저는 담배 가게 주인의 살인 같은 평범하고 분명한 살인사건을 좋아해요. 이것 봐요, 동지. 저는 새로운 방법은 알고 싶지 않아요. 그들이 그것을 제한테 맡겼기 때문에 저는 제 방식대로 할 것입니다. 그리고 그것은 평범한 강도 살인일 것입니다. 만일 그들이 그것을 당신에게 맡겼더라면 그것은 센세이션한 범죄사건, 로맨틱한 이야기, 아니면 정치적인 스캔들일 것입니다. 당신은 그런 로맨틱한 취향을 좋아하지요. 메이즐리크 국장님, 당신은 그런 멋진 사건을 잘 다루어 왔지요. 그들이 이 사건을 당신에게 맡기지 않은 것이 유감스럽네요.'

'제 말 좀 들어보세요.' 메이즐리크 박사는 폭발했습니다.

'만일 제가… 완전히 제방식대로… 이 사건을 추적한다면, 당신은 그것에 대해 아무런 반대도 하지 않겠지요? 아시다시피 저는 간다라에 대해 온갖 것을 알고 있는 사람들을 많이 알고 있어요. 물론 저는 그런 저의 정보들을 당신한테 맡길 것입니다만.'

메이즐리크는 즉각 더 보탰습니다.

'그것은 당신의 사건이 될 것입니다. 자, 어떻게 생각하세요?'

피트르 아저씨는 성가시다는 듯이 콧방귀를 뀌었습니다.

'정말 감사합니다.' 그는 말했습니다. '하지만 그렇게는 안 돼요. 국장님, 국장님은 저와 다른 스타일을 가지고 있어요. 당신은 저와는 달리 완전히 다른 방향으로 일을 진행시켰을 거예요. 그것은 한데 섞을 수 없어요. 제가 어떻게 당신의 스파이들, 노름꾼들, 아리따운 여성들 그리고 그런 거물들을 취급하겠어요? 그건 저에게 안 맞아요. 만일 제가 그것을 취급한다면 그것은 저의 그런 평범하고 지저부한 사건이어야 해요. 각자 자기가 할 수 있는 것을 하는 거예요.'

그 순간에 한 형사가 문을 두드리고 들어왔습니다.

'경사님.' 그는 보고했습니다. '간다라 빌라의 관리인에게 사촌이 있다는 것을 확인했습니다. 그자는 직업이 없는 스무살 청년이고, 브르소비체 1451번지에 살고 있습니다. 그는 자주 그 관리인한테 들르곤 했습니다. 그 집의 하녀도 애인이 있는데 병사입니다. 그는 현재 기동훈련중입니다.'

'자, 아주 좋아요.' 피트르 아저씨는 말했습니다. '빨리 가서 그 관리인 사촌을 감시하게나. 잘 살펴보고 그리고 그를 이리로 데리고 오게나.'

두 시간 후에 피트르 아저씨는 그 젊은이의 침대 밑에서 발견한 간다라의 지갑을 손에 넣었습니다. 그리고 밤에 술을 마시고 있는 그 청년을 체포했습니다. 아침에 그는 지갑을 훔치기 위해서 간다라를 살해했다고 자백했습니다. 그 지갑 속에는 5만 코루나 이상이 들어 있었습니다.

'자, 멘시크. 이제 알겠지?' 그러고 나서 피트르 아저씨는 제게 말했습니다.

'이것은 그 크르제멘초바 거리의 노파 사건과 똑같은 그런 사건이야. 여기서도 관리인의 사촌이 죽였었지. 하지만 제기랄. 만일 그 사건을 메이즐리크가 맡았었더라면 어땠을까 생각하니 끔찍하네. 그는 그 자료들을 어떻게 했을까? 하지만 나는 그런 판타지는 가지고 있지 않아. 뭐, 그렇다는 얘기지'".

결혼 사기꾼 사건

“사실을 말씀드리자면…”라고 말하며 형사 홀루프는 겸손하게 기침을 했다.

“우리 경찰들은 어떤 특별하고 평범하지 않은 사건을 좋아하지 않습니다. 우리들은 또한 신참내기들을 좋아하지 않습니다. 그런 경험 많고 능숙한 도둑, 그것은 완전히 다른 일입니다. 맨 먼저 우리들은 즉각 그 짓을 한 자를 알아봅니다. 왜냐하면 그게 바로 그의 전문이기 때문입니다. 두 번째로 우리는 어디에서 그를 찾아낼지 압니다. 세 번째로 그자는 아무런 소란을 피우지 않고 부정도 하지 않습니다. 왜냐하면 그래봤자 그에게 아무 소용이 없다는 것을 알고 있기 때문입니다. 여러분들,

그런 경험 있는 자와 함께 일한다는 것은 하나의 즐거움입니다. 저는 여러분들에게 이야기하건대, 심지어 감방에서도 이러한 노숙한 흉악범들이 인기가 있고 믿을 만합니다. 반면에 이 신참내기들이나 별 볼일 없는 범법자들이 가장 지독한 불평꾼들이고 골칫덩어리들입니다. 그들에게 좋은 것은 아무것도 없어요. 하지만 그런 고참자들은 교도소도 위험한 거래의 하나이고, 그래서 소란을 피우는 것은 자신에게나 다른 사람에게도 아무 의미가 없다는 것을 알고 있습니다. 하지만 그것은 제가 오늘 이야기하고 싶은 본질에서 벗어나네요.

5년 전 여기저기 온 사방으로부터 무명의 결혼 사기꾼이 체코 시골에서 야단법석을 떤다는 보고들을 접했습니다. 보고서에 묘사된 것에 의하면 그는 나이가 많고, 대머리에다가 뚱뚱하고 주둥이에는 금니가 다섯이나 되고, 그는 뮐러, 프로하스카, 쉬메크, 쉐베크, 쉬데르카, 빌레크, 흐로마트카, 피보다, 베르그르, 베이체크, 스토체스 그리고 아직도 수많은 이름을 가지고 있습니다. 빌어먹을, 그런 묘사는 우리들의 그 결혼 사기꾼에 대한 묘사와는 다른 걸 보니 아마도 누군가 새로운 인물임에 틀림없어요.

그래서 우리 수사반장은 제게 전화를 해서 이렇게 말했습니다.

'홀루프, 당신이 그 열차를 담당하니, 어디든지 가면 다섯 개의 금니를 한 녀석을 놓치지 않도록 주의하게나.'

자, 좋아요, 그래서 저는 열차 칸에서 사람들의 이빨들을 관찰하기 시작하였고, 지난 2주 동안 다섯 개의 금니를 한 남자 세 명을 만났습니다. 그들은 제게 신분증을 보여 주어야 했습니다. 하지만 하나님 맙소사. 그들 중 한 명은 학교 감독관이고 마침 또 한 명은 국회의원이었습니다. 여러분, 제가 그들로부터, 그리고 또 우리 상관으로부터 어떻게 호되게 꾸중을 받았는지 제발 묻지 마십시오. 정말 저는 미쳐 죽는 줄 알았어요. 이제야 비로소 저는 그 악당을 내 손으로 잡아야겠다는 생각이 났어요. 예, 맞아요, 그건 사실 제 담당 사건이 아니었어요. 하지만 그 녀석에게 복수해야겠다는 생각밖에 없었어요.

그래서 저는 스스로 금니를 한 자한테 결혼을 미끼로 금전적 사기를 당한 모든 버림받은 자들과 과부들을 찾아 나섰어요. 여러분들은 그런 학대당하고 버림받은 자들과 과부들이 얼마나 지껄여대고 훌쩍거리는지 믿을 수 없을 지경입니다. 그러나 적어도 그들 모두, 그자는 지식인이고, 견실한 신사이고, 금니를 하고 있었고, 가정생활에 대해서 세련되고 열정적으로 이야기했다고 동의했습니다. 하지만 어느 누구도 그의 지문을 받아놓지 않았습니다. 이러한 여자들이 얼마나 순진하고 쉽게 믿어버리는지 정말 충격적입니다. 카메니체 거리에 사는 열한 번째 피해자는 눈물을 흘리며 그 신사가 세 번이나 그녀를 만나러 왔다고 제게 말했습니다.

언제나 그는 아침 10시 30분에 열차를 타고 도착했습니다. 그리고 마지막으로 주머니에 돈을 챙겨서 떠날 때에 그는 그녀의 집을 바라보며 놀라운 눈초리로 말했습니다.

'헤이, 마르젠까 아가씨. 우리가 곧 결혼하는 것은 하나님의 뜻이 아닐까요? 당신 집 주소는 618이고 저는 매번 6시 18분 열차를 타고 가니, 이거 좋은 징조가 아닐까요?'

제가 그 이야기를 들었을 때 저는 그녀에게 말했습니다.

'아가씨, 그것은 정말 멋진 신호네요.'

저는 즉각 열차시간표를 꺼내서 어떤 역에서 6시 18분에 떠나 10시 35분에 카메니체로 가는 연결 열차가 있는지 알아봤습니다. 제가 모든 것을 체크하고 꿰맞추어 봤을 때 저는 비스트르지체-노보베스 정거장에서 오는 열차일 거라는 것을 알아냈습니다. 아시다시피 열차 담당 형사는 열차들을 속속들이 알고 있어야 합니다.

말할 것도 없이 첫날 휴가를 내어 비스트르지체-노보베스 역으로 갔습니다. 가서 여기 뚱뚱하고 금니를 한 신사가 눈에 띌 정도로 자주 다니지 않는지 물었습니다.

'그 사람 자주 다니고 있습니다.' 역장은 제게 말해 주었습니다. '그 사람 라치나라고 하는 외판원인데 저기 저 아래 거리에 살고 있습니다. 바로 어제 저녁에 어딘가에서 도착했습니다.'

그래서 저는 그 라치나 씨를 찾으러 갔습니다. 복도에서 아주 깔끔하고 깨끗하게 차려입은 한 부인을 만났습니다. 저는 그녀에게 물었습니다.

'여기 라치나 씨가 살고 있나요?'

'그는 제 남편인데요.' 그녀는 말했습니다. '하지만

점심 식사 후 낮잠을 자고 있는데요.'

'상관없어요.'

저는 말하고 안으로 들어갔습니다. 소파 위에 상의도 입지 않은 사나이가 누워 있었습니다. 그리고 그는 말했습니다.

'허허, 이거 홀루프 씨 아니오? 여보, 이 분에게 의자 하나 가져와요.'

그 순간 저의 모든 증오가 사라졌습니다. 그자는 늙은 내기 사기꾼 플리흐타였습니다. 그 로터리 사기꾼들이 무엇을 하는지 아시겠지요. 플리흐타는 적어도 열 번은 교도소에 갔었습니다.

'오랜만이군, 플리흐타.' 저는 말했습니다. '로터리는 더 이상 하지 않는가?'

'당연히 안 하지요.' 플리흐타는 말하고 소파에 앉았습니다.

'홀루프 씨, 그것은 부지런히 쫓아 다녀야 해서요. 저는 이제 젊은이가 아니잖소. 쉰두 살이니, 이제 저도 자리를 잡고 앉아야지요. 이 집 저 집 다니는 거 동향인들에게는 더 이상 어울리지 않아요.'

'그래서 당신, 결혼 사기꾼 놀이를 시작했군. 이 사기꾼아.' 저는 그에게 말했습니다. 플리흐타는 한숨을 내쉬었습니다.

'홀루프 씨.' 그는 말했습니다. '사람은 뭔가를 해야 해요. 아시다시피, 제가 마지막으로 감방에 있었을 때 이빨이 다 망가졌어요. 제 생각인데 녹두죽이 원인인 것 같아요. 그래서 저는 그것들을 고쳐야 했어요. 그래요, 홀루프 씨, 당신은 그 금니들이 사람들에게 얼마나 신임을 주는지 믿지 않겠지요? 그것은 신임을 쌓습니다. 또한 그 덕분에 소화가 더 잘되어 살도 찌지요. 중요한 것은 우리 같은 동향사람도 할 수 있는 뭔가를 해야 한다는 것입니다.'

'그 돈 다 어디 있는가?' 저는 그에게 물었습니다. '여기 자네가 사취한 것이 열한 건, 모두 합해서 이십육만 일천 코루나구먼. 그 돈 다 어디 있는가?'

'하지만 홀루프 씨.' 플리흐타는 말했습니다.

'아시다시피 여기 모든 것은 우리 집사람에게 속해요. 거래는 거래니까요. 저는 제게 속한 거 외에 아무것도 없어요. 그것은 현금으로 육백오십 코루나, 금시계와 금이빨이에요. 여보, 저는 홀루프 씨와 프라하에 갑니다. 홀루프 씨, 저는 아직 금니 할부금을 갚아야 해요.

그것은 삼백 코루나에요. 저는 그 돈을 여기 남겨놓을 겁니다.'

'그리고 양복쟁이한테 백오십 코루나면 충분할 거예요.' 그의 부인이 상기시켰습니다.

'당신 말이 맞네.' 플리흐타는 말했습니다.

'홀루프 씨, 저는 정확한 것에는 깐깐한 사람이에요. 모든 것을 깔끔하게 정리하는 것만큼 좋은 것은 없지요. 모든 것을 깔끔하게 정리하고 자기가 빚진 것을 알고 있어야 해요. 빚 진 것을 다 갚으면 남들을 똑바로 쳐다볼 수 있어요.'

'그것은 이미 거래에 속하거든요. 홀루프 씨. 여보, 프라하에서 창피를 당하지 않게 내 겨울 코트 먼지 좀 털어줘요. 자, 홀루프 씨, 우리 이제 출발하지요.'

그 당시 플리흐타는 5개월 형을 받았어요. 그 여자들이 대부분 재판관 앞에서 그들이 돈을 그에게 자발적으로 주었고 그를 용서한다고 선언했습니다. 오직 한 노파만 그를 용서하지 않았습니다. 그녀는 부유한 과부였고 그는 그녀로부터 오직 5천 코루나만 사기를 쳤습니다.

그러고 나서 6개월 후에 저는 사기결혼 사건 2건이

더 있었다는 것을 들었습니다. 그것은 플리흐타의 짓일 거야, 저는 제 자신에게 말했습니다. 그러나 더 이상 그것에 신경을 쓰지 않았습니다. 그때 저는 파르두비체 정거장에서 여행가방 전문 도둑을 다루어야 했습니다. 아시다시피, 그들은 승강장에서 가방을 훔치거든요. 그리고 저는 파르두비체에서 한 시간 거리 시골 별장에 가족을 가지고 있었기 때문에 저는 그들을 위해 소시지와 훈제고기들을 가져가고 있었습니다. 아시다시피, 시골에서는 그런 것이 귀하거든요.

그렇게 기차를 타고 가면서 저는 습관적으로 열차 전체를 둘러봤습니다. 한 열차 칸에 플리흐타가 나이 많은 귀부인과 앉아서 이 세상은 타락했다고 이야기하고 있었습니다.

'이거 플리흐타 아닌가?' 저는 말했습니다. '벌써 또 누군가에게 결혼 약속을 하는가?'

플리흐타는 얼굴이 붉어져서 즉각 그 부인에게 저 분과 비즈니스 건으로 할 이야기가 있다고 용서를 구했습니다. 그가 복도로 나를 따라와서는 비난조로 말했습니다.

'홀루프 씨, 남모르는 사람들 앞에서 제게 그렇게 하

시면 안 되죠. 그냥 제게 눈짓만 하면 제가 따라갈 테니까요. 저한테 무슨 볼일 있습니까?'

'우리는 또 다시 두 건이 있네. 플리흐타.' 저는 그에게 말했습니다. '나는 오늘 다른 사건을 다루어야 해, 내 자네를 파르두비체 경찰들에게 인계하겠네.'

'하지만 홀루프 씨, 제게 그렇게 하지 마십시오. 저는 당신에게 익숙해져 있어요. 당신도 저를 잘 알고요. 차라리 당신을 따라가겠습니다. 제발 홀루프 씨, 옛정을 생각해서라도요.'

'그건 안 돼.' 저는 말했습니다. '난 먼저 가족을 만나러 가야 해. 여기서 한 시간 거리지. 그동안 자넨 뭘 하려고?'

'당신과 함께 가겠습니다, 홀루프 씨.' 플리흐타는 제의했습니다. '적어도 저와 함께 가면 도중에 형사님도 시간 보내기 좋고요.'

'흠, 좋아.'

그래서 그 플리흐타는 저와 함께 갔습니다. 우리가 도시를 벗어났을 때 그는 말했습니다.

'이리 주십시오. 홀루프 씨, 제가 그 작은 가방을 들고 갈게요. 이것 좀 보십시오. 홀루프 씨, 저는 당신보다 나

이가 더 많은데, 당신이 사람들 앞에서 저한테 말을 놓으시면, 그게 좀 이상하게 보이네요.'

그래서 저는 제 아내와 처제에게 그를 옛 친구 플리흐타 씨로 소개했습니다.

제 말 좀 들어보세요. 제 처제는 25살의 아리따운 처녀입니다. 플리흐타는 아주 상냥하게 예의바르게 이야기하고 아이들에게 캔디를 주었습니다. 간단히 말해, 우리가 커피를 다 마시자 플리흐타는 처제와 아이들과 산보를 가겠다고 제의를 해왔습니다. 그러고는 그는 마치 우리 남자끼리 서로 이해하고 있다는 듯이, 제게 제 아내와 좀 시간을 가지라는 뜻으로 제게 윙크를 했습니다. 그자는 바로 그런 귀족다운 매너가 있는 인간입니다. 한 시간 후 그들이 돌아왔을 때 아이들은 플리흐타 손에 매달리곤 했습니다. 처제는 장미꽃처럼 얼굴이 발개졌고, 헤어질 때 그의 손을 오랫동안 꽉 잡았습니다.

'어이 이것 봐, 플리흐타.' 그 후 저는 그에게 물었습니다. '자네 내 처제 만니츠카 머릿속에 무슨 생각을 집어넣었는가?'

'그게 이제 습관이 돼서요.' 플리흐타는 거의 우울하게 말했다. '홀루프 씨, 저는 이제 더 이상 말을 안 해요.

이 이빨들이 말을 하지요. 저는 그것 때문에 불편하기는 하지만요, 그렇지 않아요? 저는 여성에게 사랑에 대해서는 한마디도 안 해요. 그것은 제 나이에 어울리지 않아요. 그리고 아시다시피 바로 그것이 그들을 가장 매혹시키지요. 그래서 저는 이렇게 생각해요. 여자들이 제 자신은 별로 좋아하지 않고 그 소유욕 때문에 좋아해요. 왜냐하면 제가 그들에게 확실한 지위를 가진 사람으로 비치기 때문이지요.'

우리가 파르두비체 역에 도착했을 때 저는 그에게 말했습니다. '플리흐타, 나는 자네를 경찰관한테 인계해야 하네. 왜냐하면 나는 여기 절도 사건을 조사해야 하거든.'

'홀루프 씨.' 플리흐타는 제게 사정을 했습니다. '자, 저를 여기 식당에 남겨두시면 안 될까요. 저는 차를 한 잔 마시며 신문을 읽고 있겠습니다. 여기 제 돈이 있습니다. 만 사천 코루나입니다. 돈 없이 저는 도망을 치지 않을 것입니다. 좌우간 저는 차 값도 지불할 수 없잖아요.'

그래서 저는 그를 정거장 식당에 남겨두고 제 일을 보러 갔습니다. 한 시간 후 저는 창문을 통해 살펴봤습니다. 그는 코에 금테안경을 걸친 채 그 자리에 앉아서 신문을 읽고 있었습니다. 그러고 나서 약 반 시간 후 저는 일을 끝내고 그를 데리러 갔습니다. 그는 벌써 옆자리에서 꽤나 통통한 블론드 부인과 함께 앉아 있었습니다. 그는 그녀의 커피에 상한 우유를 넣었다고 웨이터를 엄하게 나무라고 있었습니다. 그가 저를 보자 그 부인과 작별을 하고 내게로 왔습니다.

'홀루프 씨.' 그는 말했습니다. '약 일주일만 봐 줄 수 없을까요? 지금 다시 할 일이 생겨서요.'

'그녀는 매우 부자인가?' 저는 그에게 물었습니다.

플리흐타는 손을 내저었습니다.

'홀루프 씨.' 그는 제게 속삭였습니다.

'그녀는 공장을 가지고 있는데 경험 있는 사람이 필요하답니다. 그래서 제가 거기에 가서 봐 주려고요. 지금 바로 새 기계 값을 지불해야 한대요.'

'아하, 그래. 자 가자. 자네를 소개시켜 주지.'

저는 그 부인한테 갔습니다.

'안녕, 로이지츠카.' 저는 말했습니다. '아직도 이런 노신사 꽁무니를 따라다니는가?'

그 금발머리는 어깨까지 빨개져서 말했습니다.

'하나님 맙소사. 홀루프 씨, 이 분이 당신 친구인 줄 몰랐습니다!'

'자, 자리를 피해주는 게 좋겠네요.' 저는 그녀에게 말했습니다. '둔드르 반장님이 당신하고 할 말이 있답니다. 아시다시피 그는 그게 사기라고 하더군요.'

플리흐타는 불쌍해 보였습니다.

'홀루프 씨.' 그는 말했습니다. '저는 그 부인 또한 사기꾼인지는 상상도 못했습니다!'

'맞네.' 저는 그에게 말했습니다. '게다가 그녀는 그런 여자이네. 생각해 보게나, 그녀는 결혼을 미끼로 나이 많은 남자들한테서 돈을 노리고 거짓말을 하고 있다네.'

플리흐타는 창백해졌습니다. '정말 역겹군요.' 그는 침을 뱉었습니다. '그렇게 남자들이 그런 여자를 믿었다니요! 홀루프 씨, 이제 모든 것이 끝났군요!'

'자, 여기서 기다리게나.' 저는 그에게 말했습니다. '네가 자네에게 프라하 행 기차표를 사주겠네. 2등급 또는 3등급?'

'홀루프 씨.' 그는 자신을 옹호했습니다. '그건 돈 낭비에요. 저는 체포된 범인이니 기차는 공짜예요, 그렇

지 않아요? 정부보고 제 것을 지불하라고 하십시오. 동향인인데 한 푼이라도 아껴야지요.'

프라하로 가는 내내 플리흐타는 그 여자에게 저주를 퍼부었습니다. 그것은 제가 본 것 중에서 가장 지독한 도덕적 분노였습니다. 우리가 프라하에 역에 내렸을 때 플리흐타는 말했습니다.

'홀루프 씨. 저는 이번에 7개월 형을 받으리라는 것을 알고 있습니다. 저는 교도소 음식은 좋아하지 않습니다. 이것 보십시오. 저는 한 번 더 식사다운 식사를 하고 싶군요. 제가 형사님께 준 14,000코루나가 제가 최근에 번 것 전부입니다. 그래서 적어도 그 돈으로 저녁다운 음식을 한 번 먹게 해주십시오, 그리고 저는 당신에게 커피 한 잔이라도 보답하고 싶군요.'

그래서 우리는 함께 좀 더 좋은 식당에 갔습니다. 플리흐타는 등심 스테이크에 맥주 다섯 잔을 마셨습니다. 저는 그가 맡긴 돈으로 지불했습니다. 그는 그동안 웨이터가 혹 속이지 않았나 하고 영수증을 3번이나 점검했습니다.

'자, 이제 다시 나가지.' 저는 말했습니다.

'잠깐만. 홀루프 씨.' 플리흐타는 말했습니다.

'그 마지막 건수에서 저는 차비가 많이 들었습니다. 네 번이나 거기에 갔다 왔었고, 한 번에 48코루나였으니 도합 384코루나가 들었습니다.' 그러고는 코안경을 쓰고 종이쪽지에다가 계산을 하기 시작하였습니다.

'그리고 일반경비가 있어요, 말하자면 하루 30코루나. 저도 체면 정도는 차리고 살아가야지요. 홀루프 씨. 그것이 모두 제 거래에 속합니다. 그것은 120코루나네요. 그러고 또 저는 그 아가씨에게 35코루나 어치의 꽃다발을 주었어요. 그건 아시다시피 기본 예의이지요. 약혼반지가 240코루나였어요. 그것은 그냥 금박한 것이에요 . 홀루프 씨. 제가 만일 정직한 사람이 아니라면 저는 그것은 순금이고 600코루나라고 말했을 것입니다. 그렇지 않아요? 그다음 저는 그녀에게 30코루나 짜리 케이크를 사주었어요. 그리고 우리는 매번 1코루나씩 하는 편지를 다섯 번이나 주고받았어요. 그리고 그녀를 알게 해준 광고에 18코루나를 투자했어요. 그래서 도합 832코루나네요. 홀루프 형사님 그 돈을 공제해 주셔야 합니다. 당분간 그 돈을 형사님께 맡겨 놓겠습니다. 저는 모든 것을 깔끔하게 정리하는 것을 좋아합니다. 홀루프 씨. 적어도 그 간접경비는 깨끗하게 정리해

야 하겠습니다. 자 이제 가시죠.'

우리가 경찰 본부의 입구에 도달했을 때 플리흐타는 갑자기 뭔가를 기억해 냈습니다.

'홀루프 씨. 저는 그 아가씨에게 또 향수 한 병을 선물했습니다. 그러니 제 신용거래에 또 다른 20코루나를 더 보태야 합니다.'

그는 유별나게 코를 풀었습니다. 그리고 그는 자기를 데려가도록 마음을 편하게 먹었습니다."

유라이 추프의 발라드

“신사 여러분, 그것은 정말 있었던 일입니다.”

경찰서장 하벨카는 말했다.

“그러니까 때때로 범죄자들한테도 그런 특별한 양심과 성실성이 있다는 것입니다. 저는 여러분들께 이러한 일련의 사건들을 이야기할 수 있습니다. 그러나 가장 이상한 경우는 유라이 추프의 사건입니다. 이것은 제가 포트카르파티아 야스니나 지역파출소에 근무할 때 있었던 이야기입니다.

어느 1월달, 밤에 어떤 유대인 집에서 술을 마시고 있었습니다. 거기에는 지역 관리자, 지역 철도국장 그리고 비슷한 지역 유지들이 있었고, 그리고 물론 집시들도 있었습니다. 제 말 좀 들어보세요. 이 집시들이, 저는 어느 집시 족 출신인지는 모르지만 아마도 함족 계통 후예일 것입니다. 집시들이 사람들 귀 가까이, 바로 귀밑에서 조용히 아주 조용히 연주하면, 불쌍한 생쥐들 같으니라고, 그들이 요술을 귀속에다 대고 연주한다면, 투…투…투… 그들은 당신의 영혼을 당신의 몸으로부터 끌어내고 말 것입니다.

저는 여러분들에게 감히 말하고 싶은데요, 그들의 음악은 뭔가 무섭고 비밀스러운 탐닉입니다. 그들이 제 가까이 다가왔을 때 저는 눈물을 흘렸고, 수사슴처럼 울부짖었고, 총검으로 탁상을 내리쳤고, 유리잔을 박살 내고, 노래하고, 제 머리를 벽에다가 부딪쳤고, 누군가를 죽이고 싶거나 사랑을 나누고 싶었습니다. 여러분, 집시들이 사람을 매혹시키면 그는 난장판을 부립니다. 제가 최고의 기분에 도달했을 때 그 유대인 술집 주인이 와서는 바깥에 어떤 루테니아인이 저를 기다린다고 알려왔습니다.

'그에게 기다리든지 아니면 내일 오라고 해'라고 저는 소리질렀습니다.

'난 여기서 내 젊음을 애석해 하고, 내 꿈을 묻고 있어. 난 한 여인을, 아름답고 위대한 여인을 사랑할 거야. 날 위해 연주해라, 이 집시도둑들아. 날 위해 연주하고 내 영혼으로부터 고통을 없애줘.' 간단히 말해 저는 그렇게 지껄이고 있었습니다.

아시다시피, 그것은 음악, 그 고통 그리고 그 무서울 정도 거나하게 마신 술 때문입니다. 약 한 시간 후 그 술집 주인은 다시 와서 그 루테니아인이 아직도 바깥에서 혹독한 추위 속에서 기다리고 있다고 말했습니다.

하지만 저는 계속 저의 젊음을 애석해 하며 울었고, 아직도 저의 슬픔은 토카이 술(슬로바키아-헝가리 국경지방의 포도주)에 빠져 죽지 않았습니다. 그래서 저는 징기스칸처럼 손을 내저었습니다. 그것은 나에게 중요하지 않아. 연주나 해 집시들아. 그리고 무엇이 계속 되었는지, 저도 이제 모릅니다.

그러나 제가 아침 무렵 술집을 나왔을 때, 무지하게 추웠습니다. 눈은 뽀드득거렸고 유리처럼 쨍그랑거렸습니다. 술집 앞에 거대한 흰 부츠를 신고, 흰 바지와 흰 양털 코트를 입은 그 루테니아인이 서 있었습니다. 그가 저를 보자 허리를 굽혀 인사를 하고 목쉰 소리로 중얼거렸습니다.

'뭘 원해, 목동아.' 저는 그에게 말했습니다. '날 방해하면 네 턱에 한 대 박을 거야.'

'서장 나으리.' 그 루테니아인은 말했습니다. '볼로바 레호타 이장님이 저를 이곳으로 보냈습니다. 마리나 메테요바가 살해되었습니다.'

저는 조금 술이 깼습니다. 볼로바 레호타라, 그것은 약 30여 채 농가가 있는 30km나 떨어진 산속에 있는 작은 농촌마을입니다. 간단히 말해 이 겨울에 거기서 오다니 아름다운 산책은 아닌데.

'하나님 맙소사.' 저는 소리쳤습니다. '누가 그녀를 살해했는가?'

'제가 했습니다. 서장 나리.' 그 루테니아인은 겸손하게 말했습니다. '제 이름은 유라이 추프이고 드미트리 추프의 아들입니다.'

'자네, 여기로 자수하러 왔단 말인가?' 저는 그에게 쏘아붙였습니다.

'이장님이 명령했습니다.' 유라이 추프는 체념하며 말했습니다. '이장님이 명령했습니다. "유라이, 파출소에 가서 자네가 마리나 마테요바를 살해했다고 보고해,"라고.'

'왜 그녀를 살해했는가?' 저는 고함을 질렀습니다.

'하나님이 명령했습니다.' 유라이는 마치 아주 당연하다는 듯이 말했습니다. '주님이 명령했습니다. 사악한 영혼에 사로잡힌 너의 사랑스러운 누이 마리나 마테이요바를 죽여라.'

'지옥에나 가라, 이 놈아.' 저는 말했습니다. '그런데 자네, 그 볼로바 레호타에서 여기에 어떻게 왔는가?'

'하나님의 도움으로요.' 유라이 추프는 경건하게 말했습니다. '주님은 제가 눈 속에서 죽지 않도록 저를 보호하셨습니다. 하나님의 이름을 찬양하라.'

제 말 좀 들어보세요. 만일 여러분들이 카르파티아 지역의 눈보라가 어떤 것인지 알기만 한다면, 만일 여러분들이 2미터의 눈이 내린 것이 어떤지를 알기만 한다면, 만일 여러분들이 그 보잘것없는 불쌍한 인간 유라이 추프가 보잘것없는 하나님의 종 마리나 마테요바를 살해한 것을 신고하기 위하여 어떻게 선술집 앞에서 그 무시무시한 눈보라 속에서 6시간을 기다렸는지 보기만 한다면, 저는 여러분들이 어떻게 했을지 모르겠습니다. 하지만 저는 십자가를 그었습니다. 유라이 자신도 십자가를 그었습니다. 그러고 나서 저는 그를 체포하였습니다. 그러고 나서 저는 눈으로 세수를 하고 스키를 신고 동료 순경 크로우파와 함께 볼로바 레호타를 향해 산길로 출발하였습니다.

만일 지구경찰대장이 직접 저를 멈추게 하고 '어이 하벨카, 자넨 정신이 돌았는가? 아무 데도 못 가네. 그런 눈 속에서는 목숨이 걸린 일이야'라고 말했다면, 그럼 저는 그에게 경례를 하고 말했을 것입니다.

'죄송하지만, 대장님, 주님이 명령하셨습니다.'

그리고 저는 갔을 것입니다. 크로우파도 갔을 것입니다. 왜냐하면 그는 지슈코프 출신이기 때문입니다. 저는 그러한 화려한 짓거리나 바보짓이 생기면 장난을 치고 싶어 하지 않는지슈코프인은 아직도 한 번도 보지 못했습니다.

그렇게 우리는 출발했습니다. 저는 여러분들께 우리의 그 여행을 묘사하고 싶지 않군요. 그러나 요건만 이야기하겠습니다. 드디어 크로우파는 공포와 피로로 어린 아이처럼 흐느꼈습니다. 그리고 우리는 스무 번이나 우리는 이제 끝장났고, 그 눈보라 속에 꼼짝없이 남겨질 것이라고 중얼거렸습니다. 그리고 우리는 그 30킬로미터를 밤부터 밤까지 11시간 동안 갔습니다. 저는 이것이 어떠했는지를 짐작하라고 여러분들께 이야기하는 것입니다. 여러분, 그런 경찰은 말 같은 체격을 가졌습니다. 하지만 만일 눈 속으로 넘어져서 더 이상 가지 못한다고 울부짖으면, 이제 그것은 더 이상 묘사할 수 없다는 것입니다.

하지만 저는 마치 꿈속에서처럼 계속 걸었습니다. 그리고 제 자신에게 말했습니다. '유라이도 이 길을 걸어왔어. 주머니칼 같이 보잘 것 없이 작은 유라이 추프. 그리고 또 그는 냉혹한 추위 속에서 6시간이나 기다렸어. 왜냐하면 마을 이장이 그에게 명령했기 때문에. 젖은 부츠를 신은 유라이 추프, 눈보라 속의 유라이 추프, 하나님의 도움을 받은 유라이 추프'라고.

제 말 좀 들어보세요, 만일 여러분들이 돌이 아래가 아니라 위로 떨어진다면 여러분들은 그것을 기적이라고 말하겠지요. 하지만 아무도 자수를 감행하기 위해 유라이 추프가 걸어간 여행은 기적이라고 하지 않지요. 그렇지만 그것은 위로 떨어지는 돌보다 훨씬 더 위대한 현상이고 더 무서운 힘이었어요. 잠깐만요, 제가 한마디 더 할게요. 누구든지 기적을 보고 싶다면 돌이 아니라 사람들을 바라보십시오.

우리가 볼로바 레호타에 도달했을 때 우리는 피로에 지쳐서 그림자처럼 비틀거렸어요. 우리는 이장 집의 문을 두드렸습니다. 모두들 자고 있었어요. 잠시 후 턱수염이 텁수룩한 거인인 이장이 총을 들고 나왔습니다. 그는 우리를 보자 무릎을 꿇고 말 한마디 없이 우리의 스키 끈을 풀어주었습니다. 제가 지금 그것을 상기하면, 그것은 마치 제가 어떤 이상한 그림을, 단순하고 엄숙한 이미지들을 보는 것 같았습니다. 이장은 아무 말 없이 우리들을 한 오막살이로 인도했습니다. 촛불 두 개가 방안에서 타오르고 있었습니다. 이콘 성화 앞에는 검은 옷을 입은 여인이 무릎을 꿇고 있었고, 침대 위에는 마리나 마테요바의 시체가 흰 보에 덮여 있었습니다. 목은 척추 뼈까지 잘려져 있었습니다. 그것은 마치 백정이 새끼돼지를 자르듯이, 무섭지만 이상할 정도로 깨끗한 상처였습니다. 얼굴은 마지막 한 방울의 피까지 쏟아낸 사람들처럼 잔혹할 정도로 하얀 색깔이었습니다.

그러고 나서 또 이장은 말 한마디 없이 우리들을 자신의 통나무집으로 안내했습니다. 하지만 벌써 그의 오두막에는 양가죽코트를 입은 열한 명의 젊은이들이 모여 있었습니다. 저는 당신들이 이 양가죽코트가 얼마나 냄새가 지독한지 아는지 모르겠습니다. 그것은 질식할 것만 같아요, 마치 구약성경에 묘사되어 있듯이. 이장은 우리들을 테이블 가에 앉히고는 목을 추스르고, 절을 하고 말하기 시작하였습니다.

'하나님의 이름으로, 우리는 하나님의 종 마리나 마테요바의 죽음을 고발합니다! 주님의 자비가 함께하길 빕니다!'

'아멘.' 열한 명의 농부들은 말하고 십자가를 그었습니다. 그러고 나서 이장은 계속했습니다. 이틀 밤 전에 그는 누군가가 바깥에서 문을 긁는 소리를 들었습니다. 그는 그것이 여우라고 생각해서 총을 들고 문을 열었습니다. 문턱에는 여자가 누워 있었습니다. 그는 그녀를 들어 올렸으나 그녀의 머리는 뒤로 젖혀졌습니다. 그녀는 목이 잘린 마리나 마테요바였습니다. 그녀의 성대가 잘려서 그녀는 말을 못 했습니다. 이장은 마리나를 그녀의 통나무집으로 데려가서 침대에 눕혔습니다. 그러고 나서 그는 목동에게 뿔 나팔을 불어서 볼로바 레호타의 모든 농부들을 모이라고 명령했습니다. 모두들 모였을 때, 그는 마리나에게 다가가서 말했습니다.

'마리나 마테요바, 죽기 전에 누가 당신을 죽였는지 증언을 하세요. 마리나 마테요바, 제가 당신을 죽였습니까?

마리나 마테요바는 머리를 흔들 수 없었습니다. 하지만 그냥 눈을 감았습니다.

'마리나. 그자는 여기 있는 당신의 이웃 바실의 아들 블라하입니까?'

마리나는 고통스러운 눈을 감았습니다.

'마리나 마테요바, 여기 있는 반카라고 부르는 목동 코후트입니까? 여기 있는 당신의 이웃 마르틴 두다쉬입니까? 마리나, 여기 있는 샨도르라고 불리는 바란입니까? 마리나, 여기 서 있는 안드레이 보로베츠입니까? 마리나 마테요바, 그는 여기 당신 앞에 서있는 클림코베주히입니까? 마리나, 이 남자 슈테판 보보트입니까? 마리나 당신을 죽인 사람은 사냥지기인 미할 타트카의 아들 타트카입니까? 마리나….'

순간 문이 열리고 마리나 마테요바의 남동생 유라이 추프가 들어왔습니다. 마리나는 몸을 떨고 두 눈을 크게 떴습니다.

'마리나.' 이장은 계속했습니다. '누가 당신을 살해했

습니까? 그자가 여기 있는 테레티크라고 하는 표도르입니까?'

그러나 마리나는 더 이상 반응이 없었습니다.

'기도하십시오.' 유라이 추프는 말했습니다. 모든 농부들은 무릎을 꿇었습니다.

마침내 이장은 일어서서 말했습니다. '이리로 여자들을 불러오세요!'

'아직은 아닙니다.' 나이 많은 두다쉬가 말했습니다. '이제는 고인이 된 하나님의 종 마리나 마테요바, 하나님의 이름으로 손짓을 주십시오. 목동 듀로가 당신을 죽였습니까?'

침묵이 흘렀습니다.

'마리나 마테요바, 그대의 영혼이 주님과 함께하시길. 이반의 아들 토트 이반이 당신을 죽였습니까?'

아무도 숨조차 쉬지 않았습니다.

'마리나 마테요바, 하나님의 이름으로, 여기 이 당신의 형제, 유라이 추프가 당신을 죽였습니까?'

'제가 죽였습니다.' 유라이 추프는 말했습니다. '주님이 명령하셨습니다. "마리나를 죽여라, 악령에 사로잡혔다."'

'그녀의 눈을 닫으시오.' 이장은 명령하였습니다. '유라이, 자네 지금 야시나로 가서 경찰에게 신고하게. 이렇게 말하게 "제가 죽였습니다. 마리나 마테요바를." 그때까지 앉지도 말고 먹지도 말게. 자 가게, 유라이!'

그러고 나서 그는 문을 열고 목조 오막살이로 주검 앞에서 슬픔을 표하도록 여자들을 들어오게 했습니다.

제 말 좀 들어봐요. 저는 확실히 모릅니다, 그 양가죽 코트 때문인지, 피로 때문인지, 아니면 제가 거기서 보고 들은 것에는 이상한 아름다움과 존엄이 있어서인지, 저는 강추위 속으로, 밖으로 나가야 했습니다, 왜냐하면 머리가 빙빙 돌았습니다. 정말로 제 마음속에 무엇인가 솟아나서, 마치 저로 하여금 일어서서 이렇게 말하라고 하는 것 같았습니다. '하나님의 사람들, 하나님의 사람들! 우리는 유라이 추프를 세상의 법으로 다스릴 것입니다. 그러나 여러분들에게는 하나님의 법이 있습니다.' 저는 허리를 굽혀 그들에게 절을 하고 싶었습니다. 하지만 그것은 경찰한테 어울리는 게 아니었습니다. 그래서 저는 밖으로 나가서 아주 오랫동안 혼자서 하나님을 저주하였습니다, 그러나 다시 경찰의 본분을 되찾았습니다. 아시다시피, 경찰 일이란 거칠고 힘듭니다. 저는 아침에 유라이 추프의 오막살이를 뒤져서 죽인 마리나가 미국의 남편으로부터 받은 달러 지폐들을 발견하였습니다. 물론 저는 그것을 보고해야 했습니다. 법관들은 그것으로 강도 살인사건으로 몰아갔습니다.

유라이 추프는 교수형을 받았습니다. 그러나 아무도 그가 인간의 힘으로 혼자서 여행했다는 것을 제게 확신시키지 못했습니다. 저는 인간의 힘이 무엇인지 잘 압니다. 그러나 저는 또한 하나님의 심판이 무엇인지 조금은 안다고 생각합니다."

잃어버린 다리 이야기

"많은 사람들이 믿지를 않았습니다…."

티미호가 거기에 대해 대답했다.

"사람이 때때로 무엇을 참아내야 한다는 것을. 잠깐만 기다리세요. 때는 제가 35사단에 근무하던 전쟁 때였습니다. 거기에 한 병사가 있었습니다. 이름이 뭐였더라, 딘다 또는 오타할 또는 페테르카였던가, 하지만 우리는 그를 페페크라고 불렀습니다. 그 외에도 그는 착한 사람이었습니다. 하지만 또한 그는 여러분들이 그에게 소리칠 정도로 멍청이였어요. 어쨌든, 우리를 훈련 대형으로 몰아붙일 때도 그도 할 수 있는 것을 해냈어요, 그는 양처럼 참아냈어요. 하지만 그들이 우리를 전선으로 보냈을 때인데, 그것은 크라쿠프 너머였어요, 거기는 우리들을 위해 별로 좋지 않은 지역이었어요, 러시아 포병대가 바로 사격을 가하는 곳이었어요. 페페크는 아무렇지도 않고 그저 눈만 껌벅거렸어요. 그러나 그가 배가 터진 말한테로 왔을 때 그 말이 아직도 숨을 몰아쉬며 일어나려고 발버둥을 쳤어요. 거기서 페페크는 얼굴이 창백해져서는 모자를 땅에 팽개치고 폐하에 대해 욕설을 퍼붓고 땅바닥에 총과 배낭을 내던지고 집으로 돌아갔어요.

그가 오백 몇 킬로나 되는 먼 거리를 어떻게 도달했는지, 정말로 저는 상상할 수 없어요. 그러나 어느 날 밤 그는 자신의 오막살이 문을 두드리고는 자기 부인에게 말했어요.

'여보, 나야, 난 이제 더 이상 거기 안 갈 거야. 하지만 그들이 나를 발견하면 나는 끝장이야. 나는 탈영병이야.'

그들 둘은 함께 실컷 울고 나서 그의 부인이 말했습니다.

'페페크, 나는 당신을 넘겨주지 않을 거요, 저는 당신을 거름 속에 숨겨줄 게요. 거기에서는 아무도 당신을

찾지 못할 거예요.'

그래서 그녀는 거름더미 속에 그를 숨기고 판자로 덮었어요. 그 냄새나는 구덩이 속에서 그는 5개월을 앉아 있었어요. 여러분, 어떤 믿음에 대한 순교자도 그러한 것을 견디어 낼 수 없었을 것입니다. 그 후 그들의 한 이웃 할망구가 암탉 때문에 밀고해 버렸어요. 경찰들이 와서 페페크를 거름더미 속에서 꺼냈습니다. 제 말 좀 들어보세요. 그들은 그를 포승줄에 묶어서 도시로 데려갈 때 자기들에게 냄새가 배지 않기 위해서 10미터나 되는 밧줄을 사야 했어요.

그 후 페페크로부터 냄새가 좀 사라지자, 그들은 그를 군사 법정으로 데려갔습니다. 그 당시 심문관은 딜링거라는 사람이었습니다. 어떤 사람은 말하기를 그자는 개 같은 사람이라고 하고, 또 다른 사람들은 그가 훌륭한 사람이었다고 말합니다. 하지만 그자는 욕설을 할 줄 아는 사람임에는 틀림없었습니다. 제 말 좀 들어보세요. 그건 의심할 바 없어요. 오스트리아 지배 하에서는 모두 욕을 할 줄 알아요! 그것은 옛 전통이었어요. 오늘날 아무도 품위 있게 꾸짖는 것을 몰라요. 하지만 모욕하는 것은, 그들은 그것은 할 줄 알지요. 그래서 심문관 딜링거는 페페크를 법정 창밖에 세워두고 창문을 통해서 재판을 시작했어요. 자기 가까이 그자가 오지 못하게 했어요. 아시다시피 이는 페페크에게 불리했어요. 전쟁 중 탈영병이라, 이는 총살감이에요 . 하나님도 어떻게 도울 수 없어요. 그 딜링거는 아무하고도 커다란 야단법석을 떨고 싶어 하지 않았습니다. 저, 사실 그 자는 개 같은 놈이었어요. 하지만 재판결과를 기다리고 있을 때, 그는 창문으로부터 소리쳤어요.

'그래서 페페크, 거기서 묻혀 숨어 있을 동안, 밤에 당신의 부인과 자기 위해 한 번도 나오지 않았는가?'

페페크는 당황하여 다리를 옮겨놓으며 얼굴이 빨개져서 소리쳤습니다.

'삼가 보고 드립니다, 재판장님, 때때로 물론이지요. 그렇지 않았다면 저는 해낼 수 없었을 것입니다.'

이에 딜링거는 창문을 잠그고 소리쳤습니다.

'하나님 맙소사!'

그러고 나서 잠시 머리를 내젓고는 방을 왔다 갔다 하다가 정신이 돌아오자, 말했습니다.

'나를 은퇴시켜도 좋아. 하지만 난 이 녀석을 총살하도록 보내지 않을 거야. 그의 부인을 봐서라도 안 돼. 우

웩. 어휴, 이거야말로 진짜 부부의 사랑이야!'

그래서 그는 우여곡절 끝에 요새근무 3년 징역형을 언도 받았습니다.

그 요새에서 페페크는 죄수로서 바브카라는 대령인 군교도소장의 정원을 담당하게 됐습니다. 그 후에 바브카 소장은 페페크가 식물들을 가꾸었을 때처럼 그처럼 아름답고 찬란한 식물들을 가진 적이 없었다고 말했습니다. 그 소장은 '그렇게 식물을 잘 기르는 것은 악마나 알 것'이라고 말했답니다."

* * *

"전쟁 중에는…"

크랄이 말했다.

"온갖 이상한 사건들이 많이 일어나지요. 만일 사람들이 오스트리아를 위해서 싸우지 말아야 하는 행동 같은 그런 것들을 다 모으면, 볼란드회(Bollandists, 1643년 창립: 역주)에서 편집한 성인 · 순교자의 전기 전집보다 더 많은 2절판 책들이 될 것입니다. 저에게는 로이지크라고 하는 조카가 있습니다. 그는 라들리체에서 제빵사로 일했습니다. 그가 전쟁에 징집되었을 때 그는 제게 말했습니다.

'삼촌, 삼촌에게 말씀드리는 건데 저는 전방에는 가지 않을 것입니다. 거기서 그 독일 놈들을 돕느니 차라리 다리 하나를 잘라버리겠습니다.'

그 로이지크는 영리한 소년이었습니다. 이 신병들이 총검을 들고 훈련을 할 동안 그는 바로 그 자신의 열정을 가지고 안간힘을 썼습니다. 그래서 상관들이 그에게서 미래의 영웅을 아니면 마침내 미래의 병장을 목격했습니다. 그러나 그는 며칠 내로 전방으로 간다는 소문을 듣고는 열병에 걸린 것을 가장했습니다. 오른쪽 배를 움켜쥐고 괴로워하기 시작했습니다. 그래서 그들은 그를 병원으로 데려가서 맹장을 제거했습니다. 벌써 로이지크는 그 상처가 천천히 아물 거라고 계산을 해냈습니다. 하지만 6주 후에 그가 무엇을 했든 간에 상처가 나았습니다. 아직 전쟁은 끝나지 않았습니다. 그때 저는 병원으로 그를 찾아갔습니다.

'삼촌.' 로이지크는 말했습니다. '이제 훈련담당 하사관도 저를 도울 수 없어요, 어느 순간이든지 곧 저를 징집할 거예요.'

그 당시 의료 총책임자는 악명 높은 오버후버였습니다. 나중에 그자는 완전한 미치광이이로 판단 났지요. 하지만 아시다시피 군대는 군대예요. 만일 여러분들이 야생 멧돼지에 황금 목도리를 채우면 그 돼지는 대장이 되는 거예요. 이 오버후버 앞에서는 누구든지 공포에 사로잡힌다는 것은 다 아는 사실입니다. 그는 오직 병원을 쏘다니며 모두에게 소리칩니다.

'전방으로 전진!'

심지어 결핵에 걸렸든지 척추에 총알구멍이 있든지 그에게 말대꾸는 금지되어 있습니다. 그는 병원 침대머리에 있는 병력차트도 보지 않고 오직 멀리서 바라보고 '전방근무에 쓸모가 있음! 즉시 징집할 것!'라고 소리를 질러댑니다. 그러고 나면 어떤 성자도 당신을 도와줄 수 없습니다.

그때 그 오버후버가 로이지크가 자신의 운명을 기다리던 병원을 시찰하러 왔습니다. 아래 정문에서 노호하는 소리가 들리자마자 죽은 자를 제외하고 모든 환자들은 올바른 자세로 상관을 맞이하기 위하여 자신의 침대 옆에서 서서 주의를 기울여야 했습니다. 문제는 기다림이 오래 걸렸다는 겁니다.

그래서 로지크는 더 편하게 하기 위하여 한쪽 다리를 굽혀서 병원 침대머리에 기대고 다른 한 다리로만 서 있었습니다. 바로 그 순간에 오버후버가 거기에 분노로 얼굴이 빨갛게 되어서 쳐들어와서는 문 앞에서 소리쳤습니다.

'전방으로 진격! 저놈도 역시 징집! 쓸모가 있음!'

그러고 나서 한 발로 서 있는 로이지크를 목격했습니다. 그는 더욱 얼굴이 빨개졌습니다. '외발 잡이!' 그는 소리쳤습니다. '지금 당장 귀향! 히믈, 왜 여기에 외발 병사를 데리고 있는 거야? 여기가 병신들 마구간인가? 저놈 밖으로 끌어내! 이 병역기피자들아, 너희들 모두 전방으로 보내 버리겠어!'

부사관들은 공포로 창백해져서 당장 행동에 옮겨야 해서 말을 더듬었습니다. 하지만 벌써 오버후버는 다음 침대에서, 어제 막 수술을 한 신병에게 소리쳤습니다.

'즉시 전방으로!'

한 시간 내로 로이지크는 오버후버가 직접 서명한 허가서와 함께 외발 제대병으로 군병원에서 집으로 보내졌습니다. 그 로이지크는 매우 실질적인 녀석이었습니다. 그는 즉시 영구적인 장애자로서 군복무 명부로부터 제외해 줄 것을 요구했고, 장애자 연금을 수여하기를 요구했습니다. 왜냐하면 제빵사로서 그는 양 다리가 필요했기 때문입니다. 사람들이 제빵사들에 대해 말하듯이 비록 그들의 다리들이 굽었지만, 달리 말해 공식적으로 인정된 하나의 다리로써 그는 자신의 천직을 경영할 수 없었기 때문입니다.

적절한 공식적인 지연 후에 그는 45퍼센트 장애자로 군 면제를 받았다는 통지를 받았습니다. 그 결과로 그는 매달 상당한 금액의 장애연금을 받았습니다. 좋아요, 그래서 잃어버린 다리 하나의 이야기가 실제로 시작됩니다. 그때부터 로이지크는 장애자 연금을 받아가며 빵가게에서 아버지를 도와주기 시작하였습니다. 마침내 결혼도 했습니다. 다만 그는 오버후버가 공식적으로 잃어버렸다고 보증한 다리 하나로 절름발이로 걷거나 절뚝거리며 걷고 있는지 주의를 기울이곤 하였습니다. 하지만 그는 그가 적어도 마치 의족을 가지고 있는 것처럼 보이는 게 맘에 들었습니다.

그 후 전쟁이 끝나고 공화국 시대가 왔습니다. 하지만 그 로이지크는 깔끔하고 철두철미한 덕분에 계속 장애연금을 받았습니다.

어느 날 그는 뭔가 수심에 찬 모습으로 저를 찾아왔습니다.

'삼촌.' 잠시 후 그는 울음을 터트렸습니다. '제 다리 하나가 더 짧아지고 오그라든 것 같이 보여요.'

그는 즉시 안 쪽 바지를 걷어 올리고, 제게 그 다리를 보여 주었습니다. 그것은 지팡이처럼 가늘었습니다.

'삼촌, 저는 겁이 나요.' 로이지크는 말했습니다. '결국 이 다리를 잃어버릴 것 같아요.'

'그럼 의사한테 그걸 보여 줘. 이 멍청아.' 저는 그에게 충고했습니다.

'삼촌.' 로이지크는 한숨을 내쉬었습니다. '제 생각인데요, 그건 병이 아니고, 그것은 제가 다리 하나를 가지고 있지 않다는 생각 때문인 것 같아요. 좌우간 저는 오른쪽 다리의 무릎 아래 부분이 없다고 기록되어 있어서 그런가 봐요. 그렇기 때문에 제 다리 하나가 쪼그라들었다고 생각하지 않으세요?'

그러고 나서 얼마 지난 후 그는 다시 제게 왔습니다. 그는 벌써 지팡이를 짚고 있었어요.

'삼촌.' 그는 괴로워하며 말했습니다. '저는 이제 절뚝발이가 됐어요. 이제 저는 이 다리에는 아무런 힘도

쓸 수가 없어요. 의사가 그러는데 근 위축증이래요, 신경계통 때문이래요. 의사는 저를 온천장으로 보낸대요. 하지만 그 자신도 믿지 못하겠다는 눈치예요. 삼촌, 제 이 다리가 얼마나 차가운지 만져 봐요. 죽은 것 같아요. 의사가 말하기를 피 순환이 아주 나쁘대요. 이 다리가 시들어 죽어가고 있다고 생각하지 않으세요?'

'자, 내 말 좀 잘 들어봐, 로이지크.' 저는 그에게 말했습니다. '내 너한테 충고 하나 할게. 당국에 가서 네가 외발다리라는 기록을 삭제해 달라고 해봐. 내 생각인데, 그러면 네 다리가 정상이 될 거야.'

'하지만 삼촌.' 로이지크는 반발했습니다. '그러면 그들은 제가 장애자 연금을 부정으로 받았고 정부로부터 거금을 속였다고 할 텐데요. 그리고 또 저는 그 돈을 다 돌려줘야 한단 말이에요!'

'그럼 돈이나 보관해, 이 구두쇠 제빵사야.' 저는 그에게 말했습니다. '그러나 넌 다리 하나를 잃게 될 거야. 그리고 더 이상 내게 넋두리하러 오지 마.'

일주일 후에 그는 다시 제게 왔습니다.

'삼촌.' 그는 즉시 문간에서 수다를 떨었습니다. '그들은 제 다리 하나를 공식적으로 인정하지 않으려고 합니다. 그들은 좌우간 다리 하나가 오그라들었고, 거의 쓸모가 없다고 말했습니다. 저는 이제 어떻게 해야 되나요?'

여러분들은 당국이 로이지크가 두 다리가 있다는 것을 인정할 때까지 그가 얼마나 쏘다녔는지 믿지 못할 것입니다. 하지만 로이지크가 장애자 연금으로 당국을 속인 것을 청산해야 했던 것은 믿을 것입니다. 그는 심지어 군 복무의무를 피한 것으로 기소되었습니다. 불쌍한 로이지크는 이 사무실에서 저 사무실로 뛰어다녔습니다. 하지만 그의 한쪽 다리는 점점 더 강해지기 시작했습니다.

그것은 아마도 그가 뛰어다녀야 했기 때문일 것입니다. 그러나 저는 당국이 공식적으로 그 다리를 인정했기 때문이라고 생각됩니다. 그런 당국의 법령은 결국 거대한 힘을 가지고 있습니다. 또는 저는 그의 다리가 쪼그라든 것은 그가 나쁜 짓을 했기 때문이라고 생각합니다. 그는 올바르게 행동하지 못했습니다, 그래서 그는 대가를 치른 것입니다. 저는 감히 여러분께 말하건대 깨끗한 양심은 가장 좋은 건강관리입니다. 만일 사람들이 정직하다면 아마도 죽을 필요도 없을 것입니다."

현기증

"양심이라…."

라치나가 말했다.

"그런 말은 더 이상 사용하지 않습니다. 지금은 억압받은 환상이라고 합니다. 하지만 그것은 오십보백보입니다. 저는 여러분들 중에 누가 사업가 기르케가 관련된 사건을 알고 있는지 모르겠습니다. 그는 매우 부유하고 귀족다운 사람이었습니다. 또 기둥처럼 매우 키가 크고 힘센 사람이었습니다. 그는 홀아비였습니다. 하지만 그 외에는 그에 대해 알려진 게 별로 없습니다. 그처럼 그는 무척 내성적이었습니다. 그래서 그가 40살이 넘어서 아주 아름답고 젊은 처녀와 사랑에 빠졌습니다. 그녀는 17살이었고 너무나 아름다워 누구든지 숨이 막힐 정도였습니다. 그녀는 정말로 아름다웠습니다. 그런 동정심이나 다정함이나 그 비슷한 것으로 가슴을 쥐어짤 정도였습니다. 기르케는 그 처녀와 결혼했습니다. 왜냐하면 그는 위대하고 부자였기 때문입니다.

그들은 이탈리아로 신혼여행을 갔습니다. 거기에서 이 사건이 일어났습니다. 그들은 베네치아에서 유명한 종탑에 올라갔습니다. 기르케가 아래로 내려다 보았을 때 그것은 무척 아름답다고 말하는 곳입니다. 그는 얼굴이 창백해져서 자신의 젊은 아내에게로 향해 돌아서서 그만 나무둥치처럼 쓰러졌습니다. 그 이후 그는 어째서인지 더 내성적이 되었습니다. 그는 자신에게 아무것도 일어나지 않았다는 것을 보여 주려고 안간힘을 썼습니다. 그러나 그의 두 눈에는 불안하고 절망적인 모습이 나타났습니다. 아시다시피 그의 부인은 너무 놀라서 그를 집으로 데려갔습니다. 그들은 도시의 공원이 내려다 보이는 아름다운 저택을 가지고 있었습니다. 거기서 기르케의 기행이 불거져 나왔습니다. 그는 계속해서 창문이 제대로 잠겼는지, 이 창문에서 저 창문으로 왔다 갔다 했습니다. 그리고 거의 앉아 있질 못하고 다시 일어나 어떤 창문이 잠겨 있는지 보러 갔습니다.

심지어 밤에도 일어나 집안 전체를 돌아다녔습니다. 모든 질문에 그는 저주받을 현기증이 나서 떨어지지 않기 위하여 모든 창문을 잠그고 싶다고 중얼거렸습니다. 그래서 그의 부인은 끊임없는 불안으로부터 그를 안심시키려고 모든 창문들의 빗장을 잠갔습니다. 그것은 며칠 간 도움이 되었습니다. 기르케는 조금 안정이 되었습니다. 그러나 곧 그는 다시 이 창문에서 저 창문으로 돌아다니면서 빗장들이 잘 잠겼는지 확인하려고 흔들어보곤 했습니다.

그러고 나서 그들은 쇠창살 덧문을 만들었습니다. 그들은 바깥출입을 하지 않고 쇠창살 덧문 안에서만 살았습니다. 기르케는 어느 정도 안정이 되었습니다. 그러나 계단을 오르내릴 때 현기증을 느끼기 시작하였습니다. 그래서 그가 계단을 오르내릴 때 누군가가 보살펴줘야 했고 절름발이처럼 그를 잡아줘야 했습니다. 그동안 그는 이파리처럼 떨고, 땀으로 온 몸이 젖었습니다. 그리고 또 때때로 계단 한가운데서 앉아야 했고, 딸꾹질을 해대며 울었습니다. 그처럼 그는 겁이 많았습니다.

물론 그들은 그에게 모든 가능한 의사들을 불러왔습니다. 흔히 있는 일이지만, 한 의사는 과로로 어지럼증이 생겼다고 하고, 두 번째 의사는 미로 같은 내이(內耳)에 이상이 있다고 하고, 세 번째 의사는 변비로 인한 증상이라고 하고, 네 번째 의사는 뇌혈관의 이상 때문이라고 하였습니다.

제 말 좀 들어보세요. 제가 관찰한 바에 의하면, 누군가가 빼어난 전문가가 되면, 무엇보다도 그 사람 속에 그 어떤 내적인 과정에 의해서 어떤 관점이 발생한다는 것입니다. 그러고 나서 그런 전문가는 말하지요. '내 친애하는 동료님, 제 관점으로 볼 때 그것은 물론 이러저러하지요.' 그리고 두 번째 전문가는 '그렇습니다. 친애하는 동료님, 그러나 제 관점으로 볼 때는 그것은 완전히 반대인데요'라고 하지요. 제 생각인데요, 관점은 모자나 지팡이처럼 현관에 남겨둬야 할 것 같아요. 여러분들이 관점으로 어떤 사람을 어딘가로 떨어지게 하자마자, 그는 뭔가 손해를 입게 되거나 적어도 다른 사람들과 사이가 틀어집니다.

하지만 다시 기르케로 돌아가야겠네요, 그래서 그는 매달 완전히 다른 방법에 의해서 전문가들에 의해 고문을 받았고 처분을 받았습니다. 그는 거대한 산 같은 사람이어서 그것을 견뎌냈습니다. 그러나 이제 그는 안락의자로부터 일어설 수조차 없었습니다. 왜냐하면 그가 땅만 보면 어지럼증을 느꼈기 때문입니다. 그래서 그는 말없이 움직이지도 않고 어둠만 바라보았습니다. 그리고 때때로 울음을 울 때 몸을 몹시 흔들어댔습니다.

그때 새로운 의사인, 신경전문의 스피츠 교수가 기적을 행했습니다. 그는 이러한 억압받은 환상을 치료하러 왔습니다. 사실 그는 거의 모든 사람들은 잠재의식 속에, 왜냐하면 우리들이 그것을 무서워하기 때문에, 억누르고 있는 억압받은 환상이나 기억이나 갈망을 가지고 있다고 말하곤 했습니다. 이런 억압받은 환상들은 우리들 속에서 혼란과 혼동 또는 신경쇠약을 불러일으킨다고 말합니다. 유능한 의사가 이 억압받은 환상을 확실하게 치유했을 때 환자는 걱정을 덜고 다시 좋아집니다.

이러한 정신분석 전문의는 문제가 있는 환자로부터 완전한 신뢰를 얻어야 하고 가능한 모든 것을, 밤에 그가 무엇을 생각하고, 그의 어린 시절로부터 무엇을 기억해내고, 그리고 등등을 그의 두뇌로부터 빼냅니다.

그러고 나서 마침내 그는 말합니다.

'자, 선생님, 당신은 여러 해 전에 이러이러한 경험(대개는 매우 수치스러운 것)을 하셨지요, 그것이 당신을 무의식적으로 억압해 왔습니다. 우리는 이걸 마음의 상처라고 부릅니다. 이제 바깥으로 나갔습니다. 자 수리수리 마술이, 요술이로다! 이제 당신은 다 나았습니다.' 바로 이것이 마법이라고 합니다.

저는 감히 말하건대 그 슈피츠 박사가 정말로 마법을 부렸습니다. 여러분들은 부자들이 얼마나 억압받은 환상을 가지고 있는지 믿지 못할 것입니다. 가난한 사람들은 보통 걱정을 많이 하지 않습니다. 간단히 그 슈피츠 박사는 멋진 고객을 가졌습니다. 다른 모든 정신과 의사들이 할 수 있는 모든 것을 한 후에, 슈피츠 박사를 그에게 불러왔습니다. 슈피츠 박사는 그 현기증은 신경계통이 원인이라고 선언했습니다. 그리고 그 후고 슈피츠 박사는 자신의 환자로부터 그것을 없앨 것이라고 보증했습니다. 예, 좋아요. 다만 기르케는 이야기를 많이 꺼내지 않았습니다. 슈피츠 교수가 질문을 하더라도 그는 중얼거리며 거의 대답을 하지 않았습니다. 그러고는 완전히 입을 다물었습니다. 마침내 슈피츠 박사를 내보냈습니다.

슈피츠 박사는 절망적이 됐습니다. 그러한 유명한 환자는 아시다시피 위신의 문제였습니다. 그 외에는 그것은 특별히 아름답고 힘든 신경쇠약의 경우였습니다. 무엇보다도 이르마는 매우 아름답고 불행한 여자였습니다. 슈피츠는 이 문제에 심열을 기울였습니다. 그는 중얼거렸습니다. '나는 이 기르케의 억압받은 환상의 원인을 찾아내거나, 아니면 의학을 버리고 뢰블의 명주 가게에서 점원으로 일할 거야.'

그래서 그는 새로운 정신분석학 방법을 강구했습니다. 맨 먼저 그는 어떤 숙모들이, 사촌들이, 처남들이 그리고 나이 많은 세대의 다른 가깝거나 먼 친척들을 기르케가 가지고 있는지 확인을 했습니다. 그러고 나서 그들의 신뢰를 찾아 나섰습니다. 그런 박사는 인내심을 가지고 들을 줄 알아야 합니다. 이 모든 친척들은 이 슈피츠 박사가 매력적이고 경청하는 신사다운 모습에 감격했습니다.

하지만 슈피츠 박사는 매우 심각하게 인상을 주려고 시작했습니다. 그는 사적인 정보회사로 발길을 돌렸습니다. 그 회사는 믿을 만한 두 사람들을 어딘가로 파견했습니다. 이 두 사람들이 돌아왔을 때 슈피츠 박사는 그들에게 수고한 대가를 지불하고 곧바로 기르케 씨한테로 갔습니다. 기르케는 반 어둠 속에서 안락의자에 앉아 있었습니다. 그는 이제 거의 움직일 수도 없었습니다.

'기르케 선생님.' 슈피츠 박사는 그에게 말했습니다. '저는 선생님을 힘들게 하지 않을 것입니다. 한마디도 대답을 안 하셔도 됩니다. 저는 선생님께 아무것도 묻지 않을 것입니다. 저는 그저 당신의 그 현기증의 원인을 제거하고자 합니다. 선생님은 그것을 무의식 속으로 밀어 넣었지요, 그러나 그 억압받은 환상이 너무나 강해서 심각한 혼란을 초래하고 있습니다.'

'나는 당신을 부르지 않았습니다. 박사님.' 기르케는 그의 말을 가로막고 초인종으로 손을 뻗쳤습니다.

'저는 알고 있습니다.' 슈피츠 박사는 말했습니다. '그러나 잠깐만요. 그 현기증이 베네치아 종탑에서 처음 나타났을 때, 상기해 보십시오, 선생님. 그때 무엇을 느끼셨는지 그저 상기만 해보십시오.'

기르케는 손가락을 벨 위에 얹어놓고 단단하게 앉아 있었습니다.

'선생님은 그때 느꼈었습니다.' 슈피츠 박사는 계속 했습니다. '선생님은 그때 당신의 그 아름다운 젊은 부인을 그 종탑으로부터 아래로 던져 버리고 싶은 무서울 정도로 강한 충동을 느꼈습니다. 하지만 당신은 그녀를 한량없이 사랑했기 때문에 갈등을 했고, 그것은 심리적인 충격으로 나타났습니다. 그래서 당신은 현기증으로 넘어졌습니다.'

침묵이 잠시 흘렀습니다. 벨을 향해 뻗쳐 있던 그의 손이 갑자기 옆으로 떨어졌습니다.

'그 순간부터.' 슈피츠 박사는 말하기 시작하였습니다. '그 현기증이, 나락으로부터 오는 그 공포가 당신을 떠나지 않았습니다. 그때부터 당신은 창문을 닫기 시작하였습니다. 그리고 낮은 곳을 바라볼 수 없었습니다. 왜냐하면 당신 내부에는 혹시나 당신이 당신의 부인 이르마를 저 아래로 던져 버리고 싶은 그 질식할 듯한 생각이 계속 남아 있기 때문입니다.'

기르케는 안락의자에서 짐승처럼 무섭게 신음을 했습니다.

'그렇습니다.' 슈피츠 박사는 계속했습니다. '하지만 선생님, 이러한 강박관념이 어디서 시작되었느냐가 문제입니다. 기르케 씨, 당신은 18년 전에 첫 결혼을 하셨습니다. 기르케 씨, 당신의 첫 부인은 알프스 도보여행 중 돌아가셨습니다. 그녀는 호헤 완드를 향한 절벽에서 추락하셨습니다. 당신은 그녀의 유산을 상속받았습니다.'

들려오는 소리라고는 기르케가 급히 그리고 거칠게 내쉬는 숨소리뿐이었습니다.

'기르케.' 슈피츠 박사는 소리쳤습니다. '당신은 당신의 첫 부인을 살해했습니다. 당신이 그녀를 절벽 아래로 밀쳤습니다. 제 말 좀 들어보세요. 그리하여 당신은 당신이 사랑하는 두 번째도 똑같이 죽여야 한다고 생각하고 있습니다. 그래서 당신은 심연이 무서운 것입니다. 그래서 결국 현기증으로 고통 받고 있습니다.'

'박사님.' 안락의자에 앉아 있는 사람은 울부짖었습니다. '박사님, 그럼 저는 어떻게 해야 하나요? 그것에 대해 저는 무엇을 해야 하나요?'

슈피츠 교수는 지독하게 슬펐습니다.

'선생님.' 그는 말했습니다. '제가 만일 신자라면, 당신에게 하나님이 용서하도록 벌을 받으라고 충고할 텐데요, 그러나 우리 의사들은 보통 신을 믿지 않습니다.

당신을 무엇을 해야 할지는 스스로 결정하십시오. 하지만 의학적인 견지로 볼 때 당신은 분명히 치유되었습니다. 일어서 보십시오 기르케 씨!'

기르케는 일어섰습니다.

'자 어때요?' 슈피츠 박사는 말했습니다. '어지럼증을 느낍니까?'

기르케는 머리를 내저었습니다.

'자 보십시오.' 슈피츠 박사는 안도의 숨을 몰아쉬었습니다.

'이제 다른 증상들도 사라질 것입니다. 그 현기증은 오직 그 억압받은 환상으로부터 유래되었습니다. 이제, 우리가 그것을 내보냈으니 좋아질 것입니다. 이제 창밖으로 내다볼 수 있습니까? 멋져요! 모든 것이 당신으로부터 떨어져 나갔어요, 그렇지 않아요? 현기증의 기억조차, 그렇지 않아요? 기르케 씨 당신의 경우는 제가 경험한 것들 중에 가장 멋진 예였습니다!'

슈피츠 의사는 기쁨에 넘쳐 두 손을 비벼댔습니다.

'마침내 완전히 치유되었습니다! 이제 이르마 부인을 부를까요? 아니라고요? 아하. 당신은 자신이 그녀를 놀라게 하고 싶군요. 하나님 맙소사. 그녀는 당신이 걷

는 것을 보시면 기뻐할 거요! 자. 보시다시피, 선생님, 과학이 어떤 기적을 행하는지요!'

그는 그의 성공에 완전히 기뻐서 두 시간 동안 조잘대다가 기르케가 안정을 필요로 하는 것을 알고는 그에게 진정제를 처방하고는 떠나갔습니다.

'제가 당신을 바래다 드리겠습니다. 박사님.'

기르케는 공손하게 말하고는 박사를 계단 쪽으로 안내했습니다.

'이거 정말 이상한데. 그 어떤 현기증의 흔적도 없다니. 하나의 흔적도….'

'그거 멋지군요.' 슈피츠 교수는 열광하여 소리쳤습니다. '그래서 이제 괜찮으시죠, 그렇지 않아요?'

'완전히 건강해요.' 기르케는 조용히 말하고 박사가 내려가는 것을 바라보았습니다. 현관문이 슈피츠 박사 뒤에서 쾅하고 닫혔을 때 또 다른 쿵하는 소리가 들려왔습니다. 잠시 후 계단 아래에서 기르케의 몸체를 발견했습니다. 그는 죽었습니다. 계단 난간에 떨어지는 동안 여기저기 몸이 망가졌습니다.

그들이 슈피츠 박사에게 이를 보고했을 때, 그는 휘파람을 불었고, 그의 얼굴에는 매우 이상한 표정이 스쳐 지나갔습니다. 그러고 나서 그는 자신의 환자들의 명부가 있는 책자를 집어 들었습니다. 기르케의 이름 옆에 그는 날짜와 한 단어 '자살'이란 글자를 써넣었습니다.

타우스크 씨, 아시다시피 이것은 자살을 의미합니다."

고백

“억압받은 환상.”

성 마테 성당의 사제인 보베스 신부는 사려 깊게 말했다.

“제 말 좀 들어보세요. 억압받은 환상을 치료하는 것은 가장 오래된 인간의 경험들 중의 하나입니다. 다만 우리들의 성스러운 교회는 그 치료를 고해성사라고 부릅니다. 뭔가 당신을 억누르면, 뭔가 부끄러워할 게 있으면, 이 저주받은 죄인이여, 성소로 가서 당신의 내부에 있는 그 더러운 것을 당신의 자신으로부터 자유롭게 하시길! 다만 우리들은 그것을 신경쇠약 치료라고 부르지 않고, 우리는 그것을 회개, 참회 그리고 속죄라고 부릅니다.

잠깐만 기다리세요. 그것은 여러 해 전에 있었던 일입니다. 그때는 찜통처럼 더운 어떤 여름날이었습니다. 그래서 저는 조그마한 예배당에 들어갔습니다. 아시다시피, 저는 이런 복음주의자들은 여름에도 사람들이 더위를 타지 않는 북쪽 지방에서만 존재하는 줄 알았습니다. 그러나 우리나라의 가톨릭교회에서는 하루 종일 뭔가 행할 수 있습니다. 미사, 기도, 저녁기도 또는 여러 성화들과 조각상들이 있고, 당신은 거기에 어느 때든지 들를 수 있고, 몸을 식힐 수 있고, 명상을 할 수 있습니다. 특히 바깥이 불같이 더울 때는 그곳이 적합합니다. 그렇기 때문에 그런 차갑고 불친절한 지역에서는 외고집쟁이들이 있습니다. 우리 가톨릭 신자들은 따뜻한 곳에 있습니다. 그것은 아마도 하나님의 교회에 있는 그림자와 차가움이 그런 작용을 하기 때문일 것입니다.

그때는 매우 불타는 듯한 더운 날이었습니다. 제가 교회 안으로 들어갔을 때, 그곳은 매우 아름답고 온화한 기운을 느끼게 했습니다. 거기서 교회지기가 제게 여기 벌써 어떤 사람이 고해성사를 하려고 한 시간 동안 기다리고 있다고 말했습니다.

좋아요, 그런 경우가 종종 있습니다. 그래서 저는 성구보관실에서 소백의(小白衣)를 들고 고해실로 들어가 앉았습니다. 교회지기가 그 고백자를 데려왔습니다. 그는 젊은 사람이 아니었고 잘 차려 입었습니다. 그는 외판원이나 부동산 거래업자 같았습니다. 그의 얼굴은 창백했고 부어올랐습니다. 그는 고해실에 무릎을 꿇고 앉아서 침묵을 지켰습니다.

'자, 그럼.' 저는 그를 격려했습니다. '나를 따라 말하십시오. "나는 불쌍한 죄인입니다. 전능하신 하나님 앞에 참회하고 고백합니다…."'

'아닙니다.' 그는 불쑥 말했습니다. '저는 다른 방식으로 말하겠습니다. 저를 가만 두십시오. 저는 달리 해야 합니다.' 갑자기 그의 볼은 떨기 시작하고 이마는 땀에 젖기 시작했습니다. 저는 청천벽력처럼 매우 이상하고 무서운 혐오감을 느꼈습니다.

저는 이전에 딱 한 번 똑같은 충격을 받았습니다. 그때는 제가 벌써 부패가 시작된 시체 발굴 작업에 참여했을 때입니다. 여러분, 저는 그것을 묘사하고 싶지는 않군요.

'하나님 맙소사, 무슨 문제가 있습니까?' 나는 놀라서 그에게 소리쳤습니다.

'잠깐만, …잠깐만.' 그 사람은 전율했습니다. 그는 한숨을 내쉬었습니다. 그리고 코를 세게 풀고는 말했습니다.

'이제 괜찮아요. 자, 제가 시작하겠습니다. 신부님. 그것은 20년 전이었습니다….'

저는 여러분들에게 그가 무슨 이야기를 했는지는 말하지 않겠습니다. 첫 번째로, 물론 고백의 비밀이란 게 있습니다. 두 번째로, 그 행위는 너무나 무섭고, 너무나 구역질나고 잔인했습니다. 저, 간단히 말해, 큰소리 내어 이야기할 게 못 되었습니다. 그 사람은 그처럼 섬뜩할 정도로 자세하게 쏟아냈습니다.

…아무것도, 그는 아무것도 남기지 않고 다 말했습니다!

저는 고해실로부터 도망 나와 귀를 막고 싶었습니다. 무엇을 해야 할지 몰랐습니다. 저는 공포로 소리치지 않으려고 소백의로 입을 틀어막았습니다.

'자, 이제 모두 뱉어냈습니다.' 그 사람은 만족한 듯이 말했습니다. 그리고 안도하면서 다시 코를 풀었습니다.

'신부님, 감사합니다.'

'잠깐.' 저는 소리쳤습니다. '회개는 어떻게 하고요?'

'어림도 없는 소리입니다.' 그는 그렇게 말하고 그 작은 창을 통해 거의 신뢰를 한다는 듯이 저를 바라보았습니다.

'신부님. 저는 좌우간 아무것도 믿지 않습니다. 저는 그저 다만 이것을 털어놓으려 왔을 뿐입니다. 아시다시피, 제가 이 일은 오랫동안 이야기하지 않았습니다. … 그래서 저는 제 앞에 이것을… 이 모든 것을 보아왔습니다. 그래서 잠들 수가 없었습니다. 심지어 두 눈을 감을 수조차 없었습니다. 그것이 제게 일어났을 때, 저는 바깥으로 내뱉어야 했습니다, 누군가에게 말해야 했습니다. 그것이 신부님이 여기 계신 이유이지요. 그것은 신부님의 직업이지요, 그리고 신부님은 그것을 아무한테도 이야기하지 않을 테지요. 그것은 고백의 비밀이니까요. 죄의 사면이라고요? 저는 그런 거 전혀 관심 없어요. 만일 어떤 사람이 신앙이 없다면 그것은 어려운 문제입니다. 대단히 감사합니다. 신부님, 안녕히 계십시오.'

제가 충격으로부터 깨어나기도 전에 그는 유쾌한 발걸음으로 교회를 빠져나갔습니다.

약 1년 후 그는 다시 돌아왔습니다. 그는 교회 앞에서 나를 붙들어 세웠습니다. 그는 창백하고 매우 공손했습니다.

'신부님.' 그는 말을 더듬었습니다. '신부님한테 고백해도 될까요?'

'이보시오, 형제님.' 저는 그에게 말했습니다. '회개 없이는 안 됩니다. 그것으로 끝입니다. 참회하고 싶지 않으면, 우리는 아무것도 함께할 게 없습니다.'

'하나님 맙소사.' 그는 절망에 젖어 한숨을 내쉬었습니다. '모든 신부님들이 제게 그렇게 말했습니다! 아무도 저의 고백을 들어주려고 하지 않았습니다. 저는 꼭 필요한데요. …잠깐만요, 신부님, 제가 만일, 만일 딱 한 번만 더 한다면… 그게 신부님에게 뭐 다를 게 있어요?'

거기서 그는 지난번처럼 입술을 떨기 시작했습니다.

'아무것도 안 돼요.' 저는 그에게 고함을 질렀습니다. '아니면 속세사람 앞에서 내게 그것을 말하십시오!'

'저는 알고 있습니다.' 그 사람은 울부짖었습니다. '그러면 그 속세사람이 저를 고발하겠지요! 지옥에나 가세요.'

그는 불쾌하다는 듯이 고함을 지르고 떠나갔습니다. 떠나가는 그의 등 뒤에서도 절망한 모습이 보이는 것은 참 이상했어요. 그 이후 저는 그를 보지 못했습니다."

* * *

"신부님."

그것에 대해 변호사 바움 박사는 이렇게 말했다.

"신부님의 그 이야기는 아직 끝나지 않았어요. 어느 날, 그것은 벌써 몇 해 전이었습니다. 제 사무실로 얼굴이 창백하고 부어오른 어떤 사람이 제게 찾아왔습니다. 사실을 말한다면, 저는 그가 맘에 들지 않았어요. 제가 그를 의자에 앉히고 그에게 무엇 때문에 왔는지 물었습니다. 그 사람은 말하기 시작하였습니다. '변호사님, 만일 당신의 고객이 극비로 당신에게 상담하러 와서 무언가 범했다고 말을 한다면, 그땐…'

'…아, 물론이지요.' 저는 그에게 말했습니다. '저는 그것을 그에게 반하게 사용해서는 안 되지요. 선생님, 만일 제가 그렇게 한다면 마땅한 징계를 받게 되겠지요. 더 나쁘지는 않겠지만요.'

'그것 참 잘 됐네요.' 그 녀석은 안도의 숨을 내쉬었습니다. '박사님, 저는 박사님께 뭔가를 고백할 게 있습니다. 저는 14년 전에… '

그리고 신부님, 저는 신부님이 그때 들은 것과 똑같은 것을 들었습니다."

"말하지 마십시오."

보베스 신부는 그의 말을 가로챘다.

"그런 것은 제게 한 번도 일어난 적이 없었습니다." 바움 박사는 중얼거렸다.

"아시다시피 그것은 너무나 추잡한 사건이었습니다. 그 작자는 마치 숨이 막히듯이 토해냈습니다. 땀에 젖어서, 창백해져서, 눈을 감은 채… 심리학적으로 말하면 그는 마치 토하는 것 같았습니다. 그러고 나서 잠시 숨을 몰아쉬고 손수건으로 입술을 닦았습니다.

'하나님 맙소사.' 저는 그에게 말했습니다. '저는 이것에 대해 아무것도 할 것이 없습니다! 그러나 당신이 솔직한 충고를 듣기를 원하신다면…'

'아닙니다.' 그 이상한 인간은 헐떡거렸습니다. '저는 아무 충고도 원치 않습니다. 저는 그때 제가 행한 것을 변호사님께 말하려고 왔을 뿐입니다. 하지만 기억해 주

십시오.'

그는 잔인하게 덧붙였습니다.

'당신은 그것을 저에 반해서 사용하시지 않겠지요…?' 그리고는 그는 일어나서 조용히 물었습니다. '자, 제가 얼마를 지불해야 하나요, 박사님?'

'50코루나.' 저는 절망적으로 말했습니다. 그자는 50코루나를 남겨놓고 '박사님.' 하고 인사를 하고 떠나갔습니다.

저는 그자가 얼마나 많은 프라하 변호사들을 그런 식으로 찾아다녔는지 알고 싶을 정도입니다. 하지만 그는 두 번 다시 제게 오지 않았습니다."

* * *

"그것은 이 이야기의 끝이 아닙니다."

비타세크 박사가 말했다.

"몇 년 전, 제가 병원에서 전문의 실습을 할 때였습니다. 거기로 창백하고, 부풀어 오른 얼굴을 한 환자를 데려왔습니다. 다리는 통처럼 부어올랐고, 경련을 일으키면서 간신히 숨을 몰아쉬고 있었습니다. 예, 간단히 말해 의료교본에 묘사된 것처럼 전형적인 신장질환이었습니다. 아시다시피 그를 도울 방법은 더 이상 없었습니다. 어느 날 밤 간호사가 제7병동에 있는 그 신장질환자가 또다시 경련을 일으킨다고 저를 불렀습니다. 그래서 저는 그에게 갔습니다. 그 불쌍한 환자는 숨을 간신히 몰아쉬고 있었고 땀에 흠뻑 젖어 있었고, 그의 두 눈은 공포로 전전긍긍하고 있었습니다. 신장질환으로 인한 죽음의 고통이 지독했습니다.

'이보게 친구.' 저는 그에게 말했습니다. '주사를 한 대 놔드리겠습니다. 그러면 좋아질 것입니다.'

환자는 머리를 내저었습니다. 그는 간신히 말을 했습니다.

'저는, 저는 말씀드릴 게 있어요. 저 간호사 좀 내보내시죠!'

저는 그에게 차라리 몰핀을 놔주고 싶었습니다. 하지만 제가 그의 눈을 봤을 때 저는 간호사를 내보냈습니다.

'자, 말 해봐요, 친구.' 저는 말했습니다. '하지만 금방 잠이 올 겁니다.'

'박사님.' 그는 신음했습니다. 그러고 나서 그의 눈에는 아주 무서운 공포가 나타났습니다.

'박사님, 저는 이제 더 이상 할 수 없어요. …저는 계속 그것이 보여요. …저는 잠조차 잘 수 없어요, 저는 당신에게 꼭 말해야 해요.'

그러고 나서 헐떡거림과 경련 사이에 그 이야기가 나왔습니다. 여러분, 저는 지금까지 그런 것을 들어본 적이 없었습니다."

"흠 흠." 변호사 바훔은 기침을 해댔다.

"걱정 마십시오." 비타세크 박사는 말했다.

"저는 그것을 이야기하지 않을 것입니다. 그것은 의사와 환자 간의 비밀입니다. 그러고 나서 그는 마치 젖은 걸레처럼 누워 있었고 완전히 지쳤습니다. 아시다시피 신부님, 저는 그에게 사면도, 어떤 현명한 충고도 줄 수 없었습니다. 그러나 여러분 저는 그에게 몰핀 두 대를 놔주었습니다. 그가 깨어나면, 또 다시, 새로이, 아니 더 이상 깨어나지 않을 때까지. 아시다시피 저는 그에게 적절하게 도움을 주었습니다."

"아멘." 보베스 신부는 말하고 잠시 생각에 잠겼다.

"당신은 친절하시군요." 그는 부드럽게 덧붙였다.

"그자가 더 이상 고통을 겪지 않도록."

시인 도둑에 대하여

"그것은 때때로 달리 보입니다."

편집장인 자흐는 적당하게 쉬었다가 말했다.

"때때로 사람은 그것이 나쁜 양심인지, 또는 허풍과 과시인지 정말 알 수 없습니다. 가장 중요한 것은 이러한 악한들은 자기들이 벌려 놓은 것을 여기저기 자랑할 수 없다면 아마도 그 짓을 그만둘 거란 점입니다. 제 생각에 아마도 사회가 그들을 무시한다면 악한들은 사라질 것입니다. 그러한 특별한 대중의 관심이 그런 전문적인 범죄자에게 따뜻함을 제공하게 됩니다. 그 범죄자는 바로 그것을 즐깁니다. 저는 사람들이 그저 그런 영광만을 위해서 훔치거나 도둑질한다고 말하는 것은 아닙니다. 그들은 돈을 위해서거나 아니면 경솔함이거나 나쁜 친구들이 영향 때문에 그 짓을 합니다. 하지만 그들이 대중들의 인기 맛을 한번 보기만 하자마자 과대망상이 그들한테 일어납니다. 그것은 그따위 정치가들과 세간의 주목을 받는 인사들에게도 마찬가질 겁니다.

잠깐만 기다려 보시지요. 때는 제가 우리나라의 멋진 지역 주간지 『동부의 통보자』를 편집하던 여러 해 전이었습니다. 저는 서쪽 지방에서 태어났습니다. 그러나 여러분들은 제가 체코의 동부 지역의 이익을 위해서 불꽃같은 열정을 가지고 투쟁했다는 것을 믿지 않을 것입니다. 그곳은 온화한 산간지역이어서, 자두나무들과 조용히 흘러가는 개울들 같은 것을 머릿속에 그릴 수 있습니다. 그러나 저는 매주 '한조각의 빵을 위해 잔인한 자연과 무정한 정부와 힘을 다해 투쟁하는 우리나라의 소박한 산간 사람들'을 깨우쳐 일으켰습니다. 신사 여러분, 그것은 아름답게 그리고 제 가슴속에서 우러나온 것을 그대로 쓴 것입니다.

저는 거기서 오직 2년간만 근무했습니다. 그 2년 동안 저는 거기 사람들에게 그들은 소박한 산악인들이고, 그들의 삶은 용감하고 거칠다는 신념을 새겨 넣었습니다. 그들의 지역은 비록 매우 가난하지만, 우울할 정도로 아름답고 산이 많습니다. 제 생각인데 기자 외에 어떤 것도 차슬라프스코(체코 동남부 산간지역: 약주)를 노르웨이 같이 아름다운 지역으로 상상하게 할 수는 없을 것입니다. 그러한 것으로 볼 때 신문은 얼마나 위대한 과업들을 해낼 수 있는지요.

아시다시피 그러한 지역 신문 편집장은 주로 지역 문제들에 대해 관심을 가져야 합니다. 어느 날 지역 경찰서장은 거리에서 저를 멈추어 세우고 말했습니다.

'저, 어젯밤에 어떤 악당 놈이 바사타 씨의 잡화가게에 침입했습니다. 기자님, 그 파렴치한 놈이 거기 계산대 위에다가 시 한 편을 써서 남겼는데, 이에 대해 어떻게 생각하세요? 이거 정말 뻔뻔스럽지요, 그렇지 않아요?'

저는 즉각 말했습니다.

'제게 그 시를 보여 주세요. 그걸 우리 주간지 『동부의 통보자』에 실을 게요. 그 신문 기사를 이용해서 이 장난꾸러기를 잡게 되는 것을 보게 될 겁니다. 그 외에도 서장님, 그것이 우리 도시와 전 지역을 위해서 얼마나 센세이션할지 상상해 보십시오!'

간단히 말해, 많은 의견을 나눈 후에 저는 그 시를 받아서 『동부의 통보자』에 인쇄했습니다. 제가 아직도 기억하는 것들을 읊어줄게요. 그 시는 이러했습니다.

'하나, 둘, 셋, 넷, 다섯, 여섯,
일곱, 여덟, 아홉, 열,
열하나, 그리고 열두시를 알린다.
때는 도둑이 작업을 할 때다.
내가 문을 쇠지레로 딸 때
누군가가 거리를 걸어간다.
만일 내가 두려워한다면 나는 도둑이 아닐 것이다.
발자국들은 멀리 멀리 사라진다.
누군가 그러한 어둠 속에서 듣는다면,
내 가슴의 고동소리를,
그 심장은 고아이고 나도 고아다,
엄마는 나에 대해 울음을 터트릴 것이다.
누군가 이 세상에서 불행하다면,
나는 홀로 여기 있노라, 오직 생쥐만이 잰걸음 친다.
생쥐와 나, 우리 둘은 도둑이다.
그리하여 난 그에게 빵조각을 주노라.

그러나 생쥐는 어디 숨었는지 가르쳐 주질 않네,
도둑은 도둑을 반드시 두려워하거늘,
그렇게 시간은 흘러가고 끝이 다가왔노라.
나는 계속 쓰고 또 쓰고 싶지만,
하지만 촛불이 벌써 다 타버리네.'

그래서 저는 해박하고, 자아성찰적이고, 심미적인 해설과 더불어 그 시를 신문에 실었습니다. 저는 그 시의 발라드적인 특징을 강조했고, 범죄적인 영혼 속에 내재한 미묘한 긴장감을 설득력 있게 지적했습니다. 그것은 나름대로 센세이션을 일으켰습니다. 다른 당과 지역의 신문들은 그것이 명백하고 예술적인 위조품이라고 주장했습니다. 우리 체코 동부 지방의 다른 반대파 신문들은 또다시 그것은 표절이고 어디든지 볼 수 있는 영어 작품의 엉터리 번역이라고 선언했습니다. 그러나 제가 우리 지역의 도둑 시인에 대한 가장 유명한 논쟁에 휘말려 있었을 때 그 경찰서장이 제게 와서 말했습니다.

'자, 기자님, 이제 그것을 끝낼 수 있겠지요, 그 저주받을 당신의 도둑 시인 말입니다. 상상 좀 해보십시오,

그 녀석이 이번 주만 벌써 아파트 두 곳과 가게 하나를 도둑질했습니다. 그리고 매번 그 범행 장소에 장시를 남겼습니다!'

'그 소식 들으니 기쁩니다.' 저는 말했습니다. '그것을 인쇄하겠습니다.'

'그거 꽤 모험이 되겠군요.' 서장은 중얼거렸습니다. '기자님, 그건 도둑들에게 환심 사기이네요! 좌우간 그 녀석 이제 오직 그런 흥미로운 문학적 야망으로 도둑질하네요! 이제 어떻게 해서든지 그자를 멈추게 해야 해요, 아시겠어요? 그 시들이 아무런 가치도 없다고 쓰십시오. 거기에 형식도, 기백도, 뭐든지, 원하시는 대로 없다고 쓰십시오. 제 생각인데 그러면 그 악당 도둑질을 그만둘 것입니다.'

'흠.' 저는 말했습니다. '그것은 우리가 쓸 수 없습니다. 우리가 벌써 그것을 높이 평가하였기 때문입니다. 하지만 우리는 더 이상 그의 시를 인쇄하지 않겠습니다. 그것으로 끝장이 날 것입니다.'

좋아요. 다음 14일 간 시를 동반한 5개의 새로운 도둑사건이 일어났습니다. 그러나 『동부의 통보자』는 그것에 대해 어이가 없다는 듯이 침묵했습니다. 저는 다만 우리의 그 도둑이 저자의 공허감으로 화가 나서 투르노보나 타보르로 가서 자신의 시들을 그 지역 신문들에 제공하는 것이 두려울 뿐이었습니다. 이 바보 같은 녀석들이 뽐내는 것을 한번 상상이나 해보십시오! 우리의 그 도둑은 그런 침묵에 대해서 어느 정도 실망했습니다. 약 3주간 조용했습니다. 그러나 다시 도둑질이 시작되었습니다. 그러나 옛날과는 달리 그 문제의 시들은 바로 『동부의 통보자』 편집부로 우편으로 직접 보내졌습니다. 하지만 『동부의 통보자』는 완강했습니다. 한편으로는 또 지역 당국을 방해하고 싶지 않았습니다. 다른 한편으로는 그 시들이 점점 더 형편없었고, 작가는 그따위 로맨틱한 개념들과 무의미한 것들을 되풀이하기 시작하였습니다. 간단히 말해 그자는 진짜 작가처럼 행세하기 시작했습니다.

어느 날 밤 저는 찌르레기처럼 휘파람을 불며 술집에서 집으로 오면서 석유 램프에 불을 붙이려 했습니다. 그 순간 누군가가 뒤에서 성냥불에 입 바람을 불어서 불을 껐습니다.

'불을 붙이지 마십시오.' 어두운 그림자가 말했습니다. '접니다.'

'아하!' 저는 말했습니다. '무엇을 원하세요?'

'저는 선생님께 물어보러 왔습니다.' 어두운 소리는 말했습니다. '그 시들은 어떻게 되어 가고 있습니까?'

'이것 봐요, 젊은이.' 저는 말했습니다. 저는 무엇이 진행되는지 정확히 알 수 없었습니다. '지금은 근무시간이 아닌데요. 내일 11시에 오십시오.'

'그러면 당신이 저를 신고하려고요?' 그는 분개하는 목소리로 말했습니다. '그건 안 돼요. 왜 이제는 제 시들을 싣지 않나요?'

이제야 저는 그가 우리의 도둑이라는 것을 추론했습니다.

'그것은 긴 이야기입니다.' 저는 그에게 말했습니다. '여기 앉아요, 젊은이. 만일, 정 알고 싶다면…. 제가 당신의 시들을 싣지 않는 것은 그것들이 아무런 가치가 없기 때문입니다. 자.'

'저는 생각했습니다.' 고통스러운 목소리가 말했습니다. '그것들은 첫 번째 것보다 더 나쁘지 않다고… 생각이 드는데요.'

'첫 번째 것은 괜찮았지요.' 저는 단호하게 말했습니다. '거기에는 진지한 느낌이 있어요, 이해하겠어요? 그것은 직관적인 신선함을 가지고 있었어요, 그것은 직접성과 경험의 강렬함을 가지고 있었어요. 그것은 정취를 모든 것을 가지고 있었어요. 그러나 젊은이, 다른 것들은 고양이한테나 어울려요.'

'하지만 좌우간.' 목소리는 울부짖었습니다. '좌우간 저는 첫 번째와 똑같은 것을 썼단 말입니다!'

'바로 그것이에요.' 저는 고집스레 말했습니다. '당신은 거기에 똑같은 것을 반복하고 있을 뿐이에요. 바깥에서 발자국 소리가 들린다, 라는 것이 되풀이 되고 있을 뿐이에요.'

'그렇지만 전, 그것들을 들었어요.' 목소리는 자신을 방어했습니다. '편집장님, 제가 도둑질할 때 저는 누가 바깥에서 걸어오는지 귀를 기울여야 합니다!'

'그리고 또 거기에는 그 생쥐 이야기가 되풀이되고 있어요.' 저는 계속했습니다.

'그 생쥐에 대해서는요.' 의기소침한 목소리가 말했습니다. '거기에는 언제나 생쥐가 있었어요! 그러나 저는 그것을 세 번밖에 쓰지 않았는데요.'

'간단히 말해.' 저는 그의 말을 가로챘습니다. '당신의 시들은 판에 박힌 공허한 문학이에요. 독창성이 없고, 영감이 없고, 감정적인 혁신이 없어요. 이봐요, 친구, 그건 아니에요. 시인은 스스로 반복해서는 안 돼요.'

갑자기 목소리가 조용해졌습니다.

'편집장님.' 잠시 후 그는 말했습니다. '그것은 언제나 똑같습니다! 도둑질을 한번 해보세요. 첫 번째 도둑질이나 두 번째나 똑같습니다. 그것은 어려운 일이에요.'

'예, 그래요.' 저는 말했습니다. '당신은 다른 주제를 시작해야 해요.'

'그럼 교회를 털까요?' 그는 제안을 했습니다. '아니면 묘지를요.'

저는 고개를 단호하게 가로저었습니다.

'그것은 중요한 게 아니요.' 저는 말했습니다. '이봐요, 친구. 주제는 경험처럼 그렇게 중요한 게 아닙니다. 내 생각인데 당신의 시에서는 갈등이 없어요. 거기에는 계속해서 그런 피상적인 평범한 도둑질에 대한 묘사뿐이에요. 당신은 뭔가 내면적인 모티프를 발견해야 해요. 예컨대 양심 같은 것.'

목소리는 잠시 생각에 잠겼습니다.

'선생님 생각에 양심의 가책 같은 거 말입니까?' 그는

머뭇거리며 말했습니다. '선생님 생각에 그러면 시가 더 좋아질까요?'

'물론이지요.' 나는 소리쳤습니다. '젊은 친구, 거기에 무엇보다도 정신적인 깊이와 열정을 부여해야 해요!'

'저는 시도해 보겠습니다.' 목소리는 깊은 생각에 잠겨서 말했습니다. '다만 저는 앞으로 더 많이 도둑질을 해야 할지 잘 모르겠네요. 사람은 자신감을 잃을 때도 있어요, 아시겠어요? 그런 자신감이 없으면 그는 잡히고 말지요.'

'만일!' 저는 소리쳤습니다. '소중한 젊은이. 당신이 잡힌다고 무슨 문제인가! 감방에서 족쇄를 차고 당신이 시를 쓴다고 한번 상상할 수 없을까요? 내가 감방에서 쓴 시 하나 보여 줄게요. 그것은 당신을 깜짝 놀라게 할 거요.'

'그것은 신문에 실렸었나요?' 목소리는 간절히 물었습니다.

'친애하는 나의 친구여.' 저는 대답했습니다. '그것은 이 세상에서 가장 유명한 시들 중의 하나이지요. 불을 붙여 봐요, 내가 그것을 읽어줄 테니까.'

제 손님은 성냥불을 켜서 램프에 불을 붙였습니다. 그 자는 창백하고 여드름이 조금 난 젊은이였습니다. 벌써 도둑과 시인이 된 것처럼.

'자, 잠깐만, 친구여. 금방 찾아낼게.'

저는 오스카 와일드의 「레딩 감옥의 노래」의 번역본을 찾아냈습니다. 아시다시피, 그것은 그 당시 대유행이었습니다. 저는 제 인생에서 한 번도 그런 감정을 가지고 그 당시 그 발라드를 낭송한 적이 없었습니다. 저는 '모든 사람들은 자신이 사랑한 것을 죽인다…' 같은 시구를 낭송했지요. 제 손님은 저에게서 눈길을 뗄 수가 없었습니다. 교수대로 불려간 남자에 대한 대목에 이르렀을 때 그는 얼굴을 가리고 훌쩍이기 시작하였습니다.

제가 다 낭송했을 때 침묵이 흘렀습니다. 저는 그 순간의 위대함을 망치고 싶지 않았습니다. 저는 창문을 열고 말했습니다.

'가장 짧은 길은 이 울타리를 넘어가는 것입니다. 잘 가요.' 저는 램프를 껐습니다.

'안녕히 계세요.' 떨리는 목소리가 어둠 속에서 말했습니다. '자, 저도 한번 시도해보겠습니다. 정말 감사합

니다.'

그는 박쥐처럼 조용히 사라졌습니다. 그자는 세련된 도둑이었습니다.

이틀 후에 그는 자신이 침입한 가게에서 잡혔습니다. 그는 계산대에 앉아서 종이 몇 장을 든 채, 연필을 입으로 물어뜯고 있었습니다. 그 종이에는 이렇게 쓰여 있었습니다.

'모든 사람은 자기가 사랑하는 것을 강타한다.' 더 이상은 없었습니다. 틀림없이 그것은 「레딩 감옥의 노래」에 나오는 시의 변형이었습니다.

그래서 그는 몇몇 개의 절도죄로 1년 반 선고를 받았습니다. 몇 달 후 저는 그로부터 노트 한 권의 시들을 받았습니다. 그것은 형편없었습니다. 오직 습기찬 지하 감방, 작은 돌 창구, 쇠창살, 철거덕 소리 나는 발목의 족쇄, 곰팡이 핀 식빵, 교수대로 가는 길, 그리고 기타 등등. 저는 언급된 감방에서 행해지는 지독한 조건들에 놀라움을 금치 못했습니다. 실례지만, 아시다시피 그런 신문기자들은 온갖 곳에 파고듭니다. 그래서 저는 그 교도소의 소장으로부터 그곳을 시찰하고자 하는 초대를 강탈하다시피 받아냈습니다. 그곳은 만족할 만하고,

인간적이고 그리고 새로이 단장한 교도소였습니다. 저는 저의 그 도둑을 만났습니다. 그는 통조림 렌즈 콩 식사를 막 끝내는 참이었습니다.

'자, 무엇이?' 저는 그에게 말했습니다. '도대체 어디에 당신이 묘사한 그 철거덩거리는 족쇄가 있단 말인가요?'

우리의 그 도둑은 얼굴이 붉어져서 교도소 소장을 당혹한 눈빛으로 바라보았습니다.

'편집장님.' 그는 더듬거리면서 말했습니다. '좌우간 여기에 있는 것에 대해서는 아무런 시도 써지지 않는단 말입니다! 그것은 어려운 일입니다, 그렇지 않아요?'

'여기에 만족합니까?' 저는 그에게 물었습니다.

'그것 외에는 그럴 수밖에요.' 그는 당황하여 중얼거렸습니다. '하지만 여기에는 아무것도 쓸 게 없어요.'

그 이후 저는 그와 만나지 않았습니다. 범죄보도 칼럼에서도, 시에서도."

하블레나의 판결

“편집장님이 신문에 대해 이야기를 시작했으니….”

베란이 말했다.

“저도 여러분들에게 뭔가 할 이야기가 있습니다. 독자들이 신문에서 무엇보다도 가장 먼저 찾는 것은 법정보도입니다. 독자들이 그렇게 열중하여 읽는 것은 잠재적인 범죄행위 때문인지 아니면 자신들의 도덕적이고 법적인 함양을 위해서인지는 아무도 모릅니다, 그러나 그들이 열정적으로 그것을 읽는 것만은 분명합니다. 그렇기 때문에 재판 이야기는 매일 신문에 실어야 합니다. 하지만 지금, 예컨대 법정휴가 기간이고, 법정이 문을 닫았지만 법정 칼럼은 신문에서 없어서는 안 된다는 것을 염두에 둬야 합니다. 아니면 법정에 아무런 흥미로운 사건이 없지만 법정기사를 다루는 전문기자는 어디에 손을 대든지 흥미로운 사건을 가지고 있어야 합니다.

그런 경우, 정말로 법정전문 기자들은 뭔가 흥미로운 범죄 사건을 스스로 생각해 내야 합니다. 그들은 그런 지어 낸 사건들을 위해서 자기들 사이에 정상적인 거래도 하고, 사고팔기도 하고, 빌리기도 하고, 담배 20개비 정도와 교환도 합니다. 저는 잘 알고 있어요. 왜냐하면 제가 사는 곳에 그런 법정전문 기자가 함께 살았는데, 그는 술고래에다 게으름뱅이였어요. 그것 외에는, 그는 재주가 있었지만, 쥐꼬리만한 봉급을 받는 젊은이였어요.

그래서 어느 날 보통 법정전문 기자들이 자주 모이는 카페에 그런 괴팍하고, 초라하고, 더러운 옷을 입은 얼굴이 부어오른 친구가 나타났습니다. 그의 이름은 하블레나입니다. 그는 법대를 중퇴했고 그리고 영원히 존재감을 잃어버린 친구였습니다. 아무도 심지어 그 자신도 그가 어떻게 살아가고 있는지 모를 지경입니다. 그래서 바로 그 게으름뱅이 하블레나가 범죄와 법적인 문제에서는 재주가 있었습니다. 기자가 그에게 담배와 맥주 한 잔을 주면 그는 눈을 지그시 감고 몇 모금 내뿜고는 그에게 누구든지 생각해 낼 수 있는 그런 가장 화려하고 가장 이상한 범죄 사건을 이야기하기 시작합니다.

그러고 나서 그는 피고의 주요한 항변의 요점과 검사의 적절한 반증을 이끌어 내고, 그러고 나서 공화국의 이름으로 판결을 언급합니다. 그다음 마치 꿈에서 깨어나듯, 두 눈을 뜨고 중얼거립니다.

'5코루나만 빌려 주십시오.'

언젠가 한번 그들은 그를 시험해 봤습니다. 단 한 번의 앉은 자리에서 그는 열한 건의 범죄사건을 생각해 냈습니다. 늘 새로운 사건이 다른 사건보다 더 좋았습니다. 그러나 21번째 사건에 와서야 그는 잠시 멈추고 말했습니다.

'잠깐 기다리세요. 이것은 치안판사를 위한, 심지어 지방법원을 위한 사건도 아닙니다. 이것은 배심원 앞으로 가야 합니다. 저는 배심원 역할은 하지 않습니다.'

그는 원칙적으로 배심원들을 반대합니다. 하지만 그에게 공평하게 말하자면, 그의 판결들은 법률적인 견지에서 볼 때 엄격합니다. 그것에 대해 그는 특별히 자랑스러워 합니다.

기자들이 하블레나를 찾아내고 그가 제공한 사건들이 실제로 법원에서 행해지는 것처럼 너무나 평범하고 슬픈 것을 보았을 때 그들은 다음과 같은 카르텔을 형성하였습니다. 즉, 하블레나는 그가 생각해 낸 사건 하나당 소위 말하는 법원 수수료로 10코루나와 담배 하나를 받았습니다. 게다가 그가 부과한 한 달씩의 추가 투옥에 대해서는 2코루나를 추가로 받았습니다. 아시다시피, 벌이 더 클수록 더 무거운 사건이 됩니다. 결코 신문 독자들은 하블레나가 그러한 자신의 상상의 범죄 재판사건을 거기에 제공했을 때처럼 그렇게 흥미롭게 법정의 재판 사건에 대해 읽지는 않았을 것입니다. 물론 오늘날 벌써 오래전부터 이러한 신문들은 그의 시대처럼 그렇게 훌륭하지는 않습니다. 오늘날은 오직 정치 이야기만 있고, 언론재판들만 있습니다. 누가 그런 것을 읽을지 저는 모르겠습니다.

그래서 어느 날 하블레나는 한 사건을 만들어 냈습니다. 그것은 가장 좋은 것은 아니었지만 이번에 터진 것처럼 그때까지 어떤 것도 문제를 일으키지는 않았습니다.

간단히 말해 사건은 이러했습니다. 어떤 노총각이 안마당 건너편 발코니에 사는 품위 있는 과부와 언쟁을 했습니다. 그는 앵무새를 사서, 그 이웃 여인이 발코니에 나타날 때마다 그녀에게 '넌 창녀야!'라고 힘껏 소리치도록 훈련을 시켰습니다. 그 과부는 문제의 그 신사를 명예훼손죄로 고소를 했습니다. 지방법원은 공화국의 이름으로, 피고인은 자신의 앵무새를 이용하여 고소인을 대중의 웃음거리로 만들었다고 14일 간의 구류형과 법정 비용을 지불하도록 판결했습니다.

'11코루나와 담배 하나를 받습니다.'

하블레나는 회계를 끝냈습니다.

이 하블레나의 사건은 6개의 신문에 보도되고, 물론 여러 문학 장르에서 각색의 주제가 되었습니다. 신문들의 제목은 이러했습니다. 한 신문에서는 '조용한 집에서', 다른 신문에서는 '남자 지주와 불쌍한 과부', 세 번째 신문에서는 '고소당한 앵무새' 등등입니다. 하지만 갑자기 이 신문들은 사법부로부터 서면통지를 받았습니다. 서명을 한 사법부는 '존경하는 당신의 그 신문 몇 호에 게재된 기사대로, 어떤 지방 법원에서 그런 명예훼손재판이 진행되었는지 알고 싶다'고 요구했습니다.

그 편지에 의하면, 피고의 죄에 대해 위에서 언급한 보도와 판결은 혼란스럽고 법에 위반된다고 합니다. 왜냐하면 유죄발언은 피고인이 아니고 앵무새가 했고, 위에서 언급한 앵무새의 언급을 고소인에게 적용하는 것은 증거로 채택될 수 없으며, 그래서 문제의 언급은 명예훼손죄로 간주할 수 없으며, 기껏해야 풍기문란행위나 공공질서 위반이므로, 따라서 경찰로부터 즉각 징계를 받거나, 벌금형을 받거나, 위에서 언급한 새를 제거하라는 영장을 발부할 수 있었다고 했습니다. 따라서 사법부는 정당한 조사를 진행하기 위하여 어떤 지방법원이 그 사건을 다루었는지 알고 싶다고 했습니다. 한마디로 이는 흔히 있는 그런 사법 스캔들이었습니다.

'하나님 맙소사. 하블레나 씨. 당신 우리들한테 사고를 쳤습니다.' 법정전문 기자들은 자신들의 뉴스 공급자를 깎아내렸습니다. '자 보십시오, 당신의 그 앵무새에 대한 패소판결은 혼란스럽고 법률에 위반된대요!'

하블레나는 얼굴이 창백해졌습니다.

'뭐라고요. 내 판결이 법률에 위반된다고요? 빌어먹을, 사법부가 내게 그걸 주장할 용기가 있단 말인가요? 내게, 이 하블레나에게?' 기자들은 그렇게 화를 내고 불쾌감을 내는 그를 본 적이 없었다고 말합니다.

'제가 그들을 고쳐줄 것입니다.' 하블레나는 정신나간 것처럼 소리를 질렀습니다.

'저는 그들에게 내 판결이 법률에 위반되는지 안 되는지 보여 줄 거요! 저는 가만히 앉아서 당하지는 않을 겁니다!' 그는 슬픔과 분노로 그 장소에 있는 성화 밑에서 술에 취했습니다. 그 후, 그는 종이를 꺼내서 사법부에 자신의 판결을 옹호하는, 장문의 법률적인 부패에 대해 썼습니다.

그는, 그 피고가 자신의 앵무새를 가르쳐서 그 이웃여자를 저주해서 고의적으로 그녀를 모욕하고 명예를 더럽히고자 했고, 그래서 그것은 당연히 악의적인 의도가 분명한 케이스이고, 그래서 이것은 분명히 사악한 의도였으며, 앵무새가 가해자가 아니라 오히려 위에서 언급한 범죄의 수단일 뿐이었다… 그리고 등등, 이라고 썼습니다. 한마디로 이는 전문기자들이 본 가장 훌륭하고 가장 세련된 법률적인 논쟁이었습니다.

말할 것도 없이 사법부는 하블레나의 편지에 아무런 반응을 보이지 않았습니다. 그동안 하블레나는 불만에 차고, 비참해 보였으며, 더욱 절망하고 결국 홀쭉해졌습니다. 그가 사법부로부터 답이 오지 않는다는 것을 알고는 우울해져서, 침을 뱉고는 반역의 소리를 질렀습니다. 그리고 그는 드디어 선언했습니다.

'기다려 봐, 내가 그들에게 보여 줄 거야. 누가 옳은지!'

두 달 동안 아무도 그를 보지 못했습니다. 그러고 나서 그는 기쁨에 넘쳐서 환한 미소를 지으며 나타서 선언했습니다.

'자, 드디어 나에 대한 소송사건이 생겼습니다! 빌어먹을 노파 같으니라고, 그녀를 이 일에 끌어들이는 데 힘깨나 들었어요! 그처럼 나이깨나 먹은 여자가 그렇게 태연하다는 것은 믿기지 않아요. 어떤 경우에도 제가 모든 비용을 다 지불하라는 서류들에 서명하는 조건으로 그 여자가 수락을 했습니다. 자, 여러분, 이제 모든 것이 법정에서 가려지게 됐습니다.'

'그게 무슨 일이에요?' 기자들이 물었습니다.

'예, 그 앵무새와 관련된 사건 말입니다.' 하블레나는 대답을 했습니다. '좌우간 저는 가만히 앉아서 당하지는 않는다고 말했었지요. 아시다시피 저는 앵무새를 사서 "넌 창녀야! 넌 버릇없는 할망구야!"라고 말하도록 가르쳤습니다. 여러분들, 그거 정말 장난이 아니었습니다! 6주간 저는 바깥출입도 하지 않고 "넌 창녀야!"라는 말 외에는 인간의 말은 말하지도 않고 듣지도 않았습니다.

이제 벌써 그 앵무새는 멋지게 말을 합니다. 다만 한 가지, 이 바보 같은 앵무새는 하루 종일 꽥꽥거립니다. 안 됩니다, 안마당 건너 우리 이웃 여자한테만 꽥꽥대라고 버릇을 들이는데 도대체 안 됩니다. 그 여자는 괜찮은 집안 출신으로 음악을 가르치는 할머니이고, 실제로 매우 품위가 있는 사람입니다. 하지만 또한 우리 건물에는 다른 여자가 살고 있지 않습니다. 그래서 저는 그녀를 명예훼손의 대상으로 삼았습니다. 제 말 좀 들어보십시오. 그런 생각을 해내는 것은 아주 쉽습니다, 그러나 그것을 실현해 낸다는 것은, 여러분, 완전히 다른 문제입니다. 저는 요놈의 앵무새 녀석에게 그 여자에게만 욕을 하라고 가르칠 수 없었습니다. 그놈은 그냥 간단하게 모두에게 욕을 해댑니다. 제 생각인데, 고의적인 장난기로 그러는 것 같습니다.'

그러고 나서 하블레나는 한 모금 꿀꺽 마시고는 계속했습니다.

'그래서 저는 다른 계략을 펼쳤습니다. 그 노파가 창가나 안마당을 바라보면 저는 그 앵무새가 그녀에게 "넌 창녀야! 넌 버릇없는 할망구야!"라고 욕을 하라고 즉각 창문을 열었습니다. 그리고 거기에 대해 여러분들은 어떻게 말했을 까요? 그 할머니는 웃음을 웃기 시작하고는 저를 불렀어요. "이봐요, 하블레나 씨, 그새 참 귀엽네요!" 이 할망구, 저주나 받기를.'

하블레나 씨는 으르렁거렸습니다.

'저는 그녀가 저를 고소하도록 설득하는 데 14일이나 걸렸습니다. 하지만 저는 아파트 전체에서 증인들을 가지고 있습니다. 자, 이제야 법정에서 해결하게 됐습니다.'

그는 만족하듯이 손을 비벼댔습니다.

'자, 이제 그들은 저를 명예훼손죄로 유죄판결을 내리지 않고는 못 견딜 것입니다! 저는 그 사법부 양반들께 자비 같은 것은 베풀지 않을 겁니다!'

그 재판 날짜까지 하블레나는 성마르고 들떠서 마치 네덜란드인처럼 마셔댔습니다. 그러나 법정에서 그는 매우 위엄 있게 행동했고, 자신의 나쁜 행동에 대하여 날카로운 법률적인 연설을 폈습니다. 그는 아파트의 모든 주민들로부터 증거를 인용하면서, 그 범죄는 극악하고 공공연하니 가장 엄한 벌을 내려한다고 제의했습니다. 매우 신중한 법률고문인 판사는 턱수염을 쓰다듬으면서 앵무새의 말을 듣고 싶다고 선언했습니다. 그래서 그는 다음과 같은 지시와 더불어 심리를 연기했습니다. 즉 피고인은 재개정할 때 그 새를 증거물이나 필요하다면 증인으로 데려오도록 명했습니다. 다음 심리 때 하블레나는 앵무새가 들어 있는 새장을 가져왔습니다. 그 앵무새는 놀란 여성 서기에게 눈알을 희번덕거리고는 온 사방에 대고 꽥꽥거렸습니다. '넌 창녀야! 넌 철없는 할망구야!'

'자, 그것으로 충분해요.' 판사는 말했습니다. '로라 앵무새의 언급에 의하면 그의 말이 단독으로 특히 고소인에게만 향한 것이 아닌 것이 분명합니다.'

앵무새는 그를 바라보고 소리를 질렀습니다. '넌 창녀야!'

'하지만 이것은 분명합니다.' 재판관은 계속했습니다. '문제의 언급은 성별에 관계없이 모든 사람에게 해당됩니다. 이에, 하블레나 씨는 악의적인 의도가 없습니다.'

하블레나는 뭔가에 쏘인 것처럼 자리에서 벌떡 일어났습니다.

'존경하는 판사님.' 그는 몹시 흥분하여 항의를 했습니다. '앵무새가 그녀를 중상모략하도록 하는 목적을 가지고, 제가 고소인을 향해 창문을 열었으니까, 거기에는 사악한 의도가 확실히 있었습니다!'

'그것은 어려운 문제입니다.' 판사님이 말했습니다. '창문을 여는 것은 어느 정도 의도가 있습니다만, 그러나 그 자체는 사악한 행위가 아닙니다. 그래서 나는 당신이 가끔 창문을 열었다고 형을 선고할 수는 없습니다. 당신은 당신의 앵무새가 고소인을 염두에 두고 있었다는 것을 증명하지 못했습니다, 하블레나 씨.'

'하지만 저는 그녀를 염두에 두고 있었습니다.' 하블레나는 항변했습니다.

'그것에 대해 우리는 아무런 증거도 없습니다.' 판사는 반대했습니다. '아무도 당신으로부터 유죄를 뜻하는 언급을 듣지 못했습니다. 아무런 소용이 없습니다. 하블레나 씨. 나는 당신을 석방해야 합니다.' 그래서 그는 피고가 죄가 없다고 판결을 내렸습니다.

'그러면 저는 무죄 석방에 대해 항소를 할 것입니다.'

하블레나는 폭발했습니다. 그는 새가 든 새장을 잡고 서는 법정을 나섰습니다. 그는 분노로 거의 울 뻔하였습니다.

그 이후 사람들은 그가 술에 찌들고 슬픔에 찬 모습을 목격했답니다.

'말 좀 해보세요, 여러분.' 그는 훌쩍거렸습니다. '그것이 정의롭습니까? 아직도 이 세상에 정의가 남아 있습니까? 저는 포기하지 않을 것입니다! 저는 이것을 대법원까지 가져갈 것입니다! 여러분, 이 중대한 과실에 대해 저는 명예회복을 해야 합니다! 제가 소송사건으로 일생을 보내더라도 저는 저의 일을 위해 싸우지 않고 정의를 위해 싸울 것입니다!'

항소 재판에서 어떻게 되었는지 저는 자세히 모릅니다. 다만 저는, 관련된 사법부의 법정이 하블레나의 석방을 부결시키려는 제안을 기각했다고 알고 있습니다.

그 이후 하블레나는 흔적도 없이 자취를 감추었습니다. 그러나 사람들은 그가 그림자처럼 거리를 배회하고 혼자 자신에게 뭔가 중얼거리는 것을 봤다고 했습니다. 저도 또한 사법부가 오늘날까지 매년 여러 번, '앵무새에 의한 명예훼손'이란 제목으로 해박하고 불화 같은 청원서를 받곤 한다고 들었습니다. 그러나 하브레나 씨는 법정소송 사건들을 법률전문 기자들에게 제공하는 것을 영원히 그만두었습니다. 아마도 그것은 사법제도와 법질서에 대한 그의 신뢰가 흔들렸기 때문일 것입니다."

바늘

“저는 한 번도 재판에 말려든 적이 없습니다.”

코스텔레츠키는 말했다.

“하지만 저는 여러분에게 이야기하는 건데, 저는 심지어 그것이 아주 사소한 문제일지라도 법정이 가끔씩 행하는 그런 어마어마할 정도로 치밀함과, 그런 장광설과 그런 야단법석을 정말로 좋아한답니다. 그것은 사법제도에 대한 믿음을 불러일으킵니다. 만일 정의의 여신이 손에 저울을 가진다면 그들은 약제사처럼 정직해야 하고, 그녀가 칼을 잡는다면 면도날처럼 예리해야 합니다. 그것은 우리가 사는 거리에서 일어난 한 사건을 상기시킵니다.

아파트 여자 관리인 마슈코바 부인은 한 식료품가게에서 롤빵을 사서 한입 씹어 먹는데 갑자기 뭔가 입천장을 찔렀습니다. 그래서 그녀는 입속에 손을 넣어 바늘 하나를 끄집어냈습니다. 그녀는 놀라서 꼼짝 못했습니다. 그녀는 잠시 후에야 겁이 났습니다.

'하나님 맙소사. 좌우간 내가 이 바늘을 삼킬 수도 있었는데, 그러면 내 위장을 찔렀을 것 아닌가! 이건 목숨이 달린 문제야, 난 이걸 가만두지 않을 거야! 어떤 비열한 놈이 이 롤빵에 바늘을 집어넣다니 반드시 조사를 해야 해.' 자 그래서 그녀는 그 바늘과 먹다 남은 롤빵을 가지고 경찰서로 갔습니다.

경찰은 식료품가게 주인을 조사하고 그 롤빵을 만든 제빵사를 조사했습니다. 그러나 물론 어느 누구도 그 바늘에 대해서는 아는 바가 없었습니다. 그래서 경찰은 그것을 법원으로 가져갔습니다. 왜냐하면 그것은 신체에 약간 상처를 입히는 문제였기 때문입니다. 매우 성실하고 엄격한 관료인 조사 담당검사가 다시 그 식료품가게 주인과 제빵사의 말을 들어봤습니다. 그러나 그 둘 다 자신들의 가게에서는 그 바늘이 롤빵에 들어간다는 것은 불가능하다고 맹세하고 신기하다고 했습니다.

그 조사담당 검사가 식료품 가게를 둘러보고 그 가게에는 아무런 바늘도 없다는 것을 확인했습니다. 그다음 제빵사한테로 가서 빵을 어떻게 굽는지 살펴보았습니다. 그는 빵집 가게에 하룻밤 내내 앉아서 지켜보았습니다. 그는 그들이 가루반죽을 어떻게 섞으며, 어떻게 부풀어 오르게 놔두는지, 어떻게 불을 붙이고, 어떻게 롤빵 모양을 만들며, 그것들이 구워지고 황금색으로 익어갈 때까지 화덕 속에 집어넣는 것을 관찰하였습니다. 그런 방식으로 그는 그들이 롤빵을 굽는 동안 정말로 바늘을 사용하지 않는다는 것을 확인하습니다.

여러분들은 그런 롤빵을, 특히 식빵을 굽는 것이 얼마나 멋진 일인지 믿지 못할 것입니다. 우리 돌아가신 할아버지가 빵가게를 해서 저는 잘 알고 있습니다. 즉 빵을 만들 때는 두 가지 또는 세 가지 위대한, 거의 성스러운 비밀이 있다는 것을 아실 것입니다.

첫 번째 비밀은 이스트를 어떻게 준비하느냐 하는 것입니다. 그것을 반죽 통 안에 넣어 둬야 해요, 이제 뚜껑 밑에서 그런 비밀스러운 변화가 일어납니다. 그리고 밀가루와 물이 발효될 때까지 기다려야 합니다. 그러고 나서 다시 밀가루를 반죽하고, 나무주걱으로 잘 섞어야 합니다. 이것은 마치 종교적인 춤이나 뭐 그런 것과 비슷합니다.

그러고 나서 덮개로 덮어서 부풀어 오르게 놔둬야 합니다. 그것이 두 번째 비밀입니다. 반죽이 영광스럽게 위로 올라오고 불룩해집니다. 호기심으로 보고 싶어서 덮개를 들어 올려서는 안 됩니다. 저는 여러분들에게 이는 마치 임신처럼 아름답고 신비로운 일이라고 말하고 싶군요. 저는 언제나 이 반죽 통은 여성적이라는 느낌을 가지고 있습니다.

그리고 세 번째 비밀은 실제로 빵을 굽는 과정입니다. 오븐 속의 그 부드럽고 엷은 색깔의 반죽에 무엇이 일어나는지 바로 그것입니다. 하나님 맙소사. 그런 황금색깔로 바삭하게 구워진 빵 덩어리를 끄집어낼 때, 그것은 향기를 내뿜습니다. 어린 아기도 그런 맛있는 향을 발산하지 않습니다. 그것은 진짜 기적입니다. 제 생각인데 그런 세 번째 변환이 일어나면 마치 교회에서 성체 거양 때 종을 울리듯이 빵집에서는 종이라도 울려야 합니다.

하지만 제가 말하고 싶었었던 것은 다름이 아니라 조사 담당검사가 난처하게 되었다는 것입니다. 그러나 그는 이 사건이 미궁이 빠지게 두지 않았습니다. 전혀 아닙니다. 그래서 그는 그 바늘이 그 롤빵 속에 굽기 전에 들어갔는지, 그 이후에 들어갔는지를 확인하기 위하여 그 바늘을 화학 연구소로 보냈습니다. 왜냐하면 이 담당검사는 특별히 과학적인 전문가의 리포트를 좋아하는 경향이 있습니다. 그 당시 화학연구소에는 아주 학식이 높고 수염이 텁수룩한 우헤르라는 교수가 있었습니다.

그가 이 바늘을 받았을 때 그는 법원이 그에게 언제나 모든 것을 해주기를 바란다고, 그리고 또 바로 그저께도 그에게 해부 실험실 연구원도 참을 수 없을 정도로 너무나 부패한 내장을 보냈다고, 지독하게 욕설을 퍼붓기 시작하였습니다. 그리고 화학 연구소가 이따위 바늘을 가지고 무엇을 해야 하지? 하지만 그러고 나서 그는 좀 생각에 잠겼다가, 아시다시피, 과학적인 관점에서 그것에 관심을 가지기 시작하였습니다. 그는 자신에게 말했습니다.

'아마도 그 바늘들이 반죽 속에 들어갈 때나 아니면 빵이 구워질 때 정말로 어떤 변화가 일어날지도 모르겠는데. 반죽 이 발효될 때 어떤 산성반응이 생겨날지 모르겠다. 아니면 구워질 때 바늘의 표면이 상하거나 아니면 부식할 수도 있어. 그것은 현미경 속에서 확인할 수 있겠지.'

그래서 그는 실험에 착수했습니다. 먼저 그는 수백 개의 바늘들을 구입했습니다. 어떤 것들은 흠 하나 없는 깨끗한 것들로, 다른 것들은 좀 녹이 쓴 것들로. 그리고 화학연구소에서 롤빵을 굽기 시작했습니다. 첫 실험에서 그는 바늘들을 곧바로 이스트에 넣어서 발효과정에서 무슨 반응이 일어나는지를 확인했습니다. 두 번째 시도로 그는 신선한 반죽 속에 넣었습니다. 세 번째로 부풀어 오르는 반죽 속에 넣었습니다. 네 번째로 다 부풀어 오른 반죽에 넣었습니다. 그러고 나서 굽기 직전에 반죽 속에 넣었습니다. 그러고 나서 또 굽는 과정에. 그 다음 아직도 따뜻한 롤빵 속에 찔러 넣었습니다. 마지막으로 다 된 롤빵 속에. 그러고 나서 관리차원에서 또 다시 한번 전 과정을 진행하였습니다. 간단히 말해 14일간 화학연구소에서는 바늘을 넣어 빵을 굽는 것 이외는 다른 것은 아무것도 하지 않았습니다.

교수, 부교수, 4명의 조교들과 실험실 보조는 매일같이 반죽을 주무르고, 롤빵을 굽고 오븐에서 꺼냈습니다. 그 후에 그들은 현미경으로 여러 가지 바늘들을 검사하고 각각의 바늘들을 비교해 봤습니다. 그것 또한 일주일이 걸렸습니다. 그러나 마침내 정확하게 확신할 수 있었습니다. 위에서 언급한 그 바늘은 빵을 다 구운 뒤에 롤빵 속으로 넣어졌습니다. 왜냐하면 현미경으로 볼 때 실험용 바늘은 정확하게 다 구워진 롤빵에 넣어졌다는 반응이 나왔기 때문입니다.

전문가의 보고서에 의하면, 조사 담당검사는 그 바늘이 롤빵 속으로 들어간 것은 식료품 가게이거나, 아니면 빵가게에서 식료품 가게에 가는 도중에 넣어졌다고 결론을 내렸습니다. 이제야 갑자기 제빵사는 기억을 해냈습니다.

'제기랄, 바로 그날 나는 롤빵을 배달한 그 견습생 소년을 해고했었어!'

그래서 그들은 그 소년을 소환했습니다. 그는 자기가 롤빵에 바늘을 넣었다고 자백했습니다. 왜냐하면 제빵사에게 앙갚음을 하고 싶었기 때문이랍니다. 그 소년은 미성년자여서 징계만 받았습니다. 제빵사는 50코루나 벌금을 조건으로 집행유예 선고를 받았습니다. 왜냐하면 자신의 종업원의 행동에 책임이 있기 때문입니다.

그래서 이는 사법제도가 얼마나 정확하고 철저한지를 보여 주는 하나의 예시입니다.

하지만 그 사건은 아직 또 하나의 면을 보여 주고 있습니다. 저는 우리나라 남자들한테 그런 야망이나 외고집 같은 게 있었는지는 모르겠습니다. 간단히 말해, 그 화학연구소에서 실험적인 롤빵을 굽기 시작했을 때 벌써 그 화학자들은 자신들이 반드시 잘 구워야겠다고 생각했습니다. 처음에는 별로였어요. 조금만 부풀어 올랐고 모양도 별로였습니다. 하지만 점점 더 구울수록 점점 더 좋아졌습니다. 그러고 나서 포피 씨앗, 소금과 캐러웨이 씨앗을 뿌렸습니다. 그래서 롤빵이 보기 좋게 구워져서, 바라보는 것 자체가 기쁨이었습니다.

마침내 화학자들은 화학연구소의 것처럼 그렇게 훌륭하고, 바삭거리고 아름답게 구워진 롤빵은 프라하 전체 어디에서도 굽지 못한다고 자랑을 해댔습니다."

* * *

"여러분들은 그것을 외고집이라고 부를 수 있습니다. 코스텔레츠키 씨."

렐레크는 말했다.

"하지만 저는 그것은 뭔가 스포츠 같다고 말하고 싶군요. 아시다시피 그것은 100퍼센트 능력을 발휘한 취미랄까요. 깔끔한 사람도 결과를 위해서 그렇게 하지는 않을 것입니다. 그럴 가치가 없으니까요. 하지만 그것이 스포츠 같거나 자발적인 긴장 때문일 것입니다.

저는 여러분들께 하나의 예시로써 설명하고자 합니다. 하지만 여러분들은 그것이 바보 같고, 요점에서 벗어난다고 말할 수도 있습니다.

간단히 말해, 제가 우리 회사 경리부에 일할 때, 6개월에 한 번 결산을 하였습니다. 숫자들을 기록 장부에 기록할 수 없을 때가 종종 있습니다. 예컨대 언젠가 한 번은 현금 등록기에 3푼이 부족한 적이 있었습니다. 물론 저는 현금 등록기에 아무 일도 없었다는 듯이 제 돈 3푼을 넣을 수도 있습니다. 하지만 그것은 정당한 게임이 아닙니다. 아시다시피 회계사의 관점에서 볼 때 그것은 스포츠맨답지 않습니다. 일만 사천 항목 중에서 어디에 결함이 있는지 찾아내야 합니다. 저는 언제나 수지타산 전에 미리 그런 결함이 있을 거라고 기대하고 있었다는 것을 여러분들께 고백합니다.

그런 경우 필요하다면 저는 경리과에서 밤새 머물러 내 앞에다가 산더미 같이 원장을 쌓아 놓고 일을 시작할 것입니다. 저는 이러한 일련의 숫자들의 행렬들을 수로써 인식하지 않고 물체로 인식했다는 것이 여러분께 이상하게 보일지 모르겠습니다. 때때로 저는 마치 가파른 바위를 올라가듯이 그러한 숫자들을 따라 위로 올라가고, 또는 사다리를 따라 탄갱 속으로 내려가듯이 숫자들을 따라 내려가곤 한다고 가장합니다. 때때로 저는 귀하고 겁 많은 짐승을 잡기 위하여 숫자의 덤불 속으로 헤쳐 나가는 사냥꾼같이 느낍니다. 그러한 3푼이 바로 짐승입니다. 또는 제가 마치 어둠 속에 모서리에서 매복하고 있는 탐정이라도 된 기분입니다. 수천 명의 인물들이 제 옆을 지나쳐가지만 저는 그 말썽꾸러기를, 그 악당을, 바로 그 회계 상 오류를 잡아낼 때까지 기다립니다.

다른 때에는 제가 낚싯대를 드리운 채 강가에 앉아서 고기를 낚아채려고 기다리는 기분이었습니다. 갑자기 저는 낚싯대를 홱 당겨 이제 그놈의 물고기를 낚아챕니다! 그러나 저는 무엇보다도 사냥꾼이 된 기분을 느낍니다. 웃자란 딸기 덤불을 헤치며 위로 아래로 뛰어들고, 그런 활동으로 기쁨과 힘을 느낍니다. 마치 그 어떤 모험을 경험하는 듯한 그런 특별한 자유와 긴장을 즐깁니다. 저는 그 3푼을 찾기 위하여 밤을 지새웁니다. 제가 그것을 손에 넣을 때 저는 그것이 보잘것없는 3푼이라고 생각조차 못했습니다. 그것은 트로피 같았습니다. 저는 열광적인 승리감에 젖어 잠을 자러 갔습니다. 신을 신은 채 침대로 들어가지 않은 게 이상할 정도였습니다. 뭐, 그렇다는 이야기입니다."

전보

"사람들은 그것을 하찮은 일이라고 말합니다."

돌레잘은 신중하게 결론을 내렸다.

"저는 사람들은 보통 사소한 일상의 일에 대해서는 자연스럽고 진실하게 행동하지만 예외적이고 감정적인 상황에 놓이면 완전히 새로운 사람이 되는 것을 보아왔습니다. 그들은 다른 방식으로, 저는 감히 말하건대, 드라마틱한 목소리로 말하기 시작하고, 다른 단어들을 사용하고, 다른 논쟁거리를, 예, 심지어 정상적인 것보다 다른 감정을 사용합니다. 무엇보다도 그들은 용감하게, 고상하게 자기희생적으로 그리고 또 다른 매우 영웅적이고 고결한 특징 속에서 폭발합니다. 그것은 마치 그들이 산소를 들이마신 것 같아서, 그들은 커다란 손짓을 해야 합니다. 또는 대단하고 비극적인 상황에 처해서 어떤 비밀스런 만족을 얻습니다. 그것으로 그들은 점잔을 빼고 즐거워합니다. 간단히 말해, 그들은 무대 위에서 배우처럼 행동합니다. 그러고 나서 드라마틱한 상황이 잦아지면 그들은 자신들의 정상적인 국면으로 되돌아옵니다. 그러나 그 후 그들은 마치 환멸을 느끼고 정신이 되돌아온 듯이 좀 당혹해 합니다.

저에게는 칼로우스라고 하는 사촌이 한 명 있습니다. 그는 매우 예의바르고 존경스러운 관리이자, 시민이고, 한 가정의 아버지입니다. 그는, 우리 나이든 사람이 그렇듯이 좀 소심하고 남의 트집을 잡기 좋아하는 그런 사람입니다. 그의 부인 칼로우소바는 착하고 가정적인 여자이고, 알을 품고 싶어 하는 전형적인 암탉이고, 온순한 아내이고, 소위 말하는 별 보잘 것없는 뭐 그런 사람입니다. 그 다음 딸 베라는 아름답습니다. 그녀는 결혼을 하지 못할 경우를 대비해서 시험을 준비하기 위해, 프랑스어를 배우러 프랑스에 유학 가 있습니다. 마지막으로 아들은 고등학생 건달로 톤다라고 합니다. 그는 축구의 전방 공격수이고, 공부에는 아주 취약합니다. 간단히 말해 이 가정은 전형적인 평범하고 선량한 소위 상위 중산층입니다.

칼로우스 가족이 점심식탁에 앉았을 때 초인종이 울렸습니다. 칼로우소바 부인이 현관에 나타나서 손을 앞치마에 닦으며 얼굴을 붉히며 당황하여 말했습니다.

'하나님 맙소사. 여보, 무슨 전보가 왔어요.' 전보가 도착할 때 여자들이 어떻게 놀라는지 아시겠지요. 그것은 의심할 바 없이 그들이 뭔가 운명의 일격을 기다리고 있었다는 그들만의 내적인 기능 때문입니다.

'자, 자 여보.' 누가 그것을 보냈는지 침착해지려고 애쓰면서 칼로우스는 중얼거렸습니다. 그러나 전보를 열자 그의 손은 떨고 있었습니다. 모두들, 문간에 서 있는 하녀를 포함해 모두 숨을 죽이고 가장을 바라보았습니다.

'이것은 베라한테서 온 것이오.' 마침내 칼로우스는 뭔가 자기의 소리가 아닌 다른 목소리로 말했습니다. '하지만 빌어먹을 한 마디도 이해를 못하겠는데.'

'이리 보여줘요.' 칼로우소바가 버럭 소리를 질렀습니다.

'잠깐.' 칼로우스가 위엄을 갖추고 말했습니다. '이건 뭔가 뒤죽박죽이네. 여기 이렇게 쓰여 있어. Gadete un ucjarc peuige bellevue grenoble vera.'

'그게 무슨 말인가요.' 칼로우소바는 숨을 몰아쉬었습니다.

'그럼 당신이 직접 봐요.' 칼로우스는 화를 내며 말했습니다. '당신이 나보다 더 잘 이해한다고 생각한다면! 자, 그게 무슨 뜻인지 알겠지요?'

칼로우소바 부인의 두 눈은 그 불길한 전보 위에서 눈물로 젖었습니다.

'베라에게 뭔가 일어났어요.' 그녀는 속삭였습니다. '그렇지 않다면 그녀가 우리에게 전보를 보낼 턱이 없어요!'

'나도 그건 알고 있어요.' 칼로우스가 소리쳤습니다. 그리고는 코트를 입었습니다. 그러한 중차대한 시기에 코트를 입지 않고는 있을 수 없습니다.

'안둘라, 부엌으로 가 있어.' 그는 하녀에게 명령했습니다. 그러고 나서 그는 비극적으로 선언했습니다.

'전보는 그러노블에서 왔어요. 내 생각인데 베라가 누군가와 도망을 친 것 같아요.'

'누구와요?' 칼로우소바 부인은 소리쳤습니다.

'그걸 내가 어떻게 안단 말이오?' 칼로우스는 고함을 질렀습니다. '그놈은 틀림없이 불한당이거나 예술가임에 틀림없어요! 독립하겠다는 여자들이 하는 짓이야! 나는 그걸 예상했어요! 나는 그녀가 거기 가길 원하지 않았었는데. 그 저주받을 파리로! 하지만 당신이 계속 그녀 편에 서서 말하곤 했었지.'

'제가 그걸 원했다고요?' 칼로우소바 부인은 분노했습니다. '당신이 줄곧 그녀에게 뭔가를 배우고, 스스로 독립해서 살아야한다고 명령했었잖아요!'

그 순간 그녀는 울음을 터뜨리고 의자에 주저앉았습니다. '하나님 맙소사, 불쌍한 베라! 아마도 그녀에게 뭔가 일어난 모양이에요, 병이 나서 누워 있거나.'

칼로우스 씨는 화가 나서 방을 따라 왔다 갔다 했습니다. '병이 났다고?' 그는 소리쳤습니다. '왜 그녀가 병이 난단 말인가? 그게 자살시도가 아니었길 빌 뿐이오! 아마도 그 녀석이 그녀를 납치했고 나중에 그녀를 버렸을 거야.'

칼로우소바 부인은 앞치마를 벗어던지기 시작하였습니다. '내가 그녀를 찾으러 가야겠어요.' 그녀는 비탄의 소리로 선언했습니다. '나는 그녀를 거기에 그냥 버려

두지 않을 거야. 나는 ….'

'당신 아무데도 갈 수 없어요.' 칼로우스는 명령했습니다.

칼로우소바 부인은 일어섰습니다. 아직까지 아무도 그녀의 그런 위엄을 본 적이 없었습니다.

'나는 그녀의 어머니예요, 칼로우스.' 그녀는 말했습니다. '나는 그게 내 의무라는 것을 알고 있어요.' 그러고 나서 그녀는 위엄을 감추기 시작했습니다.

두 남자, 아버지 칼로우스와 아들 톤다 둘만이 남았습니다.

'우리는 최악의 경우에 대비해야 해.' 칼로우스는 침울하게 말했습니다. '아마도 베라가 어딘가로 납치되었을지도. 어머니 앞에서는 아무 말 하지 말거라. 내가 혼자서 그러노블에 가 볼 테다.'

'아버지.' 톤다는 가장 심각한 목소리로 말했습니다. 그는 다른 때는 아빠라고 불렀었습니다. '제게 맡기세요. 제가 가보겠습니다. 저는 프랑스어를 조금 하거든요.'

'거기선 너 같은 소년은 놀라 나자빠지게 할 거다.' 아버지 칼로우스는 조소 섞인 목소리로 말했습니다. '내

가 내 자식들을 보호할거야! 가장 빨리 출발하는 열차로 갈 거다. 다만 너무 늦지 않았으면 한다!'

'열차라고요?' 톤다는 조롱 섞인 투로 말했습니다. '차라리 거기에 걸어서 가시지 그래요! 만일 제가 간다면 저는 스트라스부르크까지 항공기로 갈 거예요.'

'너는 내가 항공기로 가고 싶지 않다고 생각하니?' 칼로우스는 소리쳤습니다. '내가 항공기로 갈 테니, 그렇게 알아라! 이 망나니 녀석.'

그는 호전적으로 위협하고 두 주먹을 휘둘렀습니다. '내 그 녀석을 반드시 갈가리 찢어 놓을 테다! 불쌍한 아가야!'

톤다는 아버지의 어깨에 손을 올려놓았습니다. 시골뜨기 아버지가 그 순간 진짜 사나이가 되다니 기적 같았습니다.

'아버지.' 그는 마음을 다스리며 말했습니다. '그것은 아버지한테 어울리지 않아요. 아버지는 이제 늙었어요. 저를 믿어 주세요. 아시다시피 제 누이를 위해서 인력으로 할 수 있는 한 제가 최선을 다할 거예요.'

물론 그 순간까지 그저 어린 남동생으로사 그는 누이에게 진심에서 우러나고 사나이다운 경멸로써만 행동했었습니다.

아버지 칼로우스는 머리를 내저었습니다.

'아니야.' 그는 근엄하게 말했습니다. '그건 내 일이야. 아이는 아버지 외에 어느 누구에게도 의지할 수 없어. 내가 갈 거다, 톤다야. 너는 그동안 어머니를 잘 보살펴 드려라. 너도 알다시피 여자들이란 게…'

그 순간 칼로우소바 부인이 외출준비를 하고 들어왔습니다. 그녀는 이상하게도 어떤 도움을 전혀 필요로 할 것 같아 보이지 않았습니다.

'잠깐, 당신 어디가려고요?' 칼로우스가 소리를 질렀습니다.

'은행에요.' 용감한 부인은 초연하게 말했습니다.

'터무니없어요.' 칼로우스는 폭발했습니다.

'전혀 터무니없지 않아요.' 칼로우소바 부인은 냉담하게 말했습니다. '저는 제가 무엇을 하는지 알아요. 저는 왜 그것을 해야 하는지 알고 있어요.'

'여보 마누라.' 칼로우스가 결정적으로 말했습니다. '나 혼자서 베라한테 가니 그렇게 알기나 하세요.'

'당신이?' 칼로우소바 부인은 뭔가 경멸적으로 말했습니다. '당신 거기서 무슨 소용이 있겠어요? 여기서도

당신의 그 안락함을 방해받고 싶지 않았으면서요.'

아버지 칼로우스는 긴장을 하고 얼굴이 붉혀졌습니다. '내가 거기서 무슨 소용이 있든지 걱정 같은 거 하지 마세요.' 그는 날카롭게 말했습니다. '나는 벌써 무엇을 해야 할지 신중하게 고려해 놓았소. 나는 모든 준비를 해놨다고. 하녀한테 내가 가져갈 가방을 준비하라고 하세요, 아시겠소?'

'저는 당신을 잘 알고 있어요.' 칼로우소바 부인은 말했습니다. '당신의 사장이 당신에게 휴가를 주지 않으면 당신은 아무데도 못 가요.'

'난 사장님을 저주하오!' 칼로우스는 소리를 질렀습니다. '나는 내 사무실을 저주하오! 나를 해고하라고 하세요! 난 이제 어떠하든 꾸려갈 수 있어요! 나는 일생동안 가족을 위해 전 인생을 희생했어요. 이제 마지막으로 희생할 것이오, 알겠소?'

칼로우소바 부인은 의자의 가장자리에 걸터앉았습니다. 그녀는 이를 악물고 말했습니다. '여보, 여기서 뭐가 일어나고 있는지 알기나 하세요! 좌우간 내가 그녀를 보살피러 갈 거예요! 제 생각인데, 베라는 생사의 갈림길에서 헤매고 있어요! 내가 반드시 그녀 곁에 있어야

해요.'

'그리고 내겐 느낌이 있어요.' 칼로우스는 선언했습니다. '그녀는 악당의 수중에 잡혀 있을 거요.'

'적어도 그 전보가 무슨 뜻인지 알기라도 한다면 우리들이 최악의 경우에 대비해 준비를 할 수 있을 텐데요….' 칼로우소바 부인은 울부짖었습니다.

'아마도.' 칼로우스는 우울하게 말했습니다. '나는 그 전보에 실제로 무엇이 쓰여 있는지 생각하기조차 두렵군요.'

'내 말 좀 들어봐요.' 칼로우소바 부인은 불확실하게 제안했습니다. '호르바트 씨한테 물어보는 게 어떨까요?'

'실제로 무엇을?' 칼로우스는 깜짝 놀라며 물었습니다.

'전보에 무엇이 쓰여 있는지에 대해서요. 좌우간 호르바트 씨는 이러한 암호들을 풀 수 있어요.'

'그건 사실이오.' 칼로우스는 한숨을 쉬었습니다. '그는 그것을 풀어낼 수 있을 것이오! 안둘라.' 그는 소리쳤습니다. '6층으로 뛰어 올라가 호르바트 씨에게 우리 집에 제발 좀 오시라고 부탁해 봐!'

호르바트 씨는 여기 우리 정보국에서 일하고 있고 그는 주로 이 비밀코드를 푸는 일을 하고 있다는 것을 알기 바랍니다. 사람들은 그를 천재라고 말하지요, 그 호르바트에게 시간을 충분히 주면 모든 암호를 푼답니다. 그러나 그것은 무서울 정도로 어려운 작업이고, 누구든지 그것을 하는 사람은 약간은 미쳐 버린답니다.

그래서 잠시 후 호르바트 씨는 칼로우스 댁에 왔습니다. 그는 그렇게 몸체가 자그마하고 신경이 예민한 사람입니다. 그리고 그에게서 지독하게 박하향이 풍깁니다.

'호르바트 씨.' 칼로우스가 말했습니다. '저는 이해할 수 없는 전보를 하나 받았습니다. 그래서 우리들은 당신이 친절하게 좀 봐 주었으면 해서요.'

'어디 봅시다.' 호르바트 씨는 말하고 전보를 읽어 보고 눈을 반쯤 감고 앉아 있었습니다. 주위는 쥐 죽은 듯이 조용해졌습니다.

'예, 그렇습니다.' 잠시 후 호르바트는 말했습니다. '이 전보는 누구한테서 왔습니까?'

'우리 딸 베라로부터요.' 칼로우스가 설명했습니다. '제 딸은 프랑스에 유학 가 있습니다.'

'아, 예.' 호르바트 씨는 말했습니다. '자 그럼, 200프랑을 그녀가 있는 그르노블 벨레뷰 호텔로 전송하십시오. 그게 전부입니다.'

'당신은 그 전보를 해독하였습니까?' 칼로우스는 소리쳤습니다.

'물론이지요.' 호르바트 씨는 중얼거렸습니다. '이건 아무 암호도 아닙니다. 이것은 잘못 쓰여진 텍스트일 뿐입니다. 하지만 감히 묻겠는데, 왜 젊은 아가씨가 그런 전보를 보내겠어요? 틀림없이 돈이 든 지갑을 잃어버렸을 거예요. 그게 전부예요. 그런 일이 가끔 일어나지요.'

'혹 그 전보에 더 나쁜 소식은 있을 수, 진짜 있을 수 없을까요?' 칼로우스는 불확실하게 물었습니다.

'왜 거기에 뭔가 나쁜 것이 있을 수 있단 말인가요?' 호르바트 씨는 의아해 했습니다. '제 말 좀 들어봐요, 그런 이상한 일은 종종 일어난답니다. 그런 여자들의 핸드백은 아무런 쓸모가 없어요.'

'자 그럼, 감사합니다. 호르바트 씨.' 칼로우스는 무뚝뚝하게 말했습니다.

'천만에요.' 호르바트 씨는 중얼거리고 떠나갔습니

다.

칼로우스 댁에는 잠시 침묵이 흘렀습니다.

'자자, 내 말 잘 들어.' 칼로우스는 당황하여 말했습니다. '나는 호르바트가 전혀 맘에 들지 않아. 그는… 흠 그런 시골뜨기야.'

칼로우소바 부인은 코트를 벗기 시작하였습니다.

'그는 괴짜예요.' 그녀는 말했습니다. '당신이 베라에게 돈을 보낼 거죠?'

'물론 내가 보내야지요.' 칼로우스는 역정을 내며 말했습니다. '불쌍한 거위 같은 년, 핸드백을 잃어 마땅해! 돈이 어디 하늘에서 떨어지는 줄 아는 모양이지? 며칠간 고생 좀 해봐야지.'

'나는 미친듯이 절약해오고 있는데.' 칼로우소바 부인은 쓰디쓰게 한마디 더했습니다. '그녀는 방탕자 같이 조심도 하지 않다니! 요즘 아이들이 그렇다니까.'

'그리고 넌 여기서 뭘 멍청하게 쳐다보고만 있니, 이 게을러빠진 녀석아, 가서 공부나 해.'

칼로우스는 톤다에게 잔소리를 해댔습니다. 칼로우스는 그 순간까지 그처럼 안절부절못한 적이 없었습니다. 그는 그때부터 마치 호르바트가 그의 기분을 상하게 한 것처럼 그 호르바트를 무례하고, 냉소적이고 거의 버릇없는 자라고 간주했습니다."

잠을 잘 수 없는 사나이

"돌레잘 씨가 벌써 여기서 판독에 대해 설명하기 시작했을 때…"

카프카는 말했다.

"저는 언젠가 한번 동료 무실에게 했던 한 사건을 상기해 냈습니다. 그 무실은 특별히 교육을 잘 받았고 세련된 사람이었습니다. 하지만 그는 모든 것에서 문제의식을 가지고 바라보고 거기에 대해 자신의 견해를 찾곤 하는 그런 타입의 지식인이었습니다. 예컨대, 그는 자신의 마누라에 대해서도 견해를 가지고 있습니다. 그는 결혼생활을 하지 않고, 결혼생활의 문제 속에서 살고 있습니다. 그 외에도 사회문제를, 성의 문제를, 무의식의 문제를. 교육의 문제를, 오늘날의 문화적인 위기를, 그리고 다른 수많은 문제들에 대해 자신의 견해를 가지고 있습니다.

모든 것에서 문제를 찾는 사람들은 원칙을 가지고 있는 사람들처럼 견딜 수 없습니다. 저는 문제를 좋아하지 않습니다. 제게는 계란은 계란입니다. 만일 누군가가 제게 계란의 문제에 대해 이야기하기 시작하면 그 계란이 썩었을 거라고 걱정을 하게 됩니다. 여러분들은 그 무실이 어떤 사람인지 아시기만 할 뿐입니다.

어느 날 크리스마스 직전에 그는 크르코노세로 스키를 타러 가야겠다는 생각에 사로잡혔습니다. 그래서 그는 아직도 이것저것 사야 해서, 조금 후에 동료들에게 작별 인사를 하러 사무실에 들을 것이라고 선언했습니다. 바로 그때 갑자기 특별한 괴짜인 유명한 칼럼니스트 만델 박사가 무실 씨와 할 이야기가 있다고 찾아 왔습니다.

'무실은 여기 없습니다.' 저는 말했습니다. '그러나 아마도 그는 떠나기 전에 여기에 들를 것입니다. 그를 기다리십시오.' 만델 박사는 눈살을 찌푸렸습니다.

'저는 기다릴 수 없어요.' 그는 말했습니다. '하지만 저는 그와 해결하고 싶은 것에 대해 그에게 메모를 남기겠습니다.' 그러고 나서 그는 책상머리에 앉아서 뭔가를 쓰기 시작하였습니다.

저는 여러분들 중에서 누가 그 만델 박사의 글씨보다 판독하기가 더 어려운 글씨를 본 적이 있는지 모르겠습니다. 그것은 마치 지진계의 기록 같습니다. 그런 길고 여기 찢겨진 수평선의 줄이 여기저기 떨린 것 같거나, 날카롭게 솟아오른 것 같았습니다. 저는 그의 필적을 잘 알고 있어서, 저는 그의 손이 종이를 따라서 움직이는 것을 바라볼 뿐이었습니다. 그 순간 갑자기 만델 씨는 인상을 찌푸리고는 그 종이를 조급하게 구겨서 쓰레기통에 던져 버리고 벌떡 일어섰습니다.

'이건 너무 오래 걸려.' 그는 중얼거렸습니다. 그리고는 사라졌습니다.

아시다시피 크리스마스 전날에는 사람들은 심각한 일을 하고 싶어 하지 않습니다. 그래서 저는 책상머리에 앉아 종이에다가 지진계의 선들을 그리기 시작했습니다. 내 생각에 떠오르는 대로 그런 기다란 비틀비틀한 선긋기, 여기저기 위로 아래로 오르내리는 선긋기.

잠시 저는 그런 것을 즐겼습니다. 그리고 저는 그 휘

갈겨 쓴 종이를 무실의 책상 위에 놓았습니다. 그 순간 스키와 스키스틱들을 어깨에 메고 산을 오를 채비를 한 무실이 문을 열고 들어왔습니다.

'자 이제 갑니다.' 그는 문간에서 쾌활하게 외쳤습니다.

'여기 누군가가 와서 당신을 찾았는데요.' 저는 조심스럽게 말했습니다. '그는 여기 편지를 당신에게 남겼습니다, 중요해 보이는 편지를.'

'제게 보여 주세요.' 무실은 열의를 가지고 말했습니다. '이게 무엇입니까?' 그는 나의 작품에 대해 좀 놀라면서 말했습니다.

'이것은 만델 박사가 보낸 것이군요. 그는 내게 뭘 원하는 거죠?'

'저는 모르겠는데요.' 저는 무뚝뚝하게 중얼거렸습니다. '그는 매우 서둘렀습니다. 하지만 아시다시피 저는 그의 필적을 알고 싶지 않습니다.'

'저는 그의 휘갈겨 쓴 필체를 읽을 수 있을 것 같아요.' 무실은 별로 개의치 않으며 말했습니다. 그리고 그는 스키와 스키스틱을 세워놓고 책상머리에 앉았습니다.

'흠.' 그는 잠시 후 말하고, 엄청나게 몰두하기 시작하였습니다. 반 시간 동안 쥐 죽은 듯이 조용했습니다.

'자, 그래 첫 번째 두 단어를 이해할 수 있게 됐어요.' 드디어 무실은 일어서며 한숨을 몰아쉬었습니다. '그것은 "친애하는 선생님"이었습니다. 하지만 지금 저는 열차정거장으로 급히 가야 해요. 저는 이 편지를 가져갈 것입니다. 열차를 타고 가는 도중에 편지를 읽어내지 못하면 아마 그것은 악마가 썼을 것이오!'

그는 새해에 산간지방의 여행으로부터 돌아왔습니다.

'여행 어땠어요?' 저는 그에게 물었습니다. '이봐요, 무실, 지금 거기 산간지방은 아름답지요? 그렇지 않아요?'

무실은 손만 내저을 뿐이었습니다.

'저는 몰라요.' 그는 말했습니다. 당신에게 고백컨대 저는 그동안 내내 호텔 방에 머물렀습니다. 바깥으로는 콧등도 내밀지 않았어요. 그러나 사람들이 말하기를 거기는 매우 아름다웠다고 했습니다.'

'무슨 일이 있었어요?' 저는 동정적으로 말했습니다. '몸이 좀 아팠습니까?'

'아니오.' 무실은 겸손을 가장하며 말했습니다. '그러나 저는 그 기간 내내 그 만델의 편지를 해독했습니다. 제가 어떻게 그것을 풀어냈는지 알기만 한다면….' 그는 승리에 차서 말했습니다.

'오직 한두 단어만 아직까지 해독하지 못했습니다만. 밤새도록 저는 그것에 매달렸습니다. 그러나 그것을 해독할 수 있을 거라고 다짐했고, 드디어 해냈습니다.'

저는 그 편지가 저의 악필이라는 것을 그에게 말할 용기가 없었습니다.

'거기에 쓰인 것은 그렇게 중요했습니까?' 저는 걱정을 하며 물었습니다. '그게 적어도 해독할 만한 가치가 있었습니까?'

'그건 상관없었어요.' 무실은 자랑스럽게 말했습니다. '제게는 그것이 필적학 문제보다 더 흥미가 있었습니다. 만델 박사는 제게 14일 내로 그의 저널에 논문을 쓰라고 요구하고 있습니다. 무엇에 대해선지는 읽어낼 수가 없었습니다. 그리고는 제게 즐거운 휴가와 산장에서 멋진 체류를 기원했습니다. 대체적으로 그것은 별거 아니었습니다. 그러나 해독한다는 것은 그건 진짜 견과를 체계적으로 깨는 것과 같았습니다. 다른 어떤 것보다도 정신수양을 하는 데 좋았어요. 그것은 하루 이틀 밤낮을 소비할 가치가 있었어요.'"

* * *

"당신은 그에게 그렇게 하지 말아야 했어요."

파울루스가 비난하듯이 말했다.

"이틀간은 뭐 별거 아니에요. 그러나 잠 없이 이틀간은 큰 해가 되지요. 잠이란 것은, 선생님 그저 육체가 쉬는 것만은 아니에요. 잠은 뭔가 지나간 낮을 정화시키고 용서하는 것이에요. 잠은 성스러운 선물이에요. 멋진 잠을 자고난 첫 몇 분간 이후 영혼은 맑아지고 아이처럼 순진해집니다.

저는 그것을 알고 있습니다. 왜냐하면 저도 한때 잠을 자지 못한 적이 있었습니다. 그것은 아마 방탕한 생활의 결과이거나 건강이 좋지 않아서일 것입니다. 저는 잘 모르겠습니다. 그러나 저는 침대에 눕자마자 저는 첫 졸음 때문에 두 눈에서 아픔을 느꼈습니다. 제게 뭔가 저려 옴을 느꼈습니다. 그리고 저는 몇 시간이고 누워서 아침노을이 시작될 때까지 어둠을 바라보았습니다. 그것은 1년 동안 지속되었습니다. 잠 없이 1년요.

사람이 그렇게 잠들 수 없으면 그는 처음에 아무것도 생각하려고 하지 않습니다. 그래서 그는 숫자를 헤아리거나 기도를 합니다. 갑자기 그에게는 이런 생각이 듭니다, '하나님 맙소사. 어제 나는 이것저것 하는 것을 잊어버렸어!' 그러고 그는 가게에서 돈을 지불할 때 그들이 그에게 바가지를 씌웠다는 생각이 듭니다. 그러고 나서 그는 그에게 그의 아내나 그의 친구가 그저께 이상하게 대답을 했다는 것을 상기합니다. 그 다음 가구가 삐걱 소리를 내면 그 사람은 도둑이 들었다고 생각하고, 그는 공포와 부끄럼으로 열을 받습니다. 그가 벌써 그런 공포에 젖으면 그는 자신의 신체 상태를 조심스럽게 바라보기 시작하고, 공포로 땀을 흘리며 뭔가 신장염이나 암에 대해서 들어 본 것을 기억해 내려고 애씁니다.

난데없이 갑자기 20년 전의 이상한 쓸데없는 생각이 그에게 떠올라서 지금에서야 식은땀이 납니다. 한 걸음 한 걸음 그는 그런 이상하고, 고집스럽고 속량되지 못한 자아와 맞닥뜨렸습니다. 즉 오래전에 겪었던 자신의 약점, 자신의 거침과 추악함. 비행과 백치행위, 어리석음, 수치와 불행과 맞닥뜨렸습니다. 그가 한때 겪었던 모든 어색하고, 고통스럽고 굴욕적인 것들이 그에게 되돌아왔습니다. 잠을 잘 수 없는 자에게는 아무것도 소용이 없었습니다. 그의 모든 세계는 일그러지고, 그의 전망은 계속 고통 받았습니다.

당신이 오래전에 잊어버린 일들이 당신에게 능글맞게 미소를 짓지요. 마치 이렇게 말하는 것 같이. '당신은 시골뜨기, 당신은 그때 착하게 행동했지. 그리고 당신이 14살 때 첫사랑이 데이트에 나타나지 않았던 것을 기억하고 있지? 당신은 그녀가 다른 남자와 당신의 친구 보이테흐와 키스하는 것을 알고 있지? 그리고 그들은 당신을 조롱했지! 넌 바보, 바보!'라고. 당신은 그 불타는 침대에서 괴로워하면서 자신을 설득을 하고자 했지요. 제기랄, 좌우간 이제 내게는 상관없어! 지나간 것은 과거 일이야. 그것은 끝이야! 그것이 사실이 아니란 것을 당신들은 알고 있어요. 지나간 것 모든 것들은 존재해요. 당신이 알지 못하지만 그것은 존재하고 있어요. 그리고 저는 기억은 죽음 뒤에도 존재한다고 확신해요.

친구들, 당신은 저를 조금 알고 있지요. 아시다시피

저는 불만분자가 아니고, 히포콘드리아시스(건강 염려증) 환자도 아니고, 괴짜도 아니고, 불평가도 아니고, 싸움쟁이도 아니고 성마른 자도 아니고, 울보도 아니고, 따분한 사람도 아니고 염세주의자도 아닙니다. 저는 인생을, 사람들을 그리고 제 자신을 좋아합니다. 저는 미치광이처럼 모든 것에 돌진하고, 뭔가를 다투기를 좋아합니다. 간단히 말해, 저는 그런 평범한 부류에 속하는 아이처럼 너무나 거친 놈이지요. 제가 잠을 잘 수 없었던 그 기간에조차 저는 낮에 떠벌리고 다녔고, 저는 기회가 있으면 뭐든지 낚아채고 이 일에서 저 일로 가곤 했습니다. 아시다시피 저는 스스로 행복할 정도로 활동적인 사람의 명성을 즐겼습니다.

하지만 저는 저녁에 침대로 들어가자마자 잠 못 이루는 밤을 시작합니다. 제 삶은 산산조각이 났습니다. 다른 한편으로는 활동적인, 성공적인, 자기만족의, 건강한 사나이의 삶이 있습니다. 그는 자신의 에너지, 능력, 부끄러움 없는 행운 덕택에 모든 것에 성공적입니다. 여기 침대 위에 피로에 지친 한 사람이 누워 있습니다. 그는 자신의 일생동안에 겪었던 실패, 수치, 치사함, 굴욕에 대한 공포심을 인식하고 있습니다. 저는 서로 전혀 관련이 없는, 그리고 전혀 닮지 않은 두 개의 삶을 살아왔습니다. 하나는 낮 동안 성공으로, 활동으로, 인간관계와 믿음으로, 도전의 즐거움으로 그리고 그런 일상의 궤변으로. 제 자신의 방법으로 행복하고 스스로 만족한 그런 삶을.

하지만 밤에는 고통과 혼동이 얽힌 다른 삶이 펼쳐졌습니다. 아무것도 성공하지 못한 인간의 삶, 모두에 의해서 배반당한 인간의 삶, 스스로 모두에게 나쁘게, 심약하게 그리고 바보스럽게 각인되어 있는 인간의 삶. 모두가 싫어하고 속이는, 모든 것에 대해 사기당하고 비극적인 뒤틍스러운 사람의 삶. 실패하고 하나의 치욕으로부터 다른 치욕으로 비틀거리는 약골의 삶, 이 모든 삶들은 각각 그 자체로 견실하고, 명석하고 온전합니다. 제가 그들 중 하나에 속한다면 다른 삶은 다른 사람에게 속한 것처럼 보입니다. 즉 그것은 저와 아무런 상관없는 것 같거나 오직 표면적인 것 같아요. 그것은 자기기만이고 병적인 환상이에요.

낮에 저는 사랑했고, 밤에는 의심하고 저주했어요. 낮에는 우리들 세상에서 살고 밤에는 제 자신 속에서 살아요. 누구든지 자신만 생각하면 세상을 잃어버려요.

그리고 제게는 잠은 어둠 같고 깊은 물 같다고 생각됩니다. 거기에는 우리가 알지 못하고 알 필요가 없는 모든 것들이 표류합니다. 우리들이 속에 자리잡고 있는 이 이상한 불순물은 표면으로 올라오고, 해변이 없는 무의식 속으로 흘러갑니다. 우리들의 사악함과 비겁함, 이러한 모든 우리들 나날의 죄악들은, 우리들의 겸손한 어리석음들과 태만들은, 우리가 사랑하는 사람들의 두 눈 속에서 나타난 거짓과 혐오의 순간, 우리들 스스로 죄 있다고 생각하는 것, 다른 사람들이 우리들에게 범하는 죄, 이 모든 것이 조용히 어딘가 의식이 도달하지 못하는 곳으로 돌아다닙니다. 잠은 한량없이 자비스러운 것입니다. 그것은 우리들을 용서하고 우리들에게 죄를 범한 자들을 용서합니다.

그리고 저는 여러분들에게 뭔가를 말씀드리겠습니다. 우리가 우리들의 인생이라고 하는 것은 우리들이 경험한 것이 모두가 아닙니다. 그것은 오직 일부입니다. 우리가 경험한 것들은 너무나 많습니다. 우리들이 인식하는 것보다 더 많습니다. 그래서 우리들은 우리들에게 어울리는 것들 중 이것과 저것을 선택합니다. 그것으로부터 우리들은 어떠하든 단순한 계획을 짭니다.

우리가 우리들의 인생이라고 말하는 구조물을 짭니다. 하지만 동시에 우리는 쓰레기를, 우리들이 무의식적으로 빠뜨린 이상하고 무서운 것들을 남깁니다. 하나님 맙소사. 우리들이 그것을 인식할 수 있다면! 하지만 우리는 오직 단 한 번만 그 단순한 인생을 살 수 있습니다. 그것은 우리가 견딜 수 있는 것 이상입니다. 우리들이 만일 우리들 인생길의 대부분을 버리지 못했더라면 우리는 인생을 이끌어 갈 힘이 없었을 것입니다."

우표수집

"그것은 거룩한 진실입니다."

나이 많은 카라스는 말했다.

"만일 어떤 사람이 자신의 과거를 샅샅이 뒤진다면, 거기에는 아주 다른 인생들을 위한 자료들이 충분하다는 것을 발견할 것입니다. 사람은 어느 순간에… 실수이거나 의도적으로… 그들 중 한 인생만을 선택하고 끝까지 살아갑니다. 하지만 가장 나쁜 것은 다른 인생이, 그러한 가능성이 있는 인생들이 완전히 죽어 버리지 않았다는 사실입니다. 그리고 때때로 당신은 마치 절단된 다리처럼 그들 속에서 고통을 느낍니다.

저는 열살 소년이었을 때 우표를 수집하기 시작하였

습니다. 아빠는 그것을 좋아하지 않았습니다. 그는 제가 그것 때문에 학업을 게을리할 거라고 생각했습니다. 하지만 제게는 로이지크 체펠카라는 친구가 있었고, 우리 둘은 열정적으로 우표수집에 탐닉하였습니다. 그 로이지크는 오르간 연주자의 아들이었고, 지저분하고 주근깨투성이의 녀석이었으며, 참새처럼 꾀죄죄했습니다. 그러나 마치 아이들이 친구를 좋아하듯이 저는 그를 좋아했습니다. 제 말 좀 들어보세요. 저는 이제 늙었습니다. 저는 아내와 아이들이 있습니다. 그러나 저는 감히 말하건대, 어떤 인간적인 감정도 우정처럼 아름다운 것은 없습니다. 하지만 사람은 아직 젊을 때에만 능력이 있습니다. 그러고 나서 그는 곧 초라해지고 이기적이 됩니다. 그러한 우정은 열정과 감탄으로부터, 넘치는 활력으로부터, 넘쳐나고 풍부한 감정으로부터 솟아납니다. 당신은 그것을 충분히 가지고 있으니 누군가에게 줘야 합니다.

우리 아버지는 변호사이고, 지방유지의 대표이고, 매우 위엄이 있고, 철두철미한 신사였습니다. 저는 로이지크에 푹 빠졌습니다. 그의 아버지는 술주정뱅이 오르간 연주자이고 어머니는 일에 지친 세탁부였습니다. 저는 그런 로이지크를 존경하고 이상화했습니다. 왜냐하면 그는 저보다 더 영리했기 때문입니다. 그는 독립적이고 생쥐처럼 약삭빠르고 그리고 코에 주근깨를 가지고 있었지만 왼손으로 돌을 던질 수 있었습니다. 저는 이제 왜 제가 그의 모든 것을 사랑했는지 모르겠습니다. 그러나 그것은 제 인생에서 가장 큰 사랑이었습니다.

예, 바로 그 로이지크는 제가 우표를 수집하기 시작하였을 때 제가 믿을 수 있는 유일한 친구였습니다. 그때 어떤 사람이 오직 남자들만이 수집의 열정이 있다고 말했습니다. 그건 사실입니다. 제 생각인데, 그것은 모든 남자들이 적들의 머리를, 훔친 무기를, 곰 가죽을, 사슴뿔을, 그가 잡은 무엇이든지 수집하기 시작한 옛날부터 내려온 유물이거나 본능입니다. 그러나 우표수집 같은 것은 단순한 소유뿐만 아니라 그것은 영원한 모험입니다. 우표를 수집하는 사람은 전율을 느끼면서 부탄, 볼리비아 또는 희망봉 같은 머나먼 나라의 구석에 닿습니다. 간단히 말해 그는 외국나라들과 개인적이고 친밀한 관계를 맺는 것입니다. 우표를 수집한다는 것은 여행과 항해와 남자다운 전 세계로의 모험을 생각나게 합니다. 그것은 여러 면에서 십자군의 모험 같습니다.

제가 이미 말했듯이, 우리 아버지는 그런 것을 좋아하지 않았습니다. 보통 아버지들은 그들의 아들들이 그들이 하는 것과 다른 것을 하는 것을 좋아하지 않습니다. 여러분, 저도 또한 제 아들들에게 그렇게 했습니다. 대체로 아버지가 된다는 것은 뭔가 잡다한 감정 문제입니다. 거기에는 위대한 사랑이 있습니다. 그러나 또한 그 어떤 편견이, 불신이, 뭐 그런 적대적 감정 같은 것도 있습니다. 사람이 자기 아이들을 더 많이 사랑할수록 거기에는 더 많은 두 번째 감정이 있습니다. 좌우간 저는 아버지가 제가 수집한 우표들을 발견하지 못하도록 그것을 고미다락에 숨겨야 했습니다. 고미다락에는 곡식을 넣던 낡은 궤짝이 하나 있었습니다. 우리는 마치 두 마리 생쥐처럼 그 속에 기어들어가서 서로 우리들의 우표들을 보여 주곤 했습니다. '이것 봐, 이것은 네덜란드 우표야, 이건 이집트 우표, 이건 스베리에 또는 스웨덴 우표야.'

우리는 우리의 보물들을 잘 숨겨야 했습니다. 그것은 뭔가 죄스러울 정도로 아름다운 것이었습니다. 이러한 우표를 갖는다는 것은 또 다른 모험이었습니다. 저는 아는 친척이나 모르는 가족들을 방문해서 그들의 옛 편지들로부터 우표를 떼어내 줄 것을 간청하곤 했습니다. 그들은 여지저기 고미다락이나 서랍장에 오래된 종이들이 가득 가지고 있었습니다. 바닥에 앉아서 그러한 잡동사니 종이들을 헤집고 이때까지 가져 보지 못한 몇몇 우표를 찾는 것은 제게 있어서 가장 축복받은 시간들이었습니다. 저는 바보처럼 중복되는 우표를 모으지는 않았습니다. 제가 옛 롬바르디아 우표를 발견하거나, 어느 작은 독일 지방 국가들이나 자유 도시들로부터 왔는지 몰랐지만 그런 우표들을 발견했을 때는 고통스러울 정도로 기뻤습니다. 한량없는 무한한 행복이 그처럼 달콤한 고통을 안겨 주었습니다. 그동안 밖에서는 로이지크가 저를 기다리고 있었습니다. 마침내 제가 밖으로 나왔을 때 저는 그에게 속삭였습니다.

'헤이, 로이지크, 여기 하노버 우표가 하나 있어!'

'그것 가지고 있어?'

'응, 가지고 있어!'

우리는 전리품을 가지고 집으로, 우리들의 보물창고로 걸음을 재촉했습니다.

우리 마을에는 방직공장들이 있었습니다. 거기서는 재생털실로 온갖 것들을 만들었습니다. 황마섬유, 옥양

목, 마분지, 저질 목화 옷감들. 우리 마을에서는 이러한 저질 옷들은 전 지구의 유색인종들을 위해 만들어 내고 있었습니다. 그래서 저는 거기 공장 휴지통에서 우표들을 찾는 허락을 받았습니다. 그것은 저의 가장 큰 사냥터였습니다. 거기서 저는 시암과 남아프리카, 중국, 리베리아, 아프가니스탄, 보르네오, 브라질, 뉴질랜드, 인도, 콩고 우표들을 찾아냈습니다. 저는 그러한 이름들이 당신들에게 비밀스럽고 뭔가 동경하는 것 같이 들리는지 모르겠습니다. 하나님 맙소사. 말하자면, 제가 동남아시아의 해협 식민지들로부터 온 우표들을 발견했을 때 느낀, 그런 기쁨과 그 잔인한 기쁨이란! 또는 한국! 네팔! 뉴기니! 시에라리온! 마다가스카르!

제 말 좀 들어보세요. 그것은 사냥꾼이나 보물을 찾는 사람이나 땅을 파는 고고학자들만이 이해할 수 있는 환희입니다. 탐색하고 찾는 것, 그것은 삶이 인간에게 주는 가장 큰 긴장이고 가장 큰 만족입니다. 각자 뭔가를 찾아야 합니다. 우표가 아니면 진리나, 황금빛 양치류나, 아니면 적어도 돌화살촉이나 재떨이라도.

좌우간 그때가 제 인생의 전성기였습니다. 로이지크와의 우정과 우표수집. 그 후 저는 성홍열을 앓았습니다. 로이지크는 제게 오는 것이 허락되지 않았습니다. 그러나 그는 우리 집 복도에 서서 제가 들으라고 휘파람을 부르곤 했습니다. 언젠가 한번은 그들이 저를 소홀히 할 때 저는 침대에서 도망쳐서 저의 우표를 보기 위하여 고미다락으로 직행했습니다. 저는 너무나 몸이 쇠약해서 그 궤짝의 문을 간신히 열었습니다. 하지만 궤짝은 텅 비어 있었습니다. 우표가 들어 있었던 상자는 사라졌습니다.

저는 당신들에게 저의 고통과 공포를 묘사할 수 없습니다. 저는 거기에 돌처럼 서서 마치 목이 막혀 울 수조차 없었습니다. 처음에 제 우표들이, 저의 가장 큰 기쁨이 사라져서 공포에 사로잡혔습니다. 그러나 로이지크가, 저의 유일한 친구 녀석이, 제가 아파서 누워 있을 동안 훔쳐갔다는 것은 더욱 무서웠습니다. 그것은 경악, 환멸, 절망, 비통이었습니다. 제 말 좀 들어보세요. 그것은, 그러한 아이가 견뎌야 하는 것은 놀랄 만한 일이었어요. 저는 어떻게 그 고미다락으로부터 나왔는지 알 수조차 없었습니다. 하지만 저는 다시 심한 열로 침대에 누워 있었습니다. 그리고 그 생생한 순간에 절망적으로 생각에 잠겼습니다.

저는 그것에 대해서 아버지에게도, 숙모에게도 말하지 않았습니다. 저는 어머니가 이미 돌아가셨습니다. 저는 가족들이 저를 이해하지 못하리라는 것을 알고 있었고 그래서 저는 더욱더 고독했습니다. 그때부터 저는 벌써 아이다운 어떤 애정도 가지지 못했습니다. 로이지크의 배신, 그것은 제게는 거의 죽음 같은 충격이었습니다. 그것은 인간에 대한 저의 첫 번째이고 가장 큰 실망이었습니다.

'거지 같은 녀석,' 저는 제 자신에게 말했습니다. '로이지크는 거지야. 그래서 그는 훔치는 거야. 내가 거지와 친구로 지냈으니 그건 내게 당연한 거야.'

그것은 저를 힘들게 했습니다. 그 이후 저는 사람들을 피하기 시작하였습니다. 저는 사회적인 순진함의 상태를 잃어버렸습니다. 그러나 그 당시 저는 그 충격이 얼마나 깊었고, 그리고 저에게서 모든 것이 붕괴되었다는 것을 미처 깨닫지 못했습니다.

제가 그 열병으로부터 헤어났을 때 우표를 잃어버린 상실감의 고통을 극복했습니다. 그러나 로이지크가 그동안 새로운 친구들 사귀고 있다는 것을 알았을 때 저의 가슴은 아팠습니다. 그러나 그가 저에게 달려왔을 때, 꽤나 세월이 오래 지났기 때문에 저는 조금은 당황했습니다. 저는 그에게 무뚝뚝하고 태연하게 말했습니다.

'저리 꺼져, 너랑 이야기하고 싶지 않아.' 로이지크는 얼굴을 붉히고 잠시 후에 말했습니다. '좋아.' 그 이후 그는 고집스럽게 그리고 프롤레타리아 식으로 저를 저주했습니다.

그렇습니다, 그것이 제 인생 전체에, 인생에 대한 저의 선택에 영향을 끼친 사건이었습니다. 파울루스 씨가 말하듯이. 저는 저의 세계가 모독을 받았다고 감히 말하고 싶습니다. 저는 인간에 대한 믿음을 잃어버렸습니다. 저는 저주하고 경멸하는 것을 배웠습니다. 저는 이제 더 이상 친구가 없었습니다. 제가 성장했을 때 저는 혼자인 것이 자랑스러웠습니다. 저는 아무도 필요하지 않았고 어느 누구에게도 아무것도 베풀지 않았습니다. 훗날 저는 아무도 저를 좋아하지 않는 다는 것을 알았습니다. 저는 사랑을 경멸하고 모든 감상주의에 침을 뱉었습니다. 그래서 저는 자신만만하고, 이기적이고, 자기중심적이고, 꼼꼼하고 그리고 전반적으로 철저한 사람이었습니다. 저는 아랫사람들에게 거칠고, 엄격했습니다. 저는 사랑 없이 결혼을 했고, 아이들을 명령과 공포로 양육시켰습니다. 저는 자신의 부지런함과 적지 않은 성실성으로 신임을 얻었습니다. 그것이 저의 일생, 평생이었습니다. 저는 저의 임무 외에는 아무것도 관심을 두지 않았습니다. 제가 하나님 품에 갈 때면, 아마 신문이 제가 훌륭한 일꾼이었고, 모범적인 사람이었다고 할 것입니다. 그렇지만 사람들이 제가 외톨이고, 의혹이 많은 인간이고, 무정한 인간이라는 것을 알았다면….

3년 전에 제 아내는 죽었습니다. 저는 아내의 죽음을 제 자신에게도 다른 사람들에게 인정하지는 않았지만 저는 무척 슬펐습니다. 그러한 비탄 속에서 저는 어머니와 아버지가 남긴 가족들의 유품들을 샅샅이 뒤졌습니다. 사진들, 편지들, 저의 옛 학교성적표들. 저는 저의 엄격한 아버지가 이 모든 것을 조심스럽게 정돈하고 보존한 것을 알고는 목이 메는 듯했습니다. 저는 아버지가 저를 사랑했다고 생각하게 됐습니다. 고미다락 선반 캐비닛에는 그런 물건들로 가득했습니다. 서랍 맨 밑에는 아버지가 봉인한 상자가 하나 있었습니다. 그것을 열었을 때 저는 거기서 제가 50년 전에 수집했던 우표들을 발견했습니다.

저는 아무것도 숨기지 않겠습니다. 저는 하염없이 눈물을 흘렸습니다. 저는 그 상자를 마치 보물인양 제 방으로 가져갔습니다. 예, 일이 그렇게 되었던 것입니다. 저는 갑자기 그때의 상처를 깨달았습니다. 누군가가 제 우표수집 상자를 발견했고, 아버지가 그것 때문에 제가 학업을 등한시할까 봐 그것을 몰수했던 것입니다! 아버지는 그럴 필요가 없었는데요. 그러나 그것은 아버지의 저에 대한 엄격한 관심과 사랑 때문이었습니다. 하지만 저는 아버지에게도, 저 자신에게도 미안함을 느꼈습니다….

그래서 저는 로이지크가 저의 우표들을 훔치지 않았다는 것을 깨달았습니다! 하나님 맙소사, 저는 그에게 몹쓸 짓을 했습니다! 저는 다시 제 앞에 그런 주근깨투성이고 꾀죄죄한 장난꾸러기를 보았습니다.

하나님 맙소사. 그는 어떻게 되었을까요, 만일 그가 지금까지 살아 있다면! 제가 그 모든 것을 다시 상기했을 때 저는 얼마나 고통스럽고 부끄러운지 말할 수 없었습니다. 단하나의 의심 때문에 저는 유일한 친구를 잃어버렸습니다. 그것 때문에 저는 저의 유년시절을 잃어버렸습니다. 그것 때문에 저는 불쌍한 개구쟁이를 경멸하기 시작했습니다. 그것 때문에 저는 거만하게 행동했습니다. 그것 때문에 저는 아무한테도 친근하게 대하지 않았습니다. 그것 때문에 저는 일생동안 분노와 혐오 없이 우표를 바라볼 수 없었습니다. 그것 때문에 저는 약혼자에게도, 그 후 아내에게도 편지 하나 쓰지 않았고, 그런 감상적인 표출에 초현한 척했습니다. 제 아내는 그래서 고통을 받았습니다. 그것 때문에 저는 고집스럽고 외로웠습니다. 그것 때문에 저는 그런 경력을 쌓게 되고 그렇게 모범적으로 의무를 다하게 되었습니다….

저는 또 다시 저의 전 인생을 돌이켜 보았습니다. 갑자기 그것은 제게 공허하고 무의미해 보였습니다. 좌우간 저는 완전히 다른 인생을 살 수도 있었다는 생각이 들었습니다. 만일 그런 사건이 일어나지 않았다면, 저에게는 얼마나 큰 열정과 모험이, 사랑이, 의협심이, 환상과 믿음이, 그런 이상하고 불굴의 사건들이 있었을 것입니다. 하나님 맙소사. 좌우간 저는 완전히 다른 사람이 되어 탐험가나 배우나 군인이 되었을 것입니다! 틀림없이 저는 다른 사람들을 사랑하고 그들과 마시고 그들을 이해할 수 있었을 것입니다. 저는 도대체 무엇이 되었을지 모르겠습니다! 저는 마치 제 속에 얼음이 녹아내리는 것 같았습니다.

저는 모든 우표들을 이리저리 넘겨봤습니다. 롬바르디아, 쿠바, 시암, 하노버, 니카라구아, 필리핀, 제가 그 당시 여행하고 싶었던 그리고 이제는 볼 수 없는 이 모든 나라들. 모든 각각의 우표에는 뭔가 될 수 있었던 것과 될 수 없었던 것이 있었습니다. 저는 밤새도록 우표를 바라보며 제 자신의 인생을 저울질했습니다. 저는 그것이 뭔가 다른, 인위적이고 익명의 인생이라는 것을 깨달았습니다. 저의 실질적인 인생은 전혀 현실화되지 않았다는 것을 깨달았습니다."

카라스는 손을 내저었다.

"제가 그 모든 것이 될 수도 있었다는 것을 생각했을 때, 저는 얼마나 그 로이지크에게 몹쓸 짓을 했단 말인가요."

이 모든 것을 들은 파테르 보베스는 눈살을 찌푸리고 매우 슬퍼했다. 아마도 그는 자신의 인생에서 뭔가를 상기하고는 말했다.

"카라스 씨." 그는 감동적으로 말했다. "더 이상 그것에 대해 생각하지 마십시오. 무슨 소용이 있겠습니까. 이제 그것을 교정할 수 없습니다. 이제 다시 시작할 수 없습니다."

"예."

카라스는 한숨을 내쉬었다. 그리고 그는 조금 얼굴이 붉어졌다.

"하지만 아시다시피, 적어도… 적어도 저는 그 우표 수집을 다시 시작했답니다!"

평범한 살인사건

“저는, 왜 불의가 사람에게 일어날 수 있는 그런 악한 것보다 우리들에게 더 나쁘게 보이는지 자주 생각해봤습니다.”

하나크가 말했다.

“예컨대, 우리가 만일 어떤 죄 없는 사람이 교도소에 갇힌 것을 알게 된다면 우리들은 수천 명의 사람들이 가난과 고통 속에 살고 있다는 것을 알게 되는 것보다도 더 불안해 하고 고통을 느낍니다. 저는 어떤 교도소도 그것에 비하면 완전히 사치라고 할 정도로 그런 불행을 목격했습니다. 하지만 가장 나쁜 불행도 불의만큼 우리들을 불쾌하게는 하지 않는다는 것입니다. 우리의 마음속에는 정의에 대한 본능이 있다고 저는 생각합니다. 죄와 무죄, 법과 정의는 사랑과 배고픔처럼 똑같이 근본적이고, 무섭고 심원한 본능입니다.

예를 들어봅시다. 저는 여러분들처럼 4년간 전방에 근무했습니다. 저는 거기서 우리가 목격한 것을 서로 이야기하지 않겠습니다. 우리들 중 어느 누구도 그러한 것, 예컨대 죽은 시체 같은 것에 익숙했다는 것을 여러분들은 인정하겠지요. 저는 수백 수천 명의 죽은 젊은 이들을 목격했습니다. 때때로 소름끼치는 시체들을. 여러분들이 잘 알다시피, 그리고 그것은 제게 마치 낡은 넝마처럼 별로 신경을 쓰이지 않았다는 것을 말하고 싶군요. 다만 그것이 악취만 풍기지 않았으면요. 저는 제 자신에게 말할 뿐입니다. '이봐, 네가 살아서 온전하게 그 야만적인 혼란을 벗어만 난다면, 이제 아무것도 네 인생에서 너를 뒤흔들지 않을 거야.'

저는 전쟁이 끝나고 6개월 후에 슬라티나에 있는 고향집으로 돌아왔습니다. 어느 날 아침 누군가가 창문을 두드리며 불렀습니다.

'하나크 씨, 이리 와서 이것 좀 봐요. 투르코바 부인이 살해됐어요!' 투르코바 부인은 작은 문방구와 실을 파는 가게를 가지고 있었습니다. 아무도 그녀에게 신경을 쓰지 않았습니다. 다만 때때로 사람들이 실타래나 크리스마스 엽서를 사려고 그 가게로 가곤 했습니다.

그 가게로부터 유리문을 통과하면 그녀가 자는 작은 부엌이 있습니다. 그 문에는 커튼이 처져 있고, 누군가가 가게 초인종을 누르면 투르코바 부인은 부엌문 커튼을 통하여 누가 왔는지 보고, 앞치마에 손을 닦고 가게로 들어갑니다.

'무엇을 원하세요?' 그녀는 의심스럽게 묻습니다. 손님은 그냥 가게로 몰래 들어간 기분이 들어서 가능하면 다시 빨리 나오고 싶어 했습니다. 그것은 마치 여러분들이 돌을 들어 올렸을 때와 같았습니다. 거기에는 습기 찬 구멍이 있고 외롭고 놀란 벌레가 헤매고 있었습니다. 그래서 여러분은 그 불쾌한 벌레가 조용해지도록 그 돌을 제자리에 돌려놓았습니다. 제가 그 소식을 들었을 때 저는 그냥 호기심 때문에 살펴보러 달려갔습니다. 투르코바 부인의 가게 앞에는 사람들이 벌떼처럼 모여 있었습니다. 하지만 지역 경찰은 저를 안으로 들어 보냈습니다. 왜냐하면 경찰은 저를 교육받은 사람으로 간주했기 때문입니다. 초인종이 다른 때처럼 그렇게 울렸고 정적을 깼습니다. 그러나 이번에는 그 맑고 생생한 울림이 저를 오싹하게 했습니다. 그것은 여기에 어울리지 않은 것 같았습니다.

투르코바 부인은 부엌으로 통하는 문지방에 얼굴을 밑으로 한 채 엎어져 있었습니다. 머리 밑에는 시커먼 피바다가 되어 있었습니다. 목덜미의 하얀 머리털들은 피투성이였고 검게 달라붙어 있었습니다. 그 순간 저는 갑자기 이상한 느낌이 들었습니다. 전쟁 중에서도 경험해보지 못한 죽은 사람이 풍기는 공포.

저는 벌써 전쟁에 대해 거의 잊어버렸다는 것이 이상했습니다. 사실 사람들은 천천히 전쟁을 망각합니다. 그리고 그래서 아마 새로운 전쟁이 언젠가 일어나야 하는지도 모르겠습니다. 그러나 저는 일반적으로 아무에게도 전혀 소용이 없는 그 살해된 노파를, 엽서 하나 제대로 팔 줄 모르는 그 작은 가게 여주인을 결코 잊을 수가 없었습니다. 살해당한 사람은 그냥 죽은 사람과는 뭔가 다릅니다. 거기에는 뭔가 무서운 비밀이 있습니다.

저는 도대체 왜 투르코바 부인이, 그런 평범하고 빛바랜 인물이, 아무에게서도 관심을 받지 못하는데, 살해되어야 하는지를 이해할 수 없었습니다. 그렇게 애처롭게 누워 있는 그녀에게 경찰이 허리를 굽혀서 보고 있고, 그리고 바깥에서는 수많은 인파가 투르코바 부인을 조금이라도 보려고 밀치고 있는 것을 저는 이해할 수 없었습니다. 저는 감히 말하고 싶습니다. 저 불쌍한 여인은 지금 얼굴을 검은 피바다에 파묻고 누워 있을 때처럼 그렇게 크나큰 관심을 불러일으킨 적이었었습니다. 그것은 마치 그 여자가 갑자기 이상하고 무서운 중요성을 가진 것 같았습니다. 저는 한 번도 그 여자가 어떤 옷을 입었으며 무슨 모습이었는지 자세히 본 적이 없었습니다. 하지만 지금 저는 그녀를 거대하고 기괴하게 확대한 렌즈로 바라보는 것 같았습니다.

그녀의 한쪽 발에는 천으로 된 슬리퍼가 신겨져 있었고, 다른 슬리퍼는 벗겨져 있었고, 발뒤꿈치에 슬리퍼가 기워진 것이 보였습니다. 저는 바느질 하나하나를 볼 수 있고, 그것은 제게 뭔가 무서워 보였습니다. 마치 그 보잘것없는 슬리퍼도 살해된 것 같았습니다. 한쪽 손이 바닥을 잡으려고 했습니다. 그것은 바싹 말라 빠졌고 새의 발톱처럼 연약해 보였습니다. 그러나 가장 참혹한 것은 살해당한 노파의 목덜미에 비틀어진 회색의 머리칼이었습니다. 왜냐하면 그것은 조심스럽게 땋아져 있었고, 엉겨 붙은 핏줄기 가운데서 낡은 주석 통처럼 번쩍거렸습니다. 저는 그런 얼룩진 여자의 땋은 머리보다도 비통한 것을 본 적이 없었던 것 같은 느낌이었습니다. 피 묻은 리본 하나가 귀 뒤에 말라 붙었고, 푸른 색깔의 준보석이 달린 작은 귀걸이 하나가 그 위에서 반짝거렸습니다. 저는 더 이상 견딜 수 없었습니다. 저의 다리가 후들거렸습니다.

'하나님 맙소사.' 저는 소리쳤습니다.

부엌에 있던 경찰은 바닥에서 뭔가를 찾다가 걸음을 멈추고 저를 바라보았습니다. 그는 마치 기절할 듯이 창백해졌습니다.

'이봐요 경관.' 저는 수다를 떨었습니다. '당신도 전선에 있었지요?'

'있었습니다.' 경찰은 목쉰 소리로 말했습니다. '하지만 이것은… 이것은 뭔가 달라요. 이것 좀 보세요.' 그는 덧붙이고 문에 처져 있는 커튼을 가리켰습니다. 그것은 구겨져 있었고 피로 물들어 있었습니다. 살인자가 거기에 손을 닦았음이 분명했습니다.

'하나님 맙소사.' 저는 한숨을 몰아쉬었습니다. 저는

거기에 얼마나 참을 수 없는 무서운 것이 있는지 알지 못했습니다. 그것은 끈적거리는 피 묻은 손자국인지 아니면 커튼, 범죄의 희생이 된 깨끗한 커튼인지 좌우간 저는 정말 알 수 없었습니다. 그러나 그때 갑자기 부엌에서 카나리아가 크게 울고 나서는 길게 지저귀기 시작했습니다. 제 말 좀 들어보십시오. 저는 더 이상 견딜 수가 없었습니다. 저는 무서워서 그 가게를 도망쳐 나왔습니다. 저는 그 경찰보다 더 창백해졌다고 생각합니다.

잠시 후 저는 집 정원에 있는 마차 샤프트에 앉아서 생각을 집중하려고 애를 썼습니다.

'너는 바보 멍청이.' 저는 속으로 말했습니다. '너는 비겁자야. 그건 그저 평범한 살인사건이야! 좌우간 넌 전에 피를 본 적이 있었잖아? 너는 마치 진흙 묻은 돼지처럼 네 자신의 피에 젖은 적이 있었잖아? 너는 네 부하 병사들에게 130명의 죽은 자들을 위해 구덩이를 파라고 소리치지 않았어? 130명의 죽은 자들을 나란히, 그건 정말 꽤나 긴 열이지. 마치 지붕널처럼 나란히 눕혀 놨지만. 너는 그 열을 따라 걸어갔고, 담배를 피워 물고는 병사들에게 대고 소리쳤었지. "자 좋아, 빨리 움직여,

빨리 움직여, 우린 이제 시간이 없어!" 좌우간 너는 그렇게 많이 죽은 시체를 보지 않았어. 그렇게 많이 죽은 시체를…'

'그래, 맞아.' 저는 속으로 말했습니다. '나는 그렇게 많은 주검들을 목격했지. 그러나 나는 하나의 외로운 시체를 보지는 않았어. 나는 얼굴을 들여다 보고 머리카락을 만져 보기 위해서 시체에 무릎을 꿇지는 않았어. 시체는 무서울 정도로 조용했어. 너는 그 시체와 단둘이서… 숨도 쉬지 않고… 시체를 이해하기 위해서라면. 130명 모두 각자 너에게 말하려고 애를 썼었지. "중위님, 그들이 저를 죽였어요. 제 손을 보세요, 좌우간 이건 사람의 손이라고요!"' 그러나 우리 모두는 그 시체들로부터 몸을 돌려 버렸지요. 우리들이 전쟁을 원했다면 우리는 죽은 자들에게 귀를 기울일 수 없었습니다.

하나님 맙소사. 사람들 남자 아이들, 여자들과 어린이들까지 마치 벌떼처럼 죽은 자의 주위에 몰려와서 겁에 질린 채 시체의 일부분을 보기 위하여, 적어도 신발 안에 있는 발이나 피로 물든 머리카락 뭉치를 보려고 법석을 떨었습니다. 그때는 아마도 이런 일은 없었을 것입니다. 아니 그때는 이런 일은 일어날 수 없었어요.

그리고 저는 어머니를 무덤에 묻었습니다. 그녀의 모습은 엄숙했습니다. 그녀는 그 아름다운 관 속에서 평화스럽고 고귀했습니다. 그녀는 제게 이상하게 보였습니다, 그러나 위협적이지는 않았습니다. 그러나 이것은, 이것은 주검보다 뭔가 달랐습니다. 살해당한 자는 죽은 자가 아닙니다. 살해당한 자는 슬퍼합니다. 마치 살해당한 자는 가장 크게 참을 수 없는 고통으로 외치는 것 같았습니다. 우리는 그것을 알고 있었습니다. 저와 그 경관, 즉 우리는 그 가게에 유령이 있다는 것을 알았습니다. 그리고 저에게 뭔가 나타나기 시작하였습니다. 저는 우리가 영혼을 가지고 있는지 모르겠습니다. 그러나 우리들에게는 불멸하는 것들이 있습니다. 정의를 위한 본능 같은 것이 있습니다. 저는 다른 어떤 사람보다 낫지 않았습니다. 그러나 저의 내부에는 저에게만 속한 것이 아닌, 뭔가가 있었습니다. 그런 정확한 예감과 거대한 질서. 저는 제가 말을 잘못하고 있다는 것을 알고 있습니다. 그러나 그 순간 저는 죄가 무엇인지, 그리고 하나님에 대한 죄악이 무엇이라는 것을 알았습니다. 아시다시피 살해당한 자는 더럽혀지고 파괴된 성당 같았습니다."

* * *

"그 노파를 살해한 자는 어떻게 되었어요?"

도베시가 물었다.

"그자를 잡았어요?"

"잡았습니다."

하나크는 계속했다.

"말하자면, 경찰들이 그 장소에서 범행을 현장검증하고 그자를 가게로부터 데려오고 나서 이틀 후에 저는 그자를 봤습니다. 아마 저는 그자를 5초간 정도만 봤을 것입니다. 하지만 그것은 또다시 괴물같이 확대된 렌즈를 통해서 본 것 같았습니다. 그자는 젊은 시골머슴이었습니다. 그는 손에 수갑을 차고 있었고, 이상할 정도로 빨리 걸어가고 있어서 경찰관들이 그를 따라잡기 힘들 정도였습니다. 그의 코는 땀으로 젖어 있었고 튀어나온 두 눈은 놀라서 깜박거리고 있었습니다. 저는 결코 그런 얼굴을 잊어버릴 수가 없었습니다.

그런 장면을 본 후 저는 매우 고통스럽고 괴로웠습니다. 이제 그자는 기소당할 것입니다. 그자를 사형에 처하기 위해 아마 두 달간 심문을 하리라고 생각됩니다. 드디어 저는 제가 그를 불쌍히 여기게 됐다는 것을, 그리고 만일 그자가 거기로부터 도망을 쳤다면 저는 거의 위안을 느꼈을 것이라는 것을 깨달았습니다. 그자가 불쌍한 모습을 해서가 아니라 그 반대였습니다. 하지만 저는 그를 너무나 가까이서 봤습니다. 저는 고통 속에서 명멸하는 그자를 보았습니다. 빌어먹을, 저는 전혀 감상적인 사람이 아니었습니다. 그러나 그렇게 가까이 보니 그자는 살인자가 아니었습니다. 그는 그저 한 인간이었습니다. 저는 감히 말하건대 제 스스로도 그것을 이해할 수 없었습니다. 제가 만일 그의 판사였다면, 저는 무엇을 해야 할 줄 몰랐을 것입니다. 하지만 저는 마치 제 자신이 구원을 필요로 한 것처럼 그 모든 것에 대해 슬펐습니다."

배심원

"한때 정말로 저는 판결을 내려야 했습니다."

피르바스는 말했다.

"왜냐하면 저는 배심원으로 선출되었기 때문입니다. 바로 그때 자신의 남편을 살해한 루이자 카다니코바의 사건이 법정에 회부되었습니다. 우리는 8명의 남자 배심원과 4명의 여자 배심원으로 구성되었습니다. 그런데 우리 남자 배심원들은 먼저 거의 침묵을 지키기로 약속을 했습니다. 네 명의 여자 배심원들이 그 여자가 무죄로 풀려나가는 것을 보도록 말입니다! 그래서 우리들은 먼저 그 루이자에게 비정하게 대하기로 했습니다.

기본적으로 그것은 충분할 정도로 불행한 결혼 사건

이었습니다. 카다니크는 공공 검사관이었고 자기보다 스무 살이나 어린 신부를 맞이했습니다. 루이자는 결혼했을 때 어린 소녀였습니다. 벌써 결혼식 날부터 젊은 신부는 울기 시작했고, 새 남편이 그녀를 만지려고 했을 때 그녀는 백묵처럼 창백해지고 거부감으로 온몸을 떨었다고 증언을 한 증인이 있었습니다. 저는 자주, 그것은 무서운 경험임이 틀림없고, 그런 순진한 경험이 없는 소녀가 결혼식 후에 겪어야 하는 것이라고 생각했습니다. 그녀의 남편은 아마도 여자들을 다룰 줄 알고, 그렇게 그녀를 취급했을 것이라는 것을 이해하시기 바랍니다. 자, 틀림없이 남자는 그것이 어떤지 상상할 수 없을 것입니다….

…그러나 담당검사는 루이지츠카(루이자의 애칭: 역주)가 벌써 결혼 전에 어떤 학생과 관계를 가졌고, 결혼 후에도 그와 편지를 주고받았다고 말한 다른 증인을 또다시 찾아냈습니다. 간단히 말해 결혼식이 끝나고 나서 얼마 안 되어 결혼생활은 잘못되어 간다는 것이 판명되었습니다. 루이자 부인은 분명하게 그녀의 남편에게 육체적인 혐오를 나타내곤 했습니다. 1년 후 그녀는 유산을 했고 그때부터 그녀는 부인병을 앓게 되었습니다. 검사관

카다니크는 다른 곳에서 파산된 결혼생활의 보상을 찾았고, 집에서는 한 푼을 두고 소란을 피웠습니다. 어떤 불행한 날 그들은 실크 블라우스인가 뭔가 때문에 또다시 장면을 연출했고, 검사관 카다니크는 가정에서 시달림을 받고 싶지 않다고 중얼거리기 시작했습니다. 그 순간 루이지츠카는 그의 뒤에 접근하여, 그의 두개골 밑을 향해 권총을 쐈습니다.

그러고 나서 그녀는 복도로 나가서 이웃집 문을 두드리고는 자신의 남편에게 오도록 했습니다. 그녀는 자기가 남편을 죽였고, 자수를 하겠다고 말했습니다. 하지만 그녀는 계단에서 경련을 일으켜 넘어졌습니다. 이것이 사건의 전말이었습니다.

이제 우리는 20일 동안 그녀의 죄를 심판하려고 법정에 앉았습니다. 사람들이 말하기를 루이지츠카는 이전에 아름다운 처녀였으나 아시다시피 재판 동안의 구금은 여성의 아름다움에 도움이 되지 않습니다. 그녀는 퉁퉁 부어올랐고, 그녀의 창백한 얼굴로부터는 그런 사악하고 저주어린 두 눈이 불타올랐습니다.

재판장은 정의의 화신처럼 높은 곳에서 군림했고, 검은 제복을 입은 사제처럼 매우 위엄이 있어 보였습니다. 기소를 한 검사는 제가 본 중에서 가장 멋진 검사였습니다. 황소처럼 힘이 셌고, 살찐 호랑이처럼 긴장감을 불러일으키고 공격적이었습니다. 보시다시피 그는 권력과 우세함을 즐기기라도 하듯이 아래 법정에 앉아 있는 자신의 먹이를 잡아먹을 듯한 모습이었습니다. 반면에 피고는 불타는 눈빛으로 끔찍할 정도로 검사를 저주하고 있었습니다.

피고 측 변호사는 매 순간마다 성마르게 일어나서 검사와 논쟁을 벌였습니다. 우리들 배심원들은 고통스러웠습니다. 왜냐하면 그것은 살인을 한 여자에 대한 재판이 아니라 변호사와 검사의 논쟁 같았기 때문입니다.

좌우간 우리는 일반인들을 대표하는 배심원들이었고, 우리는 우리 자신들의 양심에 따라 재판을 하려고 여기에 왔습니다. 하지만 최선의 의도에도 불구하고 우리들은 그러한 변호사들의 논쟁과 공식적인 법정의 형식주의 때문에 지루해서 미칠 지경이었습니다. 뒤쪽에서 방청객들은 밀치며 루이자 카다니코바의 사건에 대해 격식 차리지 않는 태도를 보였습니다. 그 여자가 긴장과 피로에 지쳐서 침묵을 지킬 때마다 그들은 즐겁게 투덜거리는 것을 들을 수 있었습니다."

피르바스는 마치 땀을 흘리듯이 이마를 문질러댔다.

"그 순간 저는 배심원으로 뽑힌 게 아니라 고문대에 있는 기분이었습니다. 마치 저는 스스로 일어나서, 저는 모든 것을 자백할 테니 여러분들이 원하는 대로 하십시오, 라고 말하는 것 같았습니다.

그러고 나서 증인들이 나왔습니다. 모두들 중대하게 증언했습니다. 그들은 뭔가를 알고 있다는 듯이 자신감에 젖어 있었습니다. 그들의 증언들로부터 여러분들은 그 작은 도시의 분위기를 느낄 수 있었습니다. 온갖 그런 앙심들, 소문들, 족벌주의, 억측들, 시기들, 음모들, 정치적 흥정들, 지루함들을.

증인들에 의하면 고인은 정직하고 정확한 사람이었으며 예의바른 시민이었습니다. 그는 또 다음과 같은 가장 멋진 평판을 즐겼습니다. 그는 바람둥이였고, 구두쇠였으며, 잔인한 인간이었으며, 타락자였으며, 난폭자였습니다. 한마디로, 여러분들은 그중 어느 하나를 선택할 수 있습니다. 루이자 부인은 더욱 나빴습니다. 사람들이 말하길, 그녀는 바람기가 있고 헤픈 숙녀라고 했습니다. 그녀는 비단 내의를 입었고, 가정일은 돌보지 않았으며 빚에 시달리고 있다고….

담당 검사가 냉소를 띠고 아래로 고개를 숙였습니다.

'피고인, 피고인은 결혼 전부터 어떤 남자와 친밀한 관계를 이어왔습니까?'

피고인은 입을 다물었으나, 그녀의 얼굴은 붉으락 푸르락 했습니다.

변호사가 일어났습니다.

'실례지만 이것 좀 들어보시기 바랍니다. 카다니크는 자기 집에서 일하는 하녀를 건드린 적도 있습니다. 그 여자 사이에 아기도 가졌습니다….'

재판장은 눈살을 찌푸렸습니다. 재판장이, '하나님 맙소사. 이 재판은 끝없이 이어질 셈인가!'라고 생각하는 것이 눈에 보였습니다. 그동안 고통스러운 가정문제가 끝없이 이어졌습니다. 그 둘 중 누가 먼저 결혼생활의 불화를 일으켰는지, 루이자 부인은 집안 살림으로 얼마를 받았는지, 그녀의 남편은 질투심을 가졌는지…. 그 오랜 심리의 기간 동안 제게는 그렇게 보였습니다. 그들은 고인이 된 카다니크와 그의 결혼에 대해서 이야기하는 게 아니라 저에 대해, 또는 다른 배심원에 대해 이야기하는 것 같았습니다. 아니면 우리들 중 어떤 배심원에 대해서인지는 저는 모르겠습니다. 하나님 맙소

사. 제가 저지른 그 죽은 자에 대해 그들은 도대체 무슨 이야기를 하는지. 아마도 그런 일은 어디든지 어디서나 일어날 수 있는 것인데, 왜 그것에 대해 말하는지.

제게는 그렇게 보였습니다. 우리 남자들과 여자들 모두를 하나씩 하나씩 발가벗기는 것 같았습니다. 마치 우리들의 사적인 언쟁들을 들춰내고, 우리들의 시시하고 추잡한 은밀한 것들을 공공연하게 말하고, 우리들의 침실과 습관들의 비밀들을 끄집어내는 것 같았습니다. 예, 그렇습니다. 마치 그들은 우리들의 삶을 묘사하는 것 같았습니다. 하지만 지옥을 닮은 듯이 뭔가 사악하게 잔인하게 말입니다. 그 카다니크는 실제로 그렇게 최악의 인간은 아니었습니다. 그자는 거칠었고, 부인에게 폭력을 행사하였고 창피를 주곤 했습니다. 그자는 고집이 세고, 구두쇠였습니다. 왜냐하면 그는 돈을 별로 벌지 못했니까요. 그는 호색한이었고, 하녀를 유혹했고, 과부를 농락했습니다. 하지만 그것은 아마도 원한과 상처받은 남자의 공허 때문이었을 것입니다. 왜냐하면 루이자는 마치 남편이 역겨운 곤충처럼 그를 저주했습니다.

변호인단의 몇몇 증인들이 살해당한 자에게 반대되

는 증언을 한 것은 여러분들에게 이상하게 보일 것입니다. 그자가 얼마나 심술궂고, 옹졸하고, 잔인하고, 성적으로 노골적이고, 횡포한 사람이었는지요. 우리 남자들 배심원들에게 혐오와 단결심 같은 것을 불러 일으켰습니다. 그만! 우리는 마치 그것 때문에 우리들이 총살이라도 당한 것처럼 느꼈습니다. 그리고 다른 증인이 루이자 부인에게 불리하게 증언했습니다. 그녀는 경박하고, 멋지게 차려입고 기타 등등. 우리들은 남자 배심원들은 배심원석에서 뭔가 관대함 같은 것을, 우리들이 그녀를 보호하고픈 감정을 느꼈습니다. 반면에 우리들 사이에 앉아 있는 여자 배심원들은 입술을 베어 물고 용서할 수 없는 눈초리로 그녀를 쏘아보고 있었습니다.

하녀들과 의사들, 이웃들과 수다쟁이들의 눈들을 통하여 보여 왔듯이, 여러 시간, 여러 날 동안 부부간의 지옥 생활이 지속되었습니다. 불화와 빚, 병마, 가정의 현장들, 인간의 한 쌍이 겪는 모든 사악한 것들, 히스테리컬하고 고통스러운 것들. 마치 우리들 앞에 인간의 내장들이 그 비참한 꼴로 드러난 것처럼요. 제 말 좀 들어보세요. 저에게는 착하고 품위 있는 아내가 있습니다. 하지만 그 순간 잠시 동안 거기 아래에서 루이자 카다니코바를 보지 못했습니다. 하지만 저는 그녀의 남편 피르바스 두개골 뒤에 총을 쏴서 기소된 제 자신의 아내, 리다를 보았습니다.

저는 제 머리에서 그 총알의 무서운 고통을 느꼈습니다. 저는 리다가 창백하고 보기 흉하게 부어오른 모습을 보았습니다. 그녀는 입술을 굳게 물고, 흉악하고, 역겹고 그리고 무서운 두 눈으로 나를 훑어보고 있었습니다. 여기서 그들이 까발리고 허물을 드러내는 자가 저의 리다였습니다. 그것은 제 아내이고, 제 침실이고, 저의 비밀들이고, 저의 슬픔들이고 저의 난폭함이었습니다. 저는 거의 울 뻔하였고, 이렇게 말했습니다.

'오 리다, 보다시피 당신이 우리들을 어디로 몰아갔는지!'

저는 그런 무서운 망상을 벗어나기 위하여 두 눈을 감았습니다. 그러나 증인들의 언급은 어둠 속에서 더욱 고통스러웠습니다. 그리고 제 두 눈이 공포에 젖어 리다를 내려다 봤을 때, 저의 가슴은 찢어지는 것 같았습니다.

'하나님 맙소사, 리다 당신은 어떻게 그렇게 변할 수 있었나요!'

제가 배심원의 의무를 마치고 집으로 돌아왔을 때, 리다가 조바심을 하며 물었습니다.

'그래서 그녀가 유죄를 선고 받았나요?' 재판은 그 나름대로 큰 화제를 불러일으켰습니다. 주로 결혼한 부인들에게 흥미를 불러일으켰습니다.

'나라도.' 제 아내는 흥분하여 불같은 관심을 가지고 선언했습니다. '나라도 그녀에게 유죄를 선고했을 거예요!'

'그건 당신하고는 아무 상관없는 일이요.' 저는 아내에게 소리쳤습니다. 아내와 그것에 대해서 이야기하는 것은 끔찍했습니다. 판결이 내리기 바로 전날 저녁 저는 불안과 초조에 떨었습니다. 저는 이 방 저 방을 배회하며 곰곰이 생각에 잠겼습니다. 우리가 루이자를 석방한다고 칩시다. 그 네 명의 여자 배심원들은 무슨 소용이 있었을까요?

유죄판결에 한 표라도 반대하면 그녀는 석방이 됩니다. 자 그러니까, 보세요. 제 한 표에 달렸을까요? 저는 아무런 답을 찾을 수 없었어요. 갑자기 불안한 생각이 떠올랐어요. 저는 침대머리 책상에 장전된 권총을 가지고 있습니다. 그것은 군 시절부터의 버릇입니다. 언젠가 제 아내 리다의 손 안에 들어가기가 얼마나 쉬운 일인가! 저는 그것을 손에 잡아 보았습니다. 나는 이것을 어디에 숨기거나 완전히 없애 버릴 수 없단 말인가? 아직은 아니야, 저는 쓴 웃음을 지었습니다. 루이자의 사건이 끝날 때까진! 그리고 다시 저는 제 자신을 고문시켰습니다. 그래, 그것은 어떻게 끝날까. 나는 어떻게, 하나님 맙소사. 나는 어떻게, 나는 어떻게 투표해야 한단 말인가?

마지막 날 검사가 말했습니다. 그는 설득력 있고 단호하게 말했습니다. 무엇이 그로 하여금 진실을 말하게 했는지 저는 모르겠습니다. 그러나 그는 가족의 인간적인 관계에 대해서 잘 이해하고 있었습니다. 가족, 가정생활, 부부, 남편과 아내, 여자의 역할과 의무에 대해서 그가 얼마나 크게, 특별하게 강조하는지 저는 마치 멀리서 듣는 것 같았습니다. 사람들이 말하기를 그것은 법정에서 한 가장 멋진 변론이라고 했습니다.

그러고 나서 루이자의 변호사가 변론하였는데 끔찍한 말을 했습니다. 그는 성적 병리에 대한 자신의 방어를 언급했습니다. 성적으로 냉담한 소위 불감증의 여자가 잔인한 남자의 성기에 어떤 혐오감을 느끼는지, 그녀의 육체적 혐오가 어떻게 증오 속에서 자라는지, 무모한 성적인 폭군의 의지와 색욕에 굴복하는 여자가 얼마나 비극적인 희생이 되는지에 대해 그는 증명했습니다.

그 순간 전 배심원들이 태도를 바꾸어 루이자 부인을 향해 냉담하게 대하는지를 느낄 수 있었습니다. 인간사회 질서나 뭐 그런 것을 혼란시키고 위협하는 비정상적인 것들에 대한 배심원들의 잠재의식적인 혐오가 발생했습니다. 그 네 명의 여자배심원들은 창백해졌고 의무 같은 것을 어긴 그 여자에 대한 적대감정이 일어났습니다. 천치바보 변호사는 자신의 성적인 이론을 열렬하게 펼쳤습니다.

재판장은 인내심을 가지고 배심원들의 놀란 표정을 얼빠진 듯이 바라보고는 자신의 최종평결에서 상황을 수습하려고 최선을 다했습니다. 그는 가정에 대해서도 성적 노예에 대해서도 말하지 않았습니다. 그러나 살해당한 사람에 대해서만 언급했습니다. 그것은 우리들 배심원들을 안심시켰습니다. 솔직히 말해서, 그런 견해로부터 그 사건은 뭔가 보다 더 소화할 수 있었고, 더욱 단순해지고 거의 견딜 수 있었습니다.

마지막 순간까지도 저는 유죄 문제에 대해 어떻게 대처해야 할지를 몰랐습니다. 그러나 그 문제, 즉 루이자 카다니코바가 의도를 가지고 자신의 남편 얀 카다니크를 살해하려고 총을 쏜 것에 대해 죄가 있는지를 우리들에게 물었을 때, 첫 열에 앉아 있던 저는 주저 없이 그렇다고 말했습니다. 왜냐하면 사실 그녀는 그를 살해하려고 마음을 먹었고 그렇게 실행했습니다. 그리고 12명의 배심원들이 그렇다고 대답했습니다.

그러고 나서 어리둥절한 침묵이 흘렀습니다. 저는 배심원 석에 앉아 있는 네 명의 여자 배심원들을 바라보았습니다. 그들은 엄하고 거의 의례에 가까운 표정을 지었습니다. 마치 바로 인간다운 가정의 이익을 위해 싸울 준비가 된 것 같았습니다.

제가 집에 돌아왔을 때 제 아내 리다는 흥분 때문에 창백해져서 저에게 버럭 소리를 질렀습니다.

'자, 어떻게 판결이 났어요?'

'루이자 말이요?' 저는 기계적으로 말했습니다. '열두 명이 유죄를 판결했소. 그녀는 교수형에 처해질 것이오.'

'그건 끔찍하군요.' 리다는 순진스러운 잔인함을 가

지고 숨을 몰아쉬었습니다. '하지만 그녀는 그럴 만해요!'

그 순간 제 속에서는 긴장인지 뭔지가 풀어졌습니다.

'그래요.' 저는 제 자신도 이해할 수 없는 급한 성미를 가지고 리다에게 소리를 질렀습니다. '그녀는 그럴 만하지. 왜냐하면 바보짓을 했으니까! 기억해둬, 리다. 만일 그 여자가 두개골 밑 대신 관자놀이를 쐈더라면 그녀는 그가 자살했을 것이라고 주장할 수 있었어. 리다 이해하겠어? 그랬더라면 풀려날 수도 있었을 텐데. 기억해둬, 관자놀이를!'

저는 제 뒤로 문을 쾅 닫았습니다. 저는 혼자 있고 싶었습니다. 여러분들이 아시는 바대로 바로 저의 그 권총은 잠그지 않은 책상서랍에 아직도 있습니다. 저는 그것을 없애지 않을 것입니다."

인간이 남긴 최후의 것들

"사형선고를 받는 것은 무서운 경험입니다."

쿠클라가 말했다.

"저는 그것을 알고 있습니다. 왜냐하면 저는 언젠가 한번 제가 처형당하기 직전인 제 인생의 마지막 순간을 경험했기 때문입니다. 말할 필요도 없이 그건 꿈속에서 일어났습니다. 하지만 꿈은 비록 가장자리에만 있을지라도 그것은 또한 다른 것과 마찬가지로 인생의 일부분입니다. 그 가장자리에는 여러분들이 가지고 있는 훌륭한 것들은 많이 남아 있지 않습니다. 이봐요, 여러분들이 인생에서 자랑하는 그런 것들은 아무것도 남아 있지 않아요. 거기에 남아 있는 것이라고는 섹스, 공포, 허무 그리고 여러분들이 부끄러워하는 다른 몇몇 가지들, 아마도 그것들이 바로 인간이 남긴 최후의 것들일 것입니다.

어느 날 오후에 저는 짐 나르는 노새처럼 피로에 지쳐서 집으로 돌아왔습니다. 저는 지독하게 일을 했습니다. 그래서 저는 바닥에 누워서 시체처럼 잠이 들었습니다. 그리고 느닷없이 꿈속에 문이 열리고 전혀 알 수 없는 미지의 사람이 문지방에 서 있었습니다. 그 사람 뒤에는 장전한 총검을 잡은 두 병사가 있었습니다. 저는 그 이유를 알 수 없었습니다. 그러나 이 병사들은 코사크 복장을 하고 있었습니다.

'일어나세요.' 미지의 사나이가 거칠게 말했습니다. '준비하세요, 내일 아침 당신에게 사형 선고가 내릴 것입니다. 아시겠어요?'

'알겠습니다.' 저는 대답했습니다. '그렇지만 사실 저는 그 이유를 모르겠는데요.'

'그건 우리와는 상관없어요.' 그 사람은 제게 쏘아붙였습니다. '여기 우리는 사형집행 명령서를 가지고 있을 뿐이오.'

그리고 그는 뒤로 문을 꽝 닫고 나가버렸습니다.

그 후 저는 앉아서 생각에 잠겼습니다. 이건 정말 모를 일이었습니다. 만일 누군가가 꿈속에서 상상하면, 정말 그는 상상할까, 아니면 상상한다고 꿈을 꾸는 것일까요? 그것들은 저의 생각일까요, 아니면 제가 꿈을 꾸었다고 생각하는 것일까요, 마치 우리가 직면한 꿈처럼 말입니다.

제가 알고 있는 것이라고는 제가 온통 생각에 골몰하였고, 동시에 그 생각들을 이상하게 느꼈다는 것입니다. 맨 먼저 저는 심술궂은 만족감을 가지고 그것은 실수라고 생각했습니다. 즉 내일 제가 부주의에 의해서 처형될 것이고, 그것 때문에 그들은 창피를 당할 것입니다. 그렇지만 그것 때문에 제게는 지독한 불안이 쌓였습니다. 저는 정말로 처형되고 저는 아내와 아이들을 남겨둘 것입니다. 그들은 어떻게 될까, 하나님 맙소사 그들은 무엇을 할까요. 그것은 정말 고통이었습니다. 마치 제 가슴이 피투성이가 되는 것 같았습니다. 그러나 동시에 저는 제가 아내와 아이들을 그렇게 열렬하게 염려하고 있다는 것에 대해 제 자신에 만족하고 감사한 마음이 들었습니다.

'자 이것 봐라,' 저는 제 자신에게 말했습니다. '이것이 죽음으로 가는 한 인간의 최후의 생각이다!' 저는 뭔가 커다란 아버지다운 슬픔을 즐기는 것 같았습니다. 이것은 거의 제 기분을 앙양시키는 것 같았습니다. 저는 아내에게 말해야 하는 것이 기뻤습니다.

하지만 그때 제게 충격이 일어났습니다. 저는 보통 처형 집행은 매우 이른 새벽녘에, 4시나 5시에 실행되고, 그래서 저는 처형을 당하려면 아주 일찍 일어나야 한다는 것을 상기해 냈습니다. 사실 저는 아침에 일어나는 것을 싫어합니다. 이제 그 병사들이 새벽에 저를 깨운다는 생각이 모든 것을 지워 버렸습니다. 제 가슴이 덜컥 내려앉았고 저는 제 운명에 대한 동정 때문에 거의 울 뻔했습니다. 저는 일어나는 것이 무서웠습니다. 저는 안도의 숨을 내쉬었습니다. 하지만 저는 아내에게는 그 꿈 이야기를 하지 않았습니다."

* * *

"인간의 최후의 것들이라…."

스크르지바네크가 말했다. 그는 당황하면서 얼굴을 붉혔다.

"저도 여러분들에게 이야기 하나를 하겠습니다. 하지만 그게 바보처럼 보일지 모르겠습니다만."

"그렇지 않을 거요." 타우싱이 보장했다. "그냥 속 시원하게 이야기 좀 해봐요!"

"저는 잘 모르겠습니다." 스크르지바네크가 불확실하게 말했다.

"사실 저는 한때 총으로 자살하고자 했습니다. 그렇게 쿠클라 씨가 삶의 가장자리에 대해서 말한 것처럼 말입니다. 인간이 자살하고 싶다는 생각, 또한 삶의 가장자리입니다."

"계속해 봐요." 카라스가 말했다. "왜 당신은 그렇게 하고 싶었습니까?"

"심약함 때문입니다." 스크르지바네크는 더욱 벌게지면서 말했다. "저는 그러니까, 저는 고통을 참을 수 없습니다. 그 당시 저는 삼차신경의 염증을 가지고 있었습니다. 의사가 말하기를 그것은 인간이 견딜 수 있는 가장 큰 고통의 하나라고 했습니다. 저는 잘 모르겠습니다."

"그건 사실이지요." 비타세크 박사는 중얼거렸다. "이봐요, 그런 당신이 가엽군요. 그런 증상이 계속 되풀이 되나요?"

"되풀이됩니다." 스크르지바네크의 얼굴이 붉어졌다. "하지만 저는 더 이상… 하고 싶지 않군요. 그것이 바로 제가 당신에게 말하고자 한 것입니다."

"자, 그러니 말하십시오." 돌레잘이 그에게 용기를 북돋아줬다.

"그건 말로 표현하기가 어렵군요." 스크르즈바네크는 부끄러워하며 자신을 방어했다. "사실… 이제 벌써 그 고통이…"

"인간이 동물처럼 소리를 질러대지요." 비타세크 박사가 말했다.

"예, 그렇습니다. 가장 나빴던 때가… 제 3일째 밤이었습니다. 저는 브라우닝 권총을 침대머리 책상 위에 놓았습니다. 한 시간만 더. 저는 생각했습니다. 더 이상은 견딜 수 없어. 왜 제가, 왜 제가 또 다시 그런 시련을 겪어야 하는지? 저는 계속해서 저에게 그런 불의가 들이닥친 것을 생각했습니다. 왜 내가, 왜 또다시 내가…."

"당신은 약을 드셔야 합니다." 비타세크 박사가 소리를 질렀다. "트리제민이나 베라민, 또는 베라몬, 아달린, 알고크라틴, 미그라돈…."

“저는 그런 것들을 먹었습니다.” 스크르지바네크는 항의했다.

“이것 보세요. 저는 그런 약을 많이 삼키곤 했어요. 그래서 그것은 더 이상 효력이 없어요. 이러한 알약들은 저를 잠들게 했어요. 그러나 고통은 잠들지 않았어요. 아시겠어요? 고통은 남아 있었어요. 하지만 이제는 더 이상 저의 고통이 아니었어요. 왜냐하면 저는 너무나 약에 중독이 되어 저는 제 자신을 잃어버렸어요. 저는 더 이상 저를 알아보지 못했어요, 하지만 저는 그 고통은 알고 있었어요. 그래서 그 고통은 다른 사람의 고통처럼 느껴졌어요. 저는 다른 사람의 고통 소리를 들었어요. 그자는 조용히 울부짖고 신음했어요. 저는 그자가 참 안 됐어요…. 저는 슬픔의 눈물을 흘렸어요. 저는 그 고통이 커지는 것을 느꼈어요. 하나님 맙소사. 저는 속으로 말했습니다. 그자가 그걸 어떻게 참아내는지요! 아마도, 아마도 저는 그자가 고통을 더 이상 느끼지 못하도록 그자를 총으로 쏠 것 같았어요! 그러나 그 순간 저는 공포에 사로잡혔어요…. 아니 그건 안 돼! 저는 잘 모르겠어요, 저는 갑자기 그의 생명에 이상한 존경심을 느꼈어요. 바로 그자가 한량없는 고통을 겪었기 때문에요."

스크르지바네크는 당황한 나머지 이마를 문질렀다.

"저는 그것을 어떻게 묘사해야 할지 모르겠습니다. 아마도 그것은 그런 알약들 때문에 나타난 정신착란이었을 거예요. 그러나 동시에 그것은 믿을 수 없을 만큼 선명했어요…. 눈부실 정도로 또다시. 저는 고통을 겪고 신음을 하는 자는 바로 인류라는, 인간 자체라는 환상을 가졌습니다. 저는 그저 그런 고통의 증인이고, 고통의 침대머리를 지키는 야간 불침번일 뿐이었어요. 만일 제가 거기에 없었더라면 그런 고통은 아무런 소용이 없었을 것입니다. 그것은 어느 누구도 모르는 그 어떤 위대한 성취였어요.

그것은 말하자면 이전에… 그것이 저의 고통이었을 때… 저는 벌레처럼 불쌍하고 그런 하잘 것 없는 것 같았어요. 그러나 지금 그 고통이 저를 초월했을 때, 저는 인생이 얼마나 위대한지 두려움을 느꼈습니다. 저는 그것을 느꼈습니다…."

스크르지바네크는 당황하여 땀을 흘렸다.

"여러분들 저를 비웃지 마십시오. 저는 그 고통이… 일종의 희생이라고 느꼈습니다. 아시다시피 그래서 모든 종교는… 하나님의 제단에 고통을 바칩니다. 그래서 그것들은 피 흘리는 희생양들이고… 그리고 순교자들입니다…. 십자가에 못 박히신 하나님입니다. 저는 그래서 신비로운 축복은 인간의 고통으로부터 유래한다는 것을 알고 있습니다. 그래서 우리는 인생이 성스럽게 하기 위해서는 고통을 겪어야 합니다. 어떤 기쁨도 충분할 정도로 힘차고 위대하지 않습니다…. 제가 이런 고통을 감내하면 제 마음속에는 뭔가 신성한 것이 깃들리라 느꼈습니다."

"신성한 것을 가지고 다닌다고요?" 보베스 신부는 흥미를 가지고 물었다.

스크르지바네크의 얼굴은 격렬하게 붉어졌다.

"아, 아닙니다." 그는 즉각 대답했다.

"좌우간 인간은 그것에 대해 모릅니다. 그러나 그때부터 저한테는 그런 존경이 있습니다. 제게는 모든 것이 더 중요한 것 같았습니다…. 각각의 작은 것과 개개의 사람이, 아시겠어요? 모든 것이 어마어마한 가치를 가지고 있어요. 저는 석양을 바라볼 때 그것은 무한한 고통을 위해서 가치가 있다고 제 자신에게 말합니다. 아니면 사람들, 그들의 일, 그들의 평범한 인생… 모든 것이 그 고통 때문에 가치를 가지고 있습니다.

저는 그것이 무섭고 말할 수 없을 만큼 가치가 있다는 것을 알고 있습니다. 그리고 저는 그것은 어떤 악도 아니고 어떤 벌도 아니란 것을 믿고 있습니다. 그것은 고통일 뿐입니다. 그것은 인생이 그런 위대한 가치를 가지게 하도록 하는 데 역할을 합니다."

스크르지바네크는 어떻게 계속해야 할지를 몰라서 갑자기 그쳤다.

"여러분들은 저에게 그렇게 친절하게 대해 왔습니다."

그는 불쑥 말하고는 감동을 받아 붉어지는 얼굴을 가리기 위하여 코를 풀었다.

|해설|

탐정소설의 백미, 차페크 산문문학의 길잡이

주머니 속 이야기 —창작의 길잡이

『길가 십자가』(1917)는 차페크의 최초의 단독 작품집이다. 차페크는 일찍이 신문에 콩트나 단편소설들을 연재함으로써 문학에 본격적으로 데뷔하였다. 그는 전통적인 사실주의에 입각하면서도 유토피아적이고 SF적인 요소와 탐정소설과 대중소설의 기법을 가미하여 독창적인 작품세계를 구축하였다.

그의 작품들의 철학적인 초점은 상대주의(Relativismus)로서, 절대자는 인간의 세계 밖에 존재하므로 인간은 자신의 세계 내에서 최대한의 지혜로 삶의 만족을 찾아야 한다는 주장이다. 그는 단편 「최후의 심판」에서 이 문제를 다루고 있다.

그는 이러한 긍정적인 입장에서 일상에서 따온 테마를 중심으로 재미있고 긴장감이 도는 단편 이야기를 발표한다. 범죄 추리소설과 인식론 철학소설을 종합하였다고 할 수 있는 그의 단편집 『첫 번째 주머니 속 이야기』(1929) 24편과 『두 번째 주머니 속 이야기』(1929) 24편에서 그는 이야기꾼으로서의 재능을 발휘한다. 인간 생활에서 일어나는 여러 사건들을 픽션화하면서 작가는 인간의 초능력, 인생의 신비스러운 것들을 다루면서 불가사의한 인생의 문제를 독자들 앞에 제시하지 판단을 하지는 않는다.

그는 이러한 단편집에서 다루었던 주제들을 발전시켜 훗날 대표작이라고 할 수 있는 3부작 소설들에서 더욱 심도있게 다룬다.

차페크는 자신의 단편 소설의 대표작인 〈두 주머니 속 이야기〉로 알려진 『첫 번째 주머니 속 이야기』와 『두 번째 주머니 속 이야기』를 쓰기 전에 『길가 십자가』라는 단편집을 1차 대전 중에 발표하였다. 이 작품도 그의 신문 기자로서의 경험과 전쟁에 의한 무의미한 인간의 희생에 자극받은 것이 많이 반영되었지만 당시 신문에 기고하던 이야기들보다는 더 철학적인 요소를 띄고 있다.

차페크가 두 주머니 속 이야기를 발표할 무렵 그는 벌써 위대한 기자요, 소설가와 드라마 작가로 세계적인 명성을 얻었다. 차페크에 의하면 이러한 단편들은 기자 생활을 하면서 경험한 사실적인 사실에 기반을 두고 있다. 그는 나날이 사건들을 취재하고 편집국으로 가는 중에 대충의 사건과 아이디어를 메모하고 하루 한 편 꼴로 글을 썼다.

차페크는 당시 일반적으로 무시당하고 있던 단편의 가치를 높이 평가받기 위해 단편들에 몰두하였다. 러시아의 천재적인 단편작가 체호프도 "천재는 짧게 쓴다"고 하였듯이 그는 자신의 이 주머니 속 이야기 시리즈를 그의 소설이나 드라마와 동일하게 높이 평가한다.

"우리는 단편소설이 어떻게 만들어져야 하는지 중요성을 고려하지 않고 있다. 형식적으로 8~10쪽의 이야기를 쓰는 것은 소네트나 다른 정교한 시적 형식을 쓰는 것처럼 작가에게 기쁨을 준다. 나는 영어로 쓰는 작가들의 이러한 단편들을 쓰는 데서 위대한 기술을 배웠다. 이 분야에서 그들은 샛길로 빠지지 않은 위대한 원칙을 발견하였다."

이 해설에서는 차페크의 두 주머니 속 이야기에 나오는 여러 주제와 모티프를 분석하고 차페크의 문체도 살펴보고자

한다.

범죄이야기와 탐정의 주제

1929년 1월 『첫 번째 주머니 속 이야기』가 출판되었다. 여기에 나오는 작품들은 「최후의 심판」을 제외하고 1928년 잡지에 발표한 것들이다. 「최후의 심판」은 1919년 잡지 『네보이사』에 발표하였다. 1929년 12월 『두 번째 주머니 속 이야기』 또한 이 잡지에 출판되었다.

차페크는 이론적인 분야에서 범죄 이야기에 호기심을 갖기 시작하였다. 1919년 차페크는 잡지 『길』에 「홀메시아나」 또는 「범죄론」을 발표하였고, 나중에 이 글을 출판한 책 『마르시아스』(1931)에 포함시켰다. 그는 여기서 범죄 이야기를 높이 평가하고 있다. 다른 무엇보다도 그는 "독자들이 이러한 장르에 대단한 관심을 가지는 것은 그러한 이야기들의 문학적인 매력보다는 일반적인 가능성"이라고 특징지었다. "나는 범죄 이야기를 읽는 데 대한 우리들의 목적은 범죄에 대한 우리들의 잠재적인 성향(性向) 외에 정의에 대한 잠재적이고 지독한 기호(嗜好) 때문이라고 생각한다."

차페크에 의하면 범죄 이야기들에 대한 정의는 지적인 힘과 인간적인 품위의 방법으로서만 승리한다. "그것은 실제로 매우 아름답고 매우 오래된 전통이다. 이는 세속적인 현명함, 합리주의, 실질적인 경험 그리고 형이상학적인 간섭 없는 관찰의 전통이다. … 미스터리를 풀어가는 거칠고 고통스러운 지적인 열정, 의문 덩어리인 단단한 견과류의 껍질을 깨뜨리는 두뇌의 열정적인 필요"가 있기 때문이다. 위에서 언급한 독자들의 범죄 이야기에 대한 인기는 범죄와 정의 모티프 외에 또한 미스터리의 모티프다.

성취감의 모티프 또한 매우 중요하다.

"나는 범죄 이야기는 미스터리를 푸는 것에 깊이 관여한다고 말해 왔다. 범죄 이야기는 실제로 서사적인 구성이며 그 주제는 독특한 개인적인 성취이다."

차페크의 단편들에 나오는 탐정은 주요 인물이며 사냥꾼이고 추적자다. 그러나 또한 그는 바로 탐정의 먹이인 도둑처럼 서사적인 개인주의자다. 그는 대개 경찰과 같은 집단적인 기구를 싫어하고 자신의 손으로 해결하고자 한다. 탐정과 잘 조직된 사회 기구를 대표하는 경찰 사이에는 아주 긴장감 넘치는 적대감과 심지어 갈등이 존재한다. 탐정은 언제나 경찰보다 뭔가를 먼저 행동에 옮긴다. 그는 혼자 있는 것이 즐겁다. 심지어 이 집단적인 세상에서 좀 이상하고 내성적인 고독자다.

차페크는 범죄 이야기에 대한 자신의 관심은 현실을 어떻게 인식하고 발견하는가 하는 순수이성론의 문제로부터 유래하였다고 한다.

"내가 범죄의 세계에 몰두하자마자 나는 나도 모르게 정의 문제에 관심을 두게 되었다. 여러분들은 단편집 중간에서 그러한 전환점을 발견할 것이다. 어떻게 인식해야 하는지에 대한 문제 대신 어떻게 벌해야 하는 것이 지배적이 된다. 그래서 『첫 번째 주머니 속 이야기』는 순수이성론적이며 재판과 관계 되는 이야기들이다. 재판과 관계 되는 것이 아마 더 좋을 것이다."

차페크는 두 단편집이 미완성 단편들이 아니고 다른 작품들처럼 중요하다고 한다. 그렇기 때문에 『첫 번째 주머니 속 이야기』와 『두 번째 주머니 속 이야기』를 우리는 뭔가 주변적이거나 느슨하거나 상업적인 것으로 보지 않는다. 이러한 단편들의 예술적인 가치는 차페크의 다른 작품들과 마찬가지로 중요하다. 차페크는 이러한 전통적인 장르를 독창적이고 특이한 체코적인 것으로 바꾸었다. 그는 『첫 번째 주머니 속 이야기』에서 인식론의 문제를 풀고자했다. 그는 안다는 것은 위대하고 탐욕스러운 열정이며 지식을 알기 위해 쓰고 있다고 한다.

나중에 이러한 인간 인식의 문제, 그 가능성과 여러 가지 개념은 차페크의 대표작으로 평가받고 있는 3부작 전체를 아우르고 있다. 그러나 바로 이 문제가 그것이 문학적이든지 저널리스틱하든지 그의 모든 작품들에 반영되고 있다. 이는 차페크의 대학에서 수학한 철학교육에 그 근거를 두고 있다. 그의 인식론의 동기는 『두 번째 주머니 속 이야기』에도 나타난다. 차페크의 『두 번째 주머니 속 이야기』의 특징인 사투리의 사용이라는 언어 문제도 벌써 『첫 번째 주머니 속 이야기』 이야기에도 나타났다.

두 주머니 속 이야기에서 차페크는 인식론의 문제에 대한 자신의 관심으로부터 유래된 탐정의 주제에 사로잡혔다. 그러나 범죄의 주제들은 그를 정의의 문제로 인도하였다. 단편집 『길가 십자가』의 한 이야기인 「산」에 나오는 차페크가 결코 포기하지 않은 테마인 범죄가 형이상학적인 문제로 취급되었다면 두 주머니 속 이야기에서는 윤리적인 요소가 지배적이다. 범죄는 기성의 질서에 대한 일탈이며 이는 형벌에 의해서 교정될 수 있다. 체코의 문학비평가 체르니는 주머니 속 이야기들을 "영혼 속에, 개인의 생활 속에 그리고 사회 속에 있는 질서의 찬양"이라고 평가한다.

초기 단편집 『길가 십자가』와 두 주머니 속 이야기를 연결시켜주는 고리는 「발자국들」이다. 『길가 십자가』에는 「발자국」이라는 단수로 나오지만 두 이야기는 유사성이 깊다. 「발자국들」에서 한밤중 아무도 도달하지 않은 눈 위에 발자국들이 발견된다. 이에 대한 화자의 지적인 관심은 사실만 다루는 단순한 경찰의 실제적인 이성에 의해서 조절된다. 경찰은 결국 아무 일도 없다는 듯이 발자국들을 지워버림으로써 혼란에 빠지고 의혹에 잠긴 화자의 정신을 평화롭게 한다.

"오직 어떤 것은 미스터리가 아닙니다. 질서는 미스터리가 아닙니다. 정의는 미스터리가 아닙니다. 경찰도 미스터리가 아닙니다. 그러나 거리를 걸어 다니는 모든 사람은 미스터리입니다. 선생, 왜냐하면 우리는 그를 알 수 없기 때문입니다. 그가 소매치기를 하자마자 그는 더 이상 미스터리가 아닙니다. 왜냐하면 우리는 그를 체포하기 때문입니다….

모든 범죄는 분명합니다. 선생님, 적어도 거기에 속한 실마리 같은 것은 밝혀집니다. 하지만, 고양이가 생각하고 있는 것, 당신의 하녀가 생각하고 있는 것, 당신의 부인이 생각에 잠겨 창문을 바라보는 것은 미스터리입니다. 선생, 범죄사건 외에 모든 것은 미스터리입니다. 그러한 범죄 사건은 명백히 진술된 우리들이 밝힐 수 있는 진실의 한 부분입니다….

경찰, 특히 형사들은 미스터리에 아주 관심이 많다는 이상한 주장이 있습니다. 하지만 우리는 미스터리에는 조금도 개의치 않습니다. 우리의 관심을 유발하는 것은 위법행위입니다. 선생, 그것이 미스터리이기 때문이 아니라 금지되어 있기 때문에 우리는 범죄에 관심을 가집니다. 우리는 지적인 호기심 때문에 악당을 쫓지 않습니다. 우리는 법의 이름으로 그를 체포하기 위하여 쫓습니다."

이는 『길가 십자가』의 「발자국」보다 인간적인 면과 작가의 의도를 보여 준다. 여기서는 절대적인 진리는 변화될 수 없고 오직 상대적인 것만 추구되고 얻어질 수 있다. 하킨스(W. E. Harkins)는 이 차이점을 잘 지적하고 있다.

"두 주머니 속 이야기 시리즈에 나오는 「발자국들」은 더 가볍고 더 장난기가 있다. 신과 절대자에 대한 탐구라는 형

이상학적인 주제는 한 발 물러나 있다. 「발자국」에 나오는 단 하나의 발자국은 경외의 상징이다. 「발자국들」에는 눈 위에 수많은 발자국들이 나타난다. 여기서 이러한 불가사의(不可思議)한 것은 외경스럽기보다는 우스꽝스럽다. 그러나 후자의 이야기가 더 가볍다면 그 효과는 더 강하다. 여기에는 전자의 이야기의 무형식이 결여되어 있지만 생생한 대화체 언어가 살아 있다. 결국 두 번째 「발자국들」은 전자의 심각한 주제보다는 가벼운 게 사실이다."

정의문제와 인식론의 주제의 결합은 이 시리즈를 특징 지워주고 전통적인 탐정 이야기와 구별시켜 준다. 범인은 잡을 수 있다. 그러나 이야기는 대개 또 다른 더 중요한 관점을 가지고 있다.

두 단편 「메이즐리크 박사의 경우」와 「야니크 씨의 사건」에서는 비록 프로는 아니지만 직관력이 뛰어난 탐정과 경찰은 중요한 역할을 한다. 차페크의 탐정들은 신뢰할 수 있는 상황에서 행동하고, 보다 더 실제 상황 같다. 당시 아직도 체코 문학에서 완전히 확립되지는 않았지만 차페크의 구어체 언어는 이야기의 생동감과 가독성을 증폭시켰다.

차페크는 단편소설의 영감을 대부분 신문기사를 쓰면서

얻었지만 이야기들은 실제로 일상생활에 일어날 수 있는 것들이었다. 예컨대, 빈의 체코슬로바키아 대사관 도난사건은 1928년에 쓴 『첫 번째 주머니 속 이야기』에 나오는 「도난당한 기밀문서 139/VII」의 현실화 같다. 형사 피슈토라는 기민한 스파이들한테가 아니라 식료품 창고 전문털이범들인 좀도둑들 가운데서 특급 기밀문서 도난범을 발견한다.

풍자의 대상

이 두 권의 단편 시리즈에 나오는 다양한 주제들과 모티프들은 이야기들을 어떤 특정한 그룹으로 분리하기에 어려운 점을 야기시킨다. 일반적으로 정의 문제 외에 범죄와 처벌, 인간 성격의 결점들이 차페크의 풍자 대상들이다.

전문 정원사를 뺨치는 수준의 정원 가꾸기의 달인 차페크는 단편 「푸른 국화」에서 독특한 푸른 국화를 수집하려고 발버둥치는 희귀종 식물 수집가의 어려움을 잘 알고 있다. 그러나 이 푸른 국화를 매일 꺾어 오는 바보이며 벙어리인 소녀 클라라는 이 수집가가 어디서 구해오는지 요구하나 그의 말을 제대로 이해 못한다. 그러나 이 미궁의 이야기는 글을 읽지 못하는 바보 소녀가 "외부인 출입금지"라는 팻말이 붙여

진 철길 옆 일반인 통행금지 구역에서 글자를 모르는 상태에서 자유롭게 드나들면서 꺾어오고 했던 것이 드러난다. 진기한 꽃에 대한 편집적인 수색, 탐정의 상황에서 사람들의 주관심은 수집가의 수집행위를 괴팍하고 우스꽝스러운 관점으로 몰고 가면서 그의 열정에만 몰두하였던 것이다.

같은 관점에서 「도둑맞은 선인장」에서는 또 다른 수집광을 통하여 우스꽝스러운 상황이 연출된다. 이 수집광은 노파를 가장해서 개인 식물원에서 값비싼 희귀종 선인장을 훔쳐 가슴속에 넣어 가지고 나온다. 탐정은 신문을 통해 책략을 사용하여 범인을 잡는다. 즉 이 개인 식물원에서 사라진 것을 포함하여 선인장 전염병이 퍼지고 있으며 특별한 처치를 해야 된다고 하니 범인은 자신의 수집 선인장들이 전염병에 걸릴까 봐, 자기가 훔쳤다고 고백을 한다.

단편 「전보」와 「한 아이의 사건」에서 난처한 입장에 빠진 사람들의 잘못된 판단이 유쾌한 플롯을 만든다. 「하블레나의 판결」과 「시인 도둑에 대하여」에서는 색다른 것이 되고자 하는 인간의 야망이 재미있는 요소를 제공한다. 「하블레나의 판결에서 법대 중퇴생이 신문에다가 기발한 아이디어인 상상의 재판사건을 제공한다. 그중 한 사건이 법적으로 불가능하다고 비판받자 그는 그 사건의 가능성을 증명하려고 한다.

그는 앵무새를 사서 이웃 노파를 모욕하도록 말을 가르친다. 노파는 앵무새가 귀엽다고 하고 하블레나를 고소하도록 꼬임을 받는다. 그러나 그 앵무새가 재판정에서 노파 대신 대법관을 모욕하자 하블레나는 이 재판에서 패자가 되고 더 이상 가상의 재판 이야기를 쓰지 않는다. 「시인 도둑에 대하여」에서 시인을 가장한 도둑은 가게를 털고 그 자리에 시를 남기고 그 시가 지상에 보도되는 것을 즐긴다. 스스로 문단에 데뷔한 것 같은 착각을 즐긴다. 그러나 더 이상 신문에 그의 시가 기사거리가 되지 않자 그는 불평을 하게 되고 이것이 계기가 되어 그는 함정에 빠진다. 차페크는 도둑의 허영과 예술적인 야망을 비웃는다.

「시인」과 「지휘자 칼린의 이야기」는 수사와 탐정에 절대적인 실마리를 제공하는 예술가들에 대한 이야기다. 「시인」에서 자동차 사건을 목격한 시인이 사고 차량의 번호판을 기억하지 못하는 것에 대한 냉철한 탐정의 분노는 시인의 상상력과 맞서게 된다. 사건을 목격한 후 써놓은 시로부터 사고 차량의 번호가 재구성된다. 「지휘자 칼린의 이야기」는 차페크의 언어에 대한 관심뿐만 아니라 야나체크의 그 유명한 억양에 대한 관심과 차페크와의 관계를 반영하고 있다. 런던의 길모퉁이에서 영어를 모르는 체코 오케스트라 지휘자가 리듬과 억양으로만 영어로 이야기하는 범죄자들의 살인음모를 유추한다.

「배우 벤다의 실종」과 「우체국에서 일어난 범죄」는 진리를 추구하는 시민들에 의해 수행된 정의의 문제와 관련이 있다. 그들은 긍정적인 증명이 더 이상 법적인 효력을 받지 못하자 자신들 스스로 법의 문제를 인간 양심에 호소한다. 「배우 벤다의 실종」에서 차페크는 비록 끼가 있는 배우가 부도덕한 삶을 살았지만 살해당한 그를 동정하게 된다. 배우의 친구가 범인을 추적해 내지만 거의 완전 범죄에 가까워 절대적인 증거를 찾지 못하자 돈 많은 범인에게 일생동안 그 살인사건을 상기시킬 거라고 선언한다. 「우체국에서 일어난 범죄」에서는 젊은 부부가 간접적으로 착한 우체국 직원을 자살로 내몬다. 그러나 그들은 자신들의 이기적인 이익을 위해 음모를 꾸민 것을 알아낸 한 시민에 의해서 양심의 가책을 받게 된다.

세 이야기 「현기증」, 「마음에 들지 않은 남자」 그리고 「잃어버린 다리 이야기」는 선량한 의식과 책임 문제를 찬양하는 이야기들이다. 차페크는 명백한 의식을 가장 좋은 예방조처라고 강조하고 있다. 만일 삶들이 정당하다면 아마도 그들은 심지어 죽을 필요가 없다. 이 책에서 정의감과 선한 의식은 차페크의 삶의 질에 대한 도덕적 가치들과 그것들의 영향에 대한 관심에 의해서 표현되고 있다. 그러나 차페크는 계속해서 때때로 진리와 정의의 불가사의에 대한 형이상학(形而上學)적인 심사숙고에 대해 언급한다. 특히 「농가에서 일어난 범죄」에서 판사의 농촌생활의 배경 때문에 판사는 농부의 예민한 심리를 이해하고 있다. 판사는 무모하게 농장을 경영하여 사위로 하여금 살인을 하고도 죄책감을 느끼지 않게 하는 원인을 제공한 장인을 살해한 사위를 판결하는 데 어려움을 겪는다. 이 살인이 범죄행위일지라도 거기에는 뭔가 합리적이고 심지어 도덕적인 정당성이 있다.

「유라이 추프의 발라드」에서 주인공 추프는 눈보라치는 밤에 상상을 초월하는 산길을 여행하며 자신이 누이를 살해한 것을 경찰에 신고한다. 왜냐하면 그는 하나님의 명령에 의하여 누이를 살해했기 때문이라고 한다. 여기서 우리는 원시적이고 근본적인 정신 가운데 있는 운명의 기운을 강렬하게 감지할 수 있다.

절대적인 진리 그리고 결과적으로 절대적인 정의 탐구의 불가능은 차페크로 하여금 이러한 이야기들에 나오는 범죄자들과 살인자들을 포함하여 모든 사람들에 대한 관용의 태도를 갖게 한다. 가장 감동적인 이야기인 「최후의 심판」에서 인간에게는 누구나 뭔가 좋은 것이 있다고 주장한다. 악명 높은 살인자가 자신의 죽음 후에 자신의 죄에 대해 심판을 받는다. 그러나 여기서 주인공은 신에 의해서 최후의 심판을 받기를 원하지만 놀랍게도 신은 전지전능함에도 불구하고 인간을 위한 정의의 심판관 역할을 하지 않는다. 신은 주요한 증인으로 행동하고 살인자는 인간들에 의해서 심판을 받는다. 왜냐하면 사람들은 인간다운 정의보다 더 이상 보상받을 가치가 있는 것이 아니기 때문이다. 인간은 불완전하고 제한되어 있고, 오직 전지전능한 증인만 그 죄악과 저주를 완화할 수 있다. 그러나 차페크는 "피고는 관대하고 자주 이웃을 도왔네. 그는 여자들에게 친절하였고 동물들을 사랑하였고 약속을 지켰네. 그의 선행을 말하는 것은 어떠하겠나?"라고 범인도 한 친절한 인간이었다는 것을 상기시키면서 진리의 상대성을 암시한다.

「셀빈 사건」, 「어린 여자백작」, 「완벽한 증거」 그리고 「야니크 씨의 경우」들도 역설적으로 끝난다. 「야니크 씨의 사건」에서는 아마추어 탐정이 단순한 직감에 의해서 몇몇 범죄를 해결하자 경찰이 그를 명탐정으로 생각하고 경찰서에 근무하기를 제의한다. 그러나 바로 그때 그는 여러 해 동안 자신의 비서가 자기를 속이고 돈을 착복한 것을 모르고 있었다는 사실을 발견하고는 프로탐정이 되는 것을 포기한다. 단편 「쿠

폰」도 흥미롭다. 이는 가장 전통적인 탐정소설에 가깝다. 살인자의 탐색을 사랑에 빠진 한 쌍에게 묘사한다. 그들의 역할이 이 추잡한 사건의 주위에 인간적인 틀을 형성하고 있기 때문이다. 하킨스에 의하면 차페크는 전통적인 탐정 이야기의 형식을 바꾸었다. 왜냐하면 그는 그것을 인간적인 것으로 만들기 때문이다.

『첫 번째 주머니 속 이야기』에 나오는 단편들의 주제들은 범죄와 탐정의 특성을 가지고 있다. 이반 클리마도 지적하듯이 장르적인 측면에서 볼 때 전통적인 탐정소설들과는 매우 다르다. 그들의 주인공들은 개인 탐정들이거나 탐정의 명사수들이 아니고 일반적인 평범한 형사들이거나 매우 보수적이며 보잘것없는 경찰 관리들이다.

브리아네크가 지적하듯이 탐정소설에서는 목표달성의 모티프가 중요한 요소다. "범죄 이야기는 미스터리를 푸는 데 관여한다. 그러나 범죄 이야기는 실제로 서사적인 구성을 하고 있고 그 논제는 특별한 개인적 성취이다."

차페크의 두 주머니 속 이야기는 현실과 합리적인 인식의 토양에 머물고 있다. 무카르조프스키가 이에 대해 언급하고 있다.

“가장 미스터리한 사건들도 여기서는 이야기 전개의 동기나 그것들이 설명되는 방식에 의해서 쉽게 일상생활의 방식으로 결론난다. 도둑도 탐정도 전통적인 범죄 이야기의 특징인 영광의 흔적도 취하지 않는다. 차페크는 근원적인 인식 불가능이란 자신의 이전의 주장에 반하여 현실은 인식할 수 있다는 인식론의 이론을 세운다.”

그래서 우연이나 형이상학 이론으로부터가 아니라 차페크의 이야기에서 미스터리는 언제나 인식할 수 있고 현실로부터 설명될 수 있다. 「야니크 씨의 사건」은 희극적으로 고안되었다. 만일 우리가 차페크의 『첫 번째 주머니 속 이야기』를 인식론으로 해석하는 것을 받아들인다고 하더라도 우리는 그의 이 단편들을 철학적이라고 정의한다는 것을 의미하지는 않는다. 그 단편 소설들은 언제나 독특한 경우들과 특별한 특징들을 지향한다. 그것들은 예술적인 픽션들이다.

차페크의 두 주머니 속 이야기들은 미스터리한 범죄 사건들의 진부한 타입의 해결에 관심이 있는 것이 아니다. 가지각색의 방법들이 적용된다. 특히 「메이즐리크 박사의 경우」에서 때로는 논리가 옳을 때도 있고 때로는 직관, 때로는 경험, 때로는 인내심 있는 질서정연함, 때로는 과학적인 절차나 때로는 우연이 맞을 때도 있다.

그것은 각각의 사건에 딸려 있다. 즉「로우스 교수의 실험」에서 억압 받은 상상력과 함께 심리분석적인 방법이 살인자를 밝혀내는 데 성공하는 반면에 저널리스트적인 문구들에 의해서 변형된 저널리스트의 경우에는 실패한다. 재판 모티프와 관련해서 지식이 판단의 가능성을 물리치는 차페크의 이론은 여러 이야기에서 나온다.「최후의 심판」에서 신은 도둑이 왜 자신을 재판하지 않고 오직 증언만 하는지에 대한 대답을 한다.

"왜냐하면 나는 모든 것을 알고 있기 때문이야. 만일 판사들이 모든 것을 진짜로 안다면 그들도 역시 재판을 하지 못할 거야. 그들은 모든 것을 이해하고 있고 그들의 양심은 바로 그것 때문에 상처를 입을 거야. 그러니 내가 어떻게 당신을 심판하겠어? 판사는 오직 당신의 범죄행위만을 알고 있지만 나는 당신에 대해 모든 것을 알고 있어. 모든 것을, 쿠글레르. 바로 그 이유 때문에 난 당신을 재판할 수 없는 거야."

이렇기 때문에 차페크는 사람들이 판결을 하고 벌을 내려야 한다고 주장한다. 왜냐하면 그들의 인식(지식)은 제한되었기 때문이다. "사람들은 인간의 정의 외에 다른 어떤 정의도 가질 수 없어." 이 모티프는 또한「우체국에서에서 일어난 범죄」 이야기를 지배하고 있다.

무카르조프스키에 의하면『두 번째 주머니 속 이야기』에서는 화자가 "호기심 있는 이야기들로부터 단순한 즐거움"을 추구하는 것을 볼 수 있다는 점에서『두 번째 주머니 속 이야기』는『첫 번째 주머니 속 이야기』와 다르다. 특히「도둑맞은 선인장」,「한 아이의 사건」,「지휘자 칼린의 이야기」에서 이러한 것을 분명하게 찾아볼 수 있다.

이야기꾼의 역할

차페크의 문체는 독특하다. 차페크는 화자의 이야기를 주인공들의 대화와 뒤섞는다. 차페크의 이러한 기법의 최종 결과는 구어체 언어가 지배적인 작품이다. 이러한 구어체 언어가 지배적인 작품은 자발적이며 입에서 입으로 전하는 이야기 같은 인상을 준다. 차페크의 이러한 이야기 문체는 그 자신이 민담에 대해 언급한 원초적인 구전 이야기 상황을 특징짓는 데서 찾아 볼 수 있다.

"진정한 민담은 민속이야기의 수집가에 의해서 기록된 것에 기원을 두지 않고, 할머니에 의해서 손자들에게, 또는 요루바(Yoruba)족들 중 한 사람에 의해서 다른 요루바에게, 또는 아랍 카페에서 전문이야기꾼에 의해서 전해진 이야기에 기원을 두고 있다. 진정한 민담 즉 진정한 기능으로서의 민담은 원을 그리고 앉아 있는 청자들에게 들려주는 이야기다. 필기와 인쇄술의 발달은 이러한 원초적인 옛날식의 듣는 기쁨을 우리들로부터 빼앗아 갔다. 우리는 더 이상 전문 이야기꾼의 입술을 바라보며 둘러앉지 않는다. 이처럼 진정한 민담은 기록한 언어가 아직 어린이들과 원시적인 사람들에게 지배적이 아닐 때에만 살아 있었다."

빙 둘러 앉은 청자들에게 들려주는 원초적인 이야기하기(prime story-telling)의 기쁨을 창조하는 것이 차페크의 야망이다. 이러한 양식의 이야기를 위해서는 구어체 언어가 가장 적당한 기반이고 일인칭 화자가 가장 잘 어울린다. 담화형식의 고안이 '가상'의 청자와의 직접적인 연결고리를 형성한다. 이러한 예의 전형적인 것은 차페크의 주 장르가 아닌 단편들, 민담, 여행기, 에세이, 문예잡기 등에서 찾아볼 수 있다. 그중에서도 이 책에서 다루고 있는 『두 번째 주머니 속 이야기』는 원초적인 이야기하기 상황을 재창조하려는 노력이 가장 시종일관된 작품이다.

차페크의 스타일은 매우 현대적이고 다양한 현대 체코 구어체의 여러 요소들을 재주껏 사용하고 있다. 차페크는 오늘날의 구어체 언어의 체계에서 전문적인 언어와 사투리들의 지배적인 입장을 잘 알고 있다. 그래서 그는 전문적인 나(Ich)라는 화술의 범위를 창조하면서 주인공들 직업의 전형적인 표현들에 의해서 그의 특별한 화자들, 여러 종류의 직업을 가진 사람들을 구별하고 있다. 한 음악가에 의해서 이야기된 예를 들어보자.

"그때 두 사람, 남자와 여자가 거기에 왔습니다. 그러나 그들은 저를 보지 못했습니다. 저를 향해 등을 돌리고 앉아서 조용히 이야기를 했습니다. 만일 제가 영어를 이해할 수 있었다면 저는 누군가가 그들의 말을 듣고 있다고 기침을 했을 것입니다. 하지만 저는 영어라고는 호텔과 실링이란 단어를 제외하고는 영어 단어 하나도 모르기 때문에 조용히 있었습니다.

그들은 바로 스타카토로 말을 끊어가며 이야기했습니다. 그러고 나서 남자가 조용히, 천천히 뭔가를 설명했습니다. 마치 말이 입 밖으로 나가지 않기를 바라면서요. 그러고 나서 아주 빨리 내뱉었습니다. 여자는 공포에 사로잡혀 소리를 질렀고 그에게 뭔가 무척 불안하게 말했습니다. 하지만 그는 그녀가 울부짖을 때까지 그녀의 손을 꽉 잡았습니다. 그리고는 이빨 사이로 소리를 내뱉으며 그녀를 다그치기 시작하였습니다. 제 말 좀 들어보세요. 그건 전혀 사랑스러운 대화가 아니었어요. 음악가들은 그것을 알 수 있습니다.

연인들끼리의 대화는 완전히 다른 억양을 가지고 있어요. 긴장한 목소리가 아니에요. 사랑스러운 대화는 깊은 첼로에요. 하지만 그 대화는 빠른 루바토로 연주된 높은 베이스였어요. 마치 그 남자가 계속해서 한 가지만 되풀이하듯이 하나의 어구였어요. 저는 조금 겁이 나기 시작했어요. 그 남자가 뭔가 사악한 것을 말하고 있었어요.

여자는 가냘프게 울기 시작하였고, 마치 그녀가 그를 제지하듯이, 몇 번인가 그녀는 항의조로 소리쳤습니다. 그녀의 목소리는 클라리넷 같고, 아주 젊은 목소리 같지 않은 통나무 울림 같았어요. 그러나 남자의 목소리는 마치 뭔가를 명령하고 위협하는 듯이 계속해서 거칠고 시끄러웠어요."

이 예에서 볼 때 차페크의 단편들에 나오는 전문적인 언어는 이야기하는 말투 수준의 그 이상이다. 이는 타고난 전문적인 편견과 함께 이야기된 사건들을 전하는 주관적 화자의 직접적이고 가장 적절한 표현이다. 음악적인 용어와 화법이 화자의 어투로 바뀌고 그것은 은유, 별명, 비교의 기반이 된다. "그들은 바로 스타카토로 이야기했다. …사랑스런 대화는 깊은 첼로다. …그녀의 목소리는 클라리넷 같고, 통나무 울림 같았다," 등등. 이는 보통의 화술 수준 이상이다. 이는 소설적인 현실의, 이야기된 사건의 전문적인 관점이다.

구어체 이야기하기와 긴밀한 관계에 의해서 '나'(Ich) 화술은 차페크로 하여금 구어체의 담화 수준을 완벽하게 제시하는 데 최고의 기회를 제공한다. 구어체 언어를 위한 똑같은 경향이 또한 차페크의 '그'(Er) 화술에서도 강하다. 두 주머니 속 이야기에서 차페크의 화술은 단어, 구문론 그리고 억양에서 현대 구어체 체코어를 지향하고 있다.

인본주의 정신을 기반으로 한 범죄이야기

위에서 언급한 주요한 테마들이나 모티프들 외에도 두 주머니 속 이야기는 사건들, 주제들 그리고 아이디어가 풍부하다. 위에서 다룬 단편들에서 볼 때 차페크가 인식의 과정에 대한 보수적인 태도를 지지했다는 것을 알 수 있다. 그는 자신에게 나타난 모든 것들이 단지 피상적으로 유행하고 속물적인 것이라며 거부감을 보여 주었다. 작가로서 그는 인생의 역설적인 현상과 그가 독자들을 놀라게 하거나 심지어 혼란에 빠뜨린 기대치 않던 관점들에 의해서 매력을 느꼈다.

문체 면에서도 차페크의 두 주머니 속 이야기는 특이하다. 차페크는 단편 소설이 필요로 하는 간결성과 표현의 직접성이 그의 문체에 잘 표현되고 있다. 역설의 사용 외에도 대비 또한 다른 문체적인 고안이다. 대비는 차페크의 전망주의적인 관점과 상황에 대한 상대주의적인 개념에서 유래한다. 그는 고발자나 고발당한 자들 모두를 위해서 정의를 모색한다. 여러 경우에 간교한 자들이나 착취당한 자들 모두 웃음꺼리와 동정의 대상이 된다. 「배우 벤다의 실종」에서처럼 도덕주의자는 만일 불한당이 예술가라면 그를 두둔하기도 한다. 「오플라트카의 최후」에서는 살인자에 의해 그들의 동료들이 많이 희생되자 화가 난 경찰들의 무리는 마침내 살인자를 궁지에 몰아 사살한다. 그러나 그들은 그 지독한 살인자의 보잘것없는 연약한 육체에 직면했을 때 당황하고 치욕감을 느낀다. "이 작은 희생물이 땅바닥에 나둥그러진다. 딱딱해지고 구겨진, 병든 까마귀가 총에 맞아 떨어졌고 수많은 사냥꾼들이 여기에 —'제기럴' 서장은 이빨을 악물고 말했다. '어디 자루 같은 거 없어? 시신을 덮어!'"

두 주머니 속 이야기의 구성에서 대조적인 원칙을 통하여 차페크는 일상의 삶이 얼마나 독특하고 이상할 수 있는지, 그리고 가장 별난 사건들이 하찮고 진부한지를 보여 준다. 차페크의 이야기들을 읽는 당시의 비평가들은 차페크의 범죄 이야기를 너무 심각하게 생각하기보다 그의 천재적인 유머를 찬양하였다. 이야기들의 자발성은 차페크가 얼마나 그러한 이야기 쓰기를 좋아했는지 보여 주고 있고 단편 소설의 간결함이 그에게 매력을 느끼게 했다는 것을 보여 준다. 차페크는 「푸른 국화」에서 "말들은 비지땀을 흘리고, 클라라는 깔깔거리고, 백작은 저주를 퍼붓고, 마부는 부끄러움으로 거의 울먹거리고 있고, 나는 푸른 국화의 흔적을 찾을 계획을 짜고 있었다"라고 묘사하면서 줄거리의 상당한 부분을 압축할 수 있었다. 이러한 서술 기법은 이 단편집에 활기를 불어넣어 준다.

차페크의 주머니 속 이야기 시리즈는 일반적인 탐정소설로 분류해서는 안 된다. 왜냐하면 이 이야기들은 범죄와 탐정 외에 주로 인본주의, 정의 그리고 진리에 대한 광범위한 주제를 다루고 있기 때문이다.

두 권 다 범죄 이야기뿐만 아니라 다른 면에서도 공통되는 것이 있다. 차페크는 이러한 이야기들에서 범죄의 미스터리를 풀어나가는 것을 고려하지만 사람들과의 관계의 발견과 지식을 더 고려한다. 사람들의 심리와 도덕에 더 관심을 가진다. 바로 이 점이 차페크 단편들의 핵심이다.

차페크는 「홀메시아나」에서 "작가가 도둑의 영혼에 집중하는 순간 그는 범죄 이야기의 토양으로부터 떠난다."고 기술하고 있다. 그러나 비록 강력한 작가의 심리적인 관심에도 불구하고 차페크의 이야기들은 아주 훌륭하고 매력적인 범죄 이야기들이다. 그의 단편들은 빼어난 예술작품들이다.

|역자 소개|

김규진

한국외국어대학교 러시아어과를 졸업하고 동대학원 러시아어과에 재학 중 미국으로 유학을 떠났다. 시카고 대학교 대학원 슬라브어문학과에서 석 · 박사과정을 수료했고, 체코 프라하 카렐 대학교에서 수학했다. 체코 카렐 대학교 한국학과 교환교수를 거쳐 2014년까지 한국외국어대학교 체코 · 슬로바키아어과 교수로 재직했다. 현재 명예교수로 체코문학 번역에 전념하고 있다. 한국외국어대학교 글로벌캠퍼스 부총장과 동유럽학대학장을 지냈다. 전국부총장협의회 회장직을 지냈다. 한국동유럽발칸학회 회장, 세계문학비교학회 부회장, 번역원 이사, 대한민국오페라연합회 상임고문 등을 맡았다. 현재 대학에서 '서양문학의 이해와 감상', '카렐 차페크', '동유럽 문화와 예술' 등의 과목을 가르치고 있으며 1990년부터 신문 및 잡지 등에 러시아와 동유럽의 문학과 예술에 대한 여행기를 써왔다.

저서로는 『한 권으로 읽는 밀란 쿤데라』 『카렐 차페크 평전』 『일생에 한번은 프라하를 만나라』 『체코현대문학론』 『프라하 —매혹적인 유럽의 박물관』 『여행 필수 체코어 회화』 『여행 필수 슬로바키아어 회화』 『러시아 · 동유럽 문학 · 예술기행』 등이 있고, 번역서로 밀란 쿤데라의 소설 『참을 수 없는 존재의 가벼움』 『이별의 왈츠』, 카렐 차페크의 소설 『별똥별』 『첫 번째 주머니 속 이야기』 『압솔루트노 공장』 『체코 단편소설 걸작선』(공역), 미할 아이바스의 소설 『제2의 프라하』, 편역으로 『러시아문학 입문』 등이 있다.

※이 책의 번역은 2019년 체코공화국 문화부의 지원 하에 이루어졌다.

The translation of this book into Korean Language was supported by the Ministry of Culture of the Czech Republic.